阿里木精神启示录

你是一棵树，一棵开满鲜花的树。不但自己鲜活美丽，你精神的芬芳更是沁人心扉，溢香万里。

时逢寒冬腊月，我们已感到了春天的脚步，阿里木精神已经叩响了我们每个人的心房，四溢的芳香已经传到大江南北。

在祖国西北边陲的阿拉山口，哈萨克族风口卫士米兰别克，正在大风里搀扶着一个老妈妈上火车。

阿里木兄弟你看到了吗？你的事迹不但感动着天山南北的各族人民，同时这里那里已经出现了你的影子，他们正在用自己的行动践行着阿里木的精神。

阿里木，你是一座灯塔，照耀着各族群众向着友善、真诚、和谐共进。

阿里木，你是一面旗帜，引领着各族群众扶危济

困、乐善好施。

　　阿里木,你是一种精神,你传承着中华民族的传统,你发扬着和谐社会的真谛。

　　阿里木,你是中华民族的好儿女,民族团结就是海纳百川。在你的带动下,各族群众团结起来,共同建设我们伟大的祖国。

　　我们用最华丽的语言表达不尽对阿里木的钦佩;我们用最优美的诗歌也写不尽对阿里木的敬意。

　　让我们穿越茫茫雪原,翻越高高天山,将阿里木熊熊燃烧的大爱精神,燃遍新疆大地;把阿里木血脉里流淌着的滚烫血液,注入每一个人心间。

　　让我们写满人间大爱的诗行。

长篇纪实报告文学　　史林杰◎主编　　高天龙◎著

卖烤羊肉串串的
阿里木

新疆美术摄影出版社

图书在版编目(CIP)数据

卖烤羊肉串串的阿里木 / 史林杰主编; 高天龙著.
-- 乌鲁木齐 : 新疆美术摄影出版社, 2011.5
ISBN 978-7-5469-1508-1

Ⅰ. ①卖… Ⅱ. ①高… ②史… Ⅲ. ①报告文
学 - 中
国 - 当代 Ⅳ. ①I25

中国版本图书馆 CIP 数据核字(2011)第 076466 号

长篇纪实报告文学 **卖烤羊肉串串的阿里木**

主　　编	史林杰	
作　　者	高天龙	
出　　版	新疆美术摄影出版社	
	地址　乌鲁木齐市西北路 1085 号	
	邮编　830000　　电话　0991-4520741	
总 经 销	新华书店	
印　　刷	新疆新华华龙印务有限责任公司	
开　　本	690 mm × 960 mm　　1/16	
印　　张	18.5	
字　　数	267 千字	
版　　次	2011 年 5 月第 1 版	
印　　次	2011 年 5 月第 1 次印刷	
印　　数	1-20000	
书　　号	ISBN 978-7-5469-1508-1	
定　　价	36.00 元	

由于成书仓促,书中部分图片未与作者联系上,作者
可与本社联系。敬请谅解。

编 委 会

平凡之中见精神(代序)

胡伟

由新疆人民广播电台出版的长篇纪实报告文学《卖烤羊肉串串的阿里木》和读者见面了,这是一件可喜可贺的事情。这本书为我们勾勒出了一个勤劳朴实、满怀爱心的新疆汉子的形象,使我们走进这个平凡人的内心世界,心灵为之感动,情操得到陶冶。

新疆巴郎阿里木,在贵州毕节的 8 年时间里,用烤卖 30 万串羊肉串挣来的钱,先后资助了上百名贫困学生,还在毕节学院设立了阿里木助学金。他坚持用自己捐资助学、回报社会的实际行动,演绎着人间真情,延续着中华民族的传统美德,让道德的光辉更加璀璨,让人生价值得到升华。

乐善好施、济贫帮困是中华民族的传统美德。在有需要的地方播撒希望、奉献爱心,也是人类绵延存续的真谛。作为一个自食其力的平凡劳动者,而今阿里木已成为人们心中的"平民英雄",这是因为阿里木的爱跨越时空,超越民族,他带给我们的是一种精神,一种希望,一种人类最美好的情感。他的事迹感人至深,平凡而又伟大,可亲可敬而又可信可学,让每一个人为之深深触动。

在全区上下深入贯彻落实中央新疆工作座谈会和自治区党委七届九次、十次全委(扩大)会议精神,推动新疆跨越式发展和长治久安的关键时期,"热爱伟大祖国 建设美好家园"主题教育活动正在全区范围内广泛开展,阿里木的先进事迹为我们提供了生动鲜活的教材。学习好、宣传好阿里木的先进事迹,对于激发广大干部群众抓住历史机遇,怀着对祖国和人民的深厚感情,自力更生,艰苦奋斗,和睦相处,和衷共济,推动形成爱国、感恩、勤劳、互助、开放、进取的"新疆精神",使人们超越民族、血缘、语言、地域、风俗等差异，在全社会形成广泛的价值认同，不断增强向心力和凝聚力具有重要意义。

自治区党委对学习宣传阿里木先进事迹高度重视。张春贤书记亲切接见了阿里木，对他的感人事迹和崇高精神给予高度评价，要求全区各族干部群众向阿里木学习，学习他自强奋斗的精神，不论在任何艰难困苦的环境下都要自立自强、艰苦奋斗，用自己的辛勤劳动创造美好生活；学习他乐于助人的道德品质，多为他人着想，热心参与社会公益事业，不以善小而不为，尽己所能帮助他人、奉献爱心；学习他开放宽容、胸怀开阔的高尚情怀，不分民族和地域，互相包容，互相学习，互相理解，互相信任，互相帮助，形成和谐友爱的人际关系；学习他从点滴做起、自觉维护民族团结，用实际行动促进各民族和谐相处。我们要把学习阿里木先进事迹作为深化"热爱伟大祖国　建设美好家园"主题教育活动的道德实践，以阿里木等先进典型为榜样，从身边的典型身上汲取精神力量，进而转化为我们生活和工作的强大动力。

在学习宣传阿里木先进事迹活动中，自治区各新闻单位高度重视，组织精干力量，深入采访报道，在全社会营造了良好的氛围。新疆人民广播电台在做好阿里木先进事迹宣传报道的同时，创作了长篇纪实报告文学《卖烤羊肉串串的阿里木》一书，这既是对学习宣传阿里木先进事迹的阶段总结，又有助于阿里木精神进一步发扬光大。

榜样的力量是无穷的。我们要像阿里木同志那样，踏踏实实做人，勤勤恳恳做事，培养高尚情操，提升人生境界，从自身做起，从小事做起，为推进新疆跨越式发展和长治久安贡献自己的力量！

作者：新疆维吾尔自治区党委常委、宣传部部长

目 录

第一章　哈力克喜得小巴郎

1971 年 4 月 30 日，随着一声响亮的啼哭，一个胖墩墩的男婴呱呱坠地，对于哈力克·默穆江来说，是喜忧参半。喜的是又添了一个男丁，忧的是这已经是他的第五个娃娃了，仅靠他一个人的工资，生活的担子确实太重了。让人始料不及的是，几年之后，哈力克·默穆江的孩子由 5 个增加到 7 个。

这天，和静县乃门莫墩乡，春暖花开，风和日丽。

据县志记载，和静县的山洪、大风、雪灾、冰雹、霜冻、干旱、狼害、鼠害、蝗害等自然灾害，几乎年年发生。而 1971 年头几个月，却是风调雨顺，没有任何自然灾害，这是个比较奇特而吉祥的现象。孩子生下来的第三天，哈力克·默穆江按照维吾尔族的礼俗，请阿訇给孩子举行起名仪式。阿訇用右手轻轻托住婴儿的头，面朝西方，对着婴儿念艾赞，然后对着婴儿的右耳边吹边念，吹念之后，他当众宣布：这个婴儿取名字阿里木江·哈力克，哈力克·默穆江问阿訇名字的含义，阿訇说，就是孩子长大当学者或

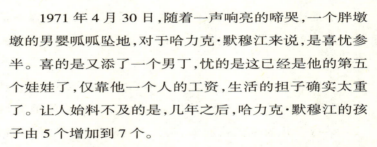

科学家。大家都满心欢喜。然后,阿訇把婴儿放在家具上轻轻滚动,表示从现在起这个家和家里的所有家具都是他的,长大后他可以当这个家的接班人。

婴儿出生 10 天之后,哈力克·默穆江家举行婴儿摇床仪式,称之为"毕须克托依",就是"摇床上的喜事"的意思。按照维吾尔族习俗,从这一天开始,婴儿才能放进精致漂亮的摇床。这种床高约 0.6 米,长近 1 米,宽 0.5 米。制作前精选上好的桑木、榆木等木材,采用卯眼和榫头嵌镶而成,不使用一枚铁钉。摇床的主体、床帮及床腿都旋有光滑的圆形花纹,有的漆红色,有的漆蓝色,有的则漆红黄绿等色,而哈力克·默穆江家的摇床漆的是红色,既醒目,又好看。床帮与床腿之间连成弧形,床帮两头用一根长木杆连接。木杆有弧度,能使摇床轻轻地摇动起来。

在床的中央是搭起的绣花绷带,小摇床摇摆起来,绣花绷带上五颜六色的花纹使小摇床显得分外可爱与漂亮。

小摇床铺板中部挖去碗口大小的洞口,其中穿过一根导尿管,床下放着一个小盆,婴儿的尿就从导尿管流到床下的小盆里,使摇床不湿,被褥干燥,十分卫生。

这种摇床还有一个特点是,高度适中,只要母亲侧身即可将乳头轻轻送到婴儿嘴里,不用将婴儿抱起来就可以非常方便地喂奶。

举行婴儿摇床仪式这天,哈力克·默穆江家人将准备好的小油馕抹上果酱、蜂蜜等食品递给来庆贺的小朋友。在场的人都拥围在摇床四周,向婴儿说祝福的话,赞美婴儿长得俊美,活泼可爱,祈福婴儿长大后孝顺父母、尊敬长辈,能当学者、科学家,祝愿婴儿快快长大。

婴儿在大家的祝福声中不一会儿就睡熟了,围在摇床四周的小孩子都一一散去。母亲托呼提汗·纳斯尔用绣布单盖在摇床上。这不是她生的第一个孩子了,所以她能很熟练地用松香木烧熏,使婴儿不受蝇子的叮扰,因为南疆的初夏来得比北疆早,屋内已有些许的蚊蝇飞舞。她做好这一切,轻轻走出屋内,热情地招呼着客人们吃鲜美的手抓肉和香喷喷的抓饭。

当最后一个客人走后,托呼提汗·纳斯尔又走进屋内,坐在摇床边,一脸的灿烂、幸福和甜蜜,她拿起炕上的绣花绷,一边一针一线地绣着花,一

边用脚轻轻地摇着小床,情不自禁地哼起《摇床歌》:

> 你是我的黑眼睛,
>
> 我的心肝宝贝。
>
> 你是我的欢乐,
>
> 我的心肝宝贝。
>
> 你是天上北斗星,
>
> 我的心肝宝贝。
>
> 我的黑眼睛,
>
> 安静地睡吧。
>
> 我的心肝宝贝,
>
> 甜蜜地睡吧。
>
> 我的黑眼睛,
>
> 我的心肝宝贝。

40天后,哈力克·默穆江和妻子托呼提汗·纳斯尔要为孩子举行满月礼,祝贺孩子睁开眼睛看世界。

这天,哈力克·默穆江宰了1头牛、5只羊,准备了丰盛的菜肴及馕、烤包子、薄皮包子、揪片子、拉条子、曲曲尔、馓子、油塔子等。

这天,来了许多亲朋好友,他们都带来各种各样的礼物,说了许许多多祝福的话。宴席结束后,麦西来甫开始,在一阵悠扬的器乐演奏下,鼓乐声响起,一男青年上场,起跳如急马腾空,步态矫健,顿时使舞场气氛活跃起来,接着他邀请其他男女纷纷入场。盛装的姑娘如彩蝶般翩然起舞,扭腰出胯,旋转自如,手姿似花,且舞且笑。还有许多青年男女对舞,先是平缓慢舞,然后逐渐激烈,忽腾忽跃,时合时分。热烈的歌舞,欢乐的气氛,唤起了在场老年人的青春活力,有白须长者和鬓角斑白老太太随着乐曲上

场起舞,步态平稳,手姿有致,使舞场氛围顿时变得典雅。最后鼓乐骤起,节奏加快,又是一对对青年男女的欢歌劲舞,直至通宵达旦。

乃门莫墩乡,蒙古语意为"八棵树"。这八棵树全是沙柳树,没有长在一起,而是两棵一组地分散在全乡。据说这八棵沙柳树树龄都在两百年以上,因此该乡名称之为八棵树。

乃门莫墩乡位于县城以南,北与和静县相接,东与农二师二二三团场和二十二团场毗邻。全乡地处山前平原区,海拔自西北向东南倾斜。乡政府驻地乃门莫墩距离和静县城10公里,与焉耆县相隔20公里。全乡东西最长20公里,南北最宽10公里,面积160平方公里。

乃门莫墩乡属和静县管辖。和静县地处新疆中部,天山南麓,巴音郭楞蒙古自治州焉耆盆地西北部,东与和硕县、托克逊县接壤,西依天山与新源县、巩留县为邻,南与拜城县、库尔勒市毗连,北隔天山与首府乌鲁木齐市相望。

和静县山河壮丽,幅员辽阔,地形东西长于南北,呈东西走向。地势西北高,东南低,由西北向东南倾斜,大致可分为高山盆地、山地沟谷和山前平原3个地貌单元。县境东西最长435公里,南北最宽150公里,总面积39686平方公里,是新疆维吾尔自治区重要的畜牧业生产基地,也是全国著名的畜牧业大县之一。

和静县汉代为焉耆属国。唐代分属鹰娑都督府。唐宋之际,先后属安西回鹘汗国和西州回鹘汗国。元明时,先后属察合台汗国和叶尔羌汗国。清乾隆三十六年(1771),英雄的土尔扈特蒙古人民因不堪忍受沙俄的蹂躏和日益加重的奴役,在著名首领渥巴锡的率领下,高呼着"我们的子孙永远不当奴隶,让我们回到太阳升起的地方去"!举行了震惊中外的反抗沙俄的武装起义,33000多户近17万土尔扈特人和部分和硕特民众汇成一支浩浩荡荡、不可战胜的铁流,离开寄居近一个半世纪的伏尔加河流域,义无反顾地踏上了回归祖国的艰苦卓绝、艰苦悲壮的东归征程。乾隆三十八年(1773),清政府将旧土尔扈特南路四旗安置在和静驻牧,而乃门莫墩属扎布素旗的驻地。

和静县历史悠久,文化灿烂,从县境察吾呼沟出土的铜镜背面的团龙

纹饰,可以把中原文化和西域文化的相互渗透追溯到公元前 3000 年。团龙纹饰龙身头尾分明,通体无鳞,无翅无足,身体蜷曲,是我国早期龙的形象。这条"察吾呼古龙",可算得是新疆出土文物中所见最早的龙纹标本,标志着和静县古代文明的进程。

和静县的自然环境更为独特,驰名中外的天鹅湖坐落在群山怀抱的巴音布鲁克草原的中心地带——大尤尔都斯盆地。湖区东西最长 30 公里,南北最宽 10 公里,面积约 100 平方公里,是由许多相连成片的沼泽和小湖所组成。湖区气候温和,环境幽静,是天鹅和各种水鸟繁衍和栖息的理想乐园。每年阳春三月,大地复苏,天鹅湖坚冰消融,水面如镜,不时,有从印度、缅甸、巴基斯坦,甚至远到黑海、红海和地中海沿岸的天鹅和雁鸥,不远万里,来到这里筑巢、换羽、求偶、生育、栖息繁衍。于是,冷寂了一个冬天的湖区,顿时又充满生机。你可以驻足,只见一湖春水碧波荡漾,美丽温驯的天鹅悠闲地踱步在湖岸草滩上,啄吃草根,或在水中游弋,或击

水而起,腾飞高空,蔚为壮观。

境内的巩乃斯林区,更是别有洞天。这里群山叠翠,谷幽林深,风景绮丽。隐伏在群山之中的阿尔先温泉,溪清泉涌,一碧无染。奎克乌苏石林,秀拔奇伟,引人遐思飞动,飘然欲仙;辽阔的巴音布鲁克大草原,牧草青青,牛羊遍野,展现了一幅雄浑壮阔的放牧图。晶莹浩淼的天鹅湖水,"雪山翠珠"的巴音布鲁克草原,养育了世代的和静人民。阿里木就是在这水草丰美的环境下生活着。

1978 年秋天,正是南疆天高云淡,秋高气爽,瓜果飘香的迷人季节。阿里木的家人要给阿里木举行割礼仪式。割礼源于伊斯兰教的礼俗,维吾尔族称为"逊纳提托依"(阿拉伯语,意为"圣行",被列为圣行之一),原是阿拉伯半岛古代先民的习俗,自从维吾尔族改信伊斯兰教后,割礼也就在维吾尔族中盛行起来。

维吾尔族给孩子行割礼,一般都选在春天或秋天,孩子的年龄一般在7 岁左右,不能晚于 9 岁。维吾尔族人把割礼视为人生中的一件大事,割礼前,要为孩子准备好衣服被褥。

这天,阿里木穿上了崭新的衣服,他光听大人们说要给他割礼,割礼到底是做什么,他并不清楚,总感觉是自己人生中的一件大事要来临。因为这天来了许许多多的亲朋好友,还有跟他差不多大的孩子。

一大早,阿里木家门口鼓乐齐鸣,像过节一样热闹,亲朋好友们都带着礼物来到阿里木家。一会儿,阿訇先是给阿里木讲笑话,讲着讲着,把他悄悄领进了一间小房内,然后让他脱掉裤子,用一双温暖的大手摩挲他的生殖器包皮,他聚精会神地在听阿訇讲的优美童话故事,还没来得及反应,只见阿訇迅速从袖筒内拿出一把锋利的老式折叠剃刀,敏捷地用竹板夹住他的生殖器包皮并迅速割掉,一阵钻心的疼痛使他刚要大声哭喊时,站在一边的人连忙把剥好的煮鸡蛋塞进了他的嘴里止住了他的哭声。这时候,他并不知道,阿訇已把棉花烧成灰抹到他的割处,并将沙子倒在割处上面,郑重地告诉他:"你已经是个少年了。"

第二章　学习雷锋好榜样

阿里木的家与乃门莫墩乡政府一墙之隔，只是乡政府的大门正对乡村公路，而阿里木的家门朝西。

推开他家的木门，一个不大的院落，3间土坯房，每间有十七八平方米，被炕就占去了1／3。可想而知，容纳他家9口人，是非常拥挤的。

但是这里环境十分优雅，房屋周围栽植着柳树、杨树、沙枣树，还有白榆树、旱柳树、红枣树，各种树叶在微风中婆娑起舞，郁郁葱葱……

阿里木家门的左边，有一条潺潺的小溪从镇中央穿流而过，用他的同学古丽鲜的话说，他们俩是喝着这条溪水一起长大的，但后来这条溪水不知什么时候干涸了。

古丽鲜告诉记者，从小学、初中到高中，她和阿里木一直是同学，且两家又正好是邻居，两人经常相约着一起去学校。

"阿里木从小就喜欢帮助人，无论是植树、打扫卫生、办黑板报，他都积极得很。"古丽鲜说。

不光古丽鲜这样说,阿里木的许多同学都这样夸奖他。

阿里木这些美好品质要源于小学班主任再同汗的一次故事会。

那时候,再同汗老师每个星期都要给全班34个学生讲一个故事,有战斗英雄的故事、舍己救人的故事、宁死不屈的故事,还有助人为乐的故事。这些故事都深深地打动了阿里木幼小的心灵。

有一天,故事会的日子又到了,同学们早早地坐在了自己的位置上,他们不知道再同汗老师今天要给他们讲什么故事。

走进教室的再同汗老师,看到全班同学坐得齐刷刷的很是高兴。作为老师,她多么希望这些学生健康快乐地生活、学习、成长。她知道,这些学生,犹如幼苗一样,必须精心浇灌、呵护,才能让他们懂得热爱共产党、热爱祖国、热爱人民,长大后成为一个对国家、对社会有用的人。

她给大家讲了雷锋的故事:

雷锋出生在湖南省望城县一个穷苦农民家里,7岁就成为孤儿,在沿街乞讨中和给地主干活时,受尽了折磨。

听到这里,学生们的眼里噙满了泪水。再同汗老师又讲新中国成立后的雷锋参加工作后,多次被评为"红旗手"、"劳动模范",尤其是当兵后,做了许多好事不留名的故事。雷锋的故事,让学生们的心灵受到了震撼。从此,学生们互相帮助、做好事的积极性更加高涨,帮助五保户提水、拾柴、劈柴,帮助农民送土豆、送包谷、送蔬菜。因此,再同汗老师所在的班被评为先进班级。

冬天把寒冷带给了人间,阿里木每天早早到学校生炉子,当同学们走进教室后,教室里已经暖烘烘的。

有一天,同学们兴冲冲地走进教室,却发现教室里冷冰冰的,再同汗老师进教室后扫了一眼,没有见到阿里木,以为是他生病了,她心里沉甸甸的。

放学后,她急急忙忙地来到阿里木家,只见阿里木的双手被反绑着,绳子挂在房梁上,他稚嫩的脸上全是泪痕。

原来这一天阿里木跟往常一样,早早吃了饭,到自家院里去抱柴禾,刚好被从茅房里走出来的父亲撞见,并问他抱柴禾干什么,他回答说是给学校炉子生火。哈力克·默穆江不由分说将他捆绑起来,然后是一顿暴打,并非常生气地说:"我说打的柴禾天天少了这么多,都是你这个吃里扒外的家伙干的好事,有智不在上学,无智上也无用,这个学你别上了。"

再同汗了解了原委后,找到哈力克·默穆江说,你儿子非常聪明,学习不错,品质很好,乐于帮助别人,在学校表现也很好,我们应该鼓励。不让他上学是不对的,人没有知识咋行啊。作为家长,对孩子我们从各方面要进行诱导,而不是靠棍棒解决问题……

一番耐心的说服,哈力克·默穆江无言以对,承认自己打儿子不对,表示对儿子主动做好事应该支持。

再同汗双手摩挲着阿里木被勒肿了的手腕,一下子把他紧紧拥进怀里。再同汗老师深情地对阿里木说:"你为班里做好事,同学都看在眼里,但你不要拿家里的柴禾,你父亲打柴也很不容易,以后我们可以组织全班同学一起到郊外打柴。"

几天之后，再同汗带着全班学生，用了一天时间打回来许多柴禾，整整一个冬天都没烧完。

和静县在很早以前就是一个多民族聚居的地方，长期以来，各民族像亲兄弟姐妹一样和睦相处，共同在这片古老而神奇的土地上生息、繁衍、劳动、创造。而这一大家庭的融合已经形成了一种传统，涌现出了许许多多可歌可泣的先进人物和事迹。

乃门莫墩乡乃门莫墩村党支部书记巴勒孜克，原来是个文盲，为了增进与其他民族的感情交流，他在参加扫盲的基础上，从本民族的蒙古文字学起，进而学习其他民族文字。经过努力拼搏，他能讲汉、维吾尔、蒙古族3种语言，并能看懂3种文字的资料。巴勒孜克掌握了3种语言后，极其有利于他和其他民族的沟通和交往。

他有个汉族邻居老人叫周万贺，孤身一人。许多年里，巴勒孜克给周万贺送衣送粮，还时常给老人一些零花钱。有一次，周万贺老人劈柴时被砍伤，失血过多，几次昏迷。巴勒孜克知道后，马上把老人送到二十三团场医院。在老人住院的一个多月里，他几乎天天都要去看望周万贺，每次都带些可口的东西给老人吃。

乃门莫墩乡包尔孜扎村的维吾尔族青年农民艾买尔江，种瓜致富后，主动关心村上的五保户，给他们送去125公斤粮食和150元现金，还为村小学捐资500元。

全国劳动模范、巴仑台供销社蒙古族营业员苏开，从参加工作起就做好事，给汉族兄弟输血，给贫苦牧民送药，为青年牧工排忧解难，省吃俭用买来彩电，让全村人都能看上电视。

新中国成立初到20世纪90年代，和静县涌现出3个全国劳动模范和全国民族团结进步先进个人，而其中的两个人就是乃门莫墩乡人。

学校邀请这些身边的先进人物给全校师生作报告，让师生们的心灵一次次受到洗礼。

因此，再同汗老师给班级学生们出了一道作文题：学习先进人物的什么精神？

很快，34名学生都交了作文，其中有几个学生写得非常不错，再同汗

老师让作文写得好的学生将自己写的作文在课堂上轮流给大家朗读,这其中就有阿里木的作文。他这样写道:

我们身边的好人好事,确实让我们感动,他们做的事并不惊天动地,也很平平常常,而我们为什么不能像他们一样,长期坚持做好事呢?因为我们正缺少他们这种持之以恒的精神。我一定向他们学习,一辈子做好事,一直到老。

这几篇作文还被再同汗老师贴到黑板旁的空白墙上。

一连好几天,阿里木每每看到墙上自己的作文,心里都美滋滋的。

由于家里经济不富裕,阿里木经常去垃圾堆里捡羊骨头、牙膏皮、烟叶子,然后用卖掉的钱再去买橡皮、铅笔之类的学习用具,他不但自己用,还分些给其他同学用。

一次,班里一位女同学躲在一边抹眼泪,阿里木知道了这位女同学家里经济困难,买不起书,就发动大家捡废品,用废品换来的钱给这位同学买上了书。

"助人为乐是他最大的一个特点,我非常佩服阿里木这一点。"阿里木的小学、初中同学,邻居艾力·阿不来提说。他给我们讲了一个这样的故事:

乃门莫墩乡有一个70多岁姓白的回族孤寡老人,没有人照顾他,生活中困难很多,也很可怜。

有一次,阿里木给几个同学说,我们每天抽点时间帮老人干些家务活,行不行?有的同学赞成,有的反对。而阿里木却说我们学雷锋就要见行动。一说学雷锋做好事,大家都争先恐后地来到老人家里找活干。一个月过去了,这几个同学渐渐都不来了,但是阿里木依然每天都去帮助老人提水,扫院子,劈柴火,经常累得满头大汗。即便是老人再三劝阻他少干些,他每次都坚持干完活再离开。

那时,农村冬天烧火炉的煤供应很紧张,阿里木就提着篮子在炉渣里捡还没有烧完的煤块送给老人。

照顾这位老人,阿里木一直持续了3年,直到老人去世。去世前,老人拉着他的手说:"你真是一个好孩子,胡大会保佑你的,你会得到好报的。"

11

"那时候，我们一直认为他很傻。"艾力·阿不来提说。

"他家并不富裕，他却经常给同学带馕吃。"

后来到了县城上高中了，阿里木依然如此。

那时候农村孩子到县城上学，都是星期天下午或星期一一大早赶往县城，星期六（那时还没有双休日）下午回家。每次离家时，都要带足一星期的食物和钱，由于各家境况不同，所以同学们带的食物和钱也就不一样。

由于家境不好，阿里木家里每次只给他带 5 个馕、2 元钱，平均一天不到一个馕。上高中阶段，正是人长身体时期，阿里木经常处于饥饿之中。而像他这种情况不止他一个人。

据阿里木的同学吐洪江回忆：一般人一星期内，都是早晨吃从家里带的馕，中午在学校食堂吃饭，晚上就凑合着吃，有的人晚上就干脆什么也不吃了。有些同学控制不住自己，前三天猛吃，到星期四五就弹尽食绝了，这时候往往是阿里木把自己剩下的馕贡献出来，每人只能分一小块，所以同学们只是充充饥而已，但是如果阿里木自己留着，还能解决一顿饭的温饱问题。

一天，与阿里木同桌的买买提没来上学，放学后，阿里木赶紧跑到买买提家，一进他们家，只见买买提躺在床上。原来是买买提的鞋烂得实在穿不成了，他不能赤着脚去上课。阿里木什么也没说，迅速跑到商店，用自己平时省下来的钱给买买提买了一双鞋。买买提说什么也不要，阿里木不高兴了，说我生病时，都是你忙着给我拿药，让你的妈妈给我做汤饭吃，现在你没鞋穿送你双鞋也是应该的。

阿里木平时舍不得在学校食堂花钱吃饭，一般都是用白开水泡半个馕充饥。他知道，家里不容易，有时候将省下来的钱给家里买些东西。

由于这次花了 20 多元钱给同学买了一双鞋，他口袋里剩下的钱已经不够买一张回家的车票了。星期六的下午，阿里木站在公路边，准备搭便车回乃门莫墩乡。搭便车是他经常干的事。

他从太阳悬在很高的时候就在路边等，一直等到暮色苍茫时，一辆送食品的卡车顺路带上了他……

第三章 高高兴兴当兵去

笔者与阿里木接触的一段日子里，他一直强调：他们家最早的时候经济还是不错的。他父亲是供销社的职工，牧区牧民以为他是公社干部。在他的记忆中，他的父亲哈力克·默穆江经常牵一只大羊回来，他还有羊奶喝。还有一次，他父亲从家里牵走一只小羊，从巴音布鲁克草原换回一只大羊。

巴音布鲁克草原位于和静县西北部，蒙古语为"富饶的泉水"，是指"水草丰美的地方"。广袤无垠的巴音布鲁克草原是古代游牧民族的游牧地，这里天阔地广，水草丰茂，像一个碧绿晶莹的聚宝盆镶嵌在群山之间，在聚红凝碧的天然牧场上，放牧着当地培育而成的以内脂著称的巴音布鲁克大尾羊、举世闻名的焉耆马和稀有动物兼家畜的高山牦牛。

这里山泉溪流，碧波粼粼，腾金耀彩，宛若晶莹闪亮的蓝宝石，与雪山银峰交相辉映，使这里美妙的大自然

景观更加神奇迷离。

阿里木的父亲哈力克·默穆江从巴音布鲁克草原回到家中的这天,他的妹妹帕提古丽出生了,而就在这一天,毛泽东主席却去世了。这是 1976年的 9 月 9 日。

阿里木说他父亲在床上哭了三天三夜,因为父亲这一辈人对毛主席的感情太深了。没有毛主席就没有父亲的翻身解放。

有一天,父亲对几个儿子说,家里只要有羊,你们把羊放好了,我们就有钱了,于是,阿里木的 3 个哥哥都不再上学,姐姐也回家了。

然而,还没有把羊群发展壮大,他家里却出事了。

1995 年的夏天,阿里木的大哥吐尔逊·哈力克在阿克苏帮助别人摘啤酒花。一天傍晚,摘完啤酒花的吐尔逊·哈力克坐着摩托车返回驻地时,与一辆迎面而来的卡车相撞,一条胳膊和一条腿被撞断。

阿里木家里仿佛天要塌下来似的,为了保住阿里木大哥的性命,哈力克·默穆江把家里几十只羊都卖了,把所有的积蓄全部搭进去了,可治疗费还是远远不够。天呐,这该怎么办呢?

眼看儿子双肢难保,哈力克·默穆江借遍了全村人的钱,背上了沉重的一身债。家里发生的这次变故给上初中的阿里木上了人生的第一课。

全家 9 口人,仅靠哈力克·默穆江一人每月 300 元的工资,已经够困难的了,现在又遇上家里出事,还要还债,家里人整天愁眉不展,顿时没有了以往的欢声笑语。

在阿里木上高二时,家里的日子越来越难以为继,他长大了,懂得给父母分忧了。因此,一到寒暑假,他就去亲戚家打工。亲戚家在县城,是专做羊皮生意的,阿里木不仅在亲戚家干活,也在他们家吃住,而且还能挣些工钱。

他越来越不想上学了,这个念头一冒出来,怎么也遏制不住。父母听了他的想法后,都不同意,认为前面 4 个大的都辍学了,这个孩子不能再辍学了,老师和关系不错的同学也劝阿里木继续上学。

事情往往就是这么巧,这个时候,部队招兵开始了,而县武装部的部长又是他们家亲戚的朋友,阿里木的父亲让亲戚给帮帮忙,武装部长竟然一口答应了。

一连几天，阿里木都高兴得睡不着觉。他幻想着自己的美好未来，发誓要做一个雷锋式的好战士。

1987 年 11月，阿里木高高兴兴地走进军营，当他身着绿军装，站在新兵的队伍里的时候特别扎眼。由于他年龄小，个子也小，那身军装穿在他身上显得格外肥大。这批新兵由和静县城出发，到库尔勒市集中，然后坐军车来到了石河子部队。

每一个入伍新兵都要经过在新兵连 6 个月的严格培训，这次培训主要是从最基础训练抓起，也就是常规的，出操、走步、射击、投弹……

在训练过程中，带兵的人就可以看出每一个新兵的综合素质，这些包括文化水平、体能、技能、应变能力等，这关系到新兵后面的分配问题。

6 个月后，这批新兵集训结束，然后根据每个人的特长分到各个连队。阿里木被分到八师二十四团一营三连。这是一支光荣的部队，它的前身是骑兵八师，开国大典时，曾通过天安门广场受过检阅。他们的部队在石河子南边 100 公里之外一个名叫牛圈子的地方。

这里远离城市，周围全是树木。这里是一块儿凹地，靠近天山，周围居民不多，但牧民不少。

阿里木所在的三连，其实是个民族连，连里的战士主要以维吾尔族为主，还有回、哈萨克、柯尔克孜等民族。由于阿里木在培训期间，无论是思

想品德、军事素质,还是应变能力等各个方面的出色表现,所以他被分配在连部当了通信员。对新战士来说这是个美差,这个工作是多少人梦寐以求的。在连队,通信员天天与连部领导在一起,主要是跟连长在一起,做些上传下达、收收发发之类的活,这些活一干完就可以休息,偶尔还可以狐假虎威地"假传""圣旨"。

然而阿里木就是闲不住,他一有空就到炊事班帮厨、打扫羊圈、打扫院子卫生……

1988 年夏天,乌鲁木齐至阿拉山口的铁路建设轰轰烈烈全面铺开,这是一条国家投资近百亿元人民币、七百多公里里程的重点铁路建设项目,沿线施工队伍数万人。八师二十四团一营三连接受了一段垫路基的任务,工区是在甘河子段。炎热的夏天的确让人难以忍受,战士们用铁锹、十字镐挖地基,用手推车拉土、垫方,一个个累得筋疲力尽,双腿像灌了铅似的,话都懒得说了。

阿里木在忙完连部的事情后,每天都要赶到工地上找活干。有人悄悄对他说:"你咋这么傻? 不好好在连部待着,还来找罪受。"

他却不这么认为,他说,国家这么大个项目,我们每个人都尽到一份力,不就可以早些通火车了吗?

他好像不知道疲倦,一回到驻地,又和炊事班一起烧开水,等水开了,提着开水瓶往战友们的脸盆里一一倒上,再兑上凉水让他们一个个烫脚,随手又把他们的脏衣服抱走,一些战友不让他抱衣服,他就软缠硬磨,给战友们洗晒衣服,干了一件件叠好,然后又一一送到每个战友的铺上。这些战友激动得不知道说什么好。

施工进度很快,铁路路基向西不断延伸……

一天,突然下起大雨,戈壁滩上无处躲雨,战士们没有停下手里的活,阿里木忙前跑后地想找块雨布让战友遮遮,就是找不到,他只好和战友们一起干完一段路基的工作。回到驻地后,大家互相看着看着都笑了,脸全都成了"泥猴",衣服都湿透了,这时只见阿里木和炊事班的人抱着一摞碗,提着姜汤水,让大家喝。

按说北疆一般少雨,然而这一场雨却下了一天一夜,有些刚垫好的路基又被雨水冲毁了。雨停后,只有重新施工,多少影响了工程进度。

阿里木又出现在工地,战友们劝他回驻地,他说什么也不走。

下大雨的那天,阿里木忙于给战友们烧姜汤水,没有来得及换衣服,当天晚上开始打摆子、发高烧,烧还没有退,他又跟着队伍上了工地。

经过近 10 个月的艰苦施工,部队终于完成了规定的目标任务。

三连由于提前保质保量地完成了任务,被北疆铁路建设指挥部授予集体三等功;阿里木在北疆铁路建设中,表现出色,成绩突出,被评为先进个人,年底,被连队评为"优秀士兵"。

1988 年的冬季来得特别早。

9 月下旬的一天深夜,忽然乌云翻滚,北风呼啸,不一会儿,大雪纷飞。

大概一个小时后,附近一位蒙古族牧民来连队求援,说他的孩子柴吉,下午去松树林边的草地上放牛,到现在还没有回来。连长和指导员听了这位牧民的汇报后问他孩子有多大,牧民说十几岁。连长和指导员感到事情严重,立即召集全连战士分头去找柴吉和牛。

战士们被分成三人一组走向茫茫原野。

雪,越下越大,打在脸上,让人很难睁开眼睛;风,依然吼着,似鬼哭狼嚎。

阿里木、买买提明·扎克尔、司马义·买买提为一组。他们拿着手电,顶着风雪,一直向两公里外的松树林子靠近。大片大片的松树林黑黝黝的,黑得瘆人。要去草地,必须穿越松树林,他们走进松树林后,不是被横七竖八的树根绊脚,就是陷进雪窝里,林中的怪叫声也延续不断。

"那是什么?"

买买提明·扎克尔的一声惊问,让其他两人的头皮都发麻,顺着买买提明·扎克尔的目光,看见了不远处的光亮,那光亮隐隐约约,阿里木闭上眼睛再睁开,定睛往那束亮处看去,他心中明白了,是另一组战友打的手电。

"喂,你们是——哪一组?"阿里木扯开嗓子大声问道。

"我们是第五组，你们是哪一组？"对方回答后又反问。

"我们是——第二组。"阿里木大声回答。

出发前，连长、指导员把战士们分了组，编了号，一共有30多个组，并命令不能只往一个方位去寻找，要四处散开，因为四周都是草原和山岩，要拉网式寻找。毫无疑问，柴吉一定是紧紧跟着3头迷失方向的牛在跑。

在风雪和寒冷中，他们终于穿过了那片松树林，一出林子就是草原，映入眼帘的除了白茫茫一片，还是一片白茫茫。

"柴——吉——"

"你在——哪里——"

他们扯着嗓子喊，喊了一阵，没有一点反应。

"不行，这样怎么能找到人呢？我们分别去找吧。"阿里木给两位战友建议。

"分开太危险了。"司马义·买买提说。

"要不你们俩在一起找，我自己走。"阿里木说完，就向草原深处走去，他边走边喊："柴——吉——"

整个草原上都是一片喊叫声。

走出了几公里之外，阿里木发现了一头牛卧在雪地上，一动不动，任凭风吹雪打。他再往前看，似乎看见了影影绰绰的影子。他拖着疲惫的双腿，慢慢往那个方向挪动……

怎么回事？近在咫尺，就是接近不了目标。路怎么这么长呢，时间怎么这么长呢？

阿里木心里急呀，他拼着力气挪着脚步。好了，终于见到了两头牛和趴在牛身旁的柴吉，他摸了摸柴吉的额头，冰凉冰凉，他努力地把自己的衣服脱下来，盖在了柴吉的身上。

怎么两条腿软软的迈不动呢？我应该快把柴吉背出去。柴吉趴在他的身上，两只胳膊耷拉下来，身体很重很重，他就是挪不动步子。不行，干脆把他放在牛背上，可是怎么把柴吉也扶不到牛背上，我怎么这么笨呢？阿里木开始用手打自己的脑袋。等阿里木睁开眼睛后，看到的是周围的一圈人,有连长、指导员、买买提明·扎克尔、司马义·买买提,还有穿白大褂的护士。

"我怎么在这里呢?"他问。

"你昨天把柴吉和牛都救了,自己却冻晕过去了。"指导员说。

"我一点都不记得了。"他说。

前一天夜里,确切地说,今天凌晨,当阿里木给柴吉盖上衣服后,他用手电立即给买买提明·扎克尔、司马义·买买提发出了信号,这是他们分别前约定好的。他们俩立即通知了其他寻找小组的战友,救出了柴吉、阿里木,还有那 3 头牛。

鉴于阿里木在为保护牧民的生命和财产时的突出表现,连里给予他嘉奖。

对于这种嘉奖,他有些不好意思,遇到了这件事谁都会这样做的,况且寻找柴吉和牛的时候,全连人几乎都去了。

1988 年的冬天,北疆的雪下得特别地勤。

那些天,阿里木几乎天天在营房院子里扫雪。部队比较讲究,不仅要求整理内务时,挂的毛巾成一条线,被子一条线,牙缸一条线,而且连营区的雪都要扫成一条线,为的是整齐划一。

由于阿里木的勤快,扫雪好像是他的任务一样。刚进连队时,一下雪,大伙儿都出去扫,后来渐渐地只有他一个人去扫了。

"阿里木,过来扫雪。"谁都可以这样救助他。

他的战友乌斯曼回忆说:"我们那时候不懂事,以为阿里木好欺负。"

"其实阿里木就是这么一个喜欢干活的人。"乌斯曼补充道。

1989 年秋天,连队为了给牛羊贮藏冬季草料,组织战士到奎屯兵团农七师团场背包谷杆子。

毫不夸张地说,团场的地大得很。当你站在条田地的这头望那头时,真是一眼望不到边,一条条田地好几百亩。

战士们一字排开,每个人都给分配了一条条田,在连长的一声"开

19

始"声中,战士们生龙活虎般地涌进条田,开始用打包带捆好包谷杆子,然后往地头背。刚开始的速度比较快,但是一趟趟地背的时间长了,小伙子们一个个地难以承受了。几百亩地遗留下来的包谷杆子太多太多,随着太阳的爬高,热度也随之升高。尤其是到了中午,人人汗流浃背,个个筋疲力尽,沉重的包谷杆压在肩上热得人汗水直往下淌,有的战士累得直哭。一天下来,一个战士也只能背完一条条田的包谷杆子,这成绩已经很不错了。

而阿里木,凭着顽强的耐力和良好的体能,每天却能背完两条条田里的包谷杆子。

一幅这样的画面永远定格在了马辉荣的记忆里:

阿里木用打包带捆住包谷杆子,然后用力一甩甩上了肩,只见肩膀被打包带勒得渗出了血,他步履稳健地从夕阳里走出来,那身影的轮廓背后是一片灿烂辉煌!

1989年5月,阿里木在当了一年的通信兵后,被挑选担任了炊事班班长。

凡当过兵的人都知道,能够进入炊事班的人,必须要有良好的素质。这种素质首先要体现在过好烧火关。

何谓过烧火关? 那就是发给你一把大铁锹,到灶房先去烧火。一般人认为烧火不难,其实很不容易。炒菜的人与烧火的人在工作过程中是不用语言交流的,而是以敲锅沿来提示你火的大小。 如果火小了,炒菜的人就会用铲子敲锅沿,"当——当——当"敲得次数多些;如果火太旺了,需要小些,就会传来"当——当"的两声。 接到这样的指令,如果火势把握不好,那你就等着挨骂吧。 即便掌握得好,也要过3个月的烧火关。

阿里木是班长,他完全可以不去烧火,但他自己却主动地烧了3个月的火。

现任巴音郭楞蒙古自治州人事局副局长阿里木是他的战友, 阿里木说,阿里木江·哈力克给他留下了深刻的印象。在他3个月烧火的期间,伙房狭小,钉子上挂着的灯泡光线昏暗,就是这样,阿里木依然在烧火之余看书学习。烧火间空气污浊,白墙变成了灰墙,却一点都没有影响他看书学习的劲头。

"在全连战士中他是比较聪明的人。"阿里木这样评价他。

有一个鄯善兵叫帕尔哈提,吉他弹得非常好,因此人很傲慢,谁想学他都不给教,每次弹奏吉他时,都会有许多人围着他看热闹,而阿里木只是远远地站在一旁看他如何运用指法。有时候,帕尔哈提离开一会儿,阿里木就去抢着弹一会儿,弹得还不错。帕尔哈提知道了就说,你不交学费行吗?怎么办?交学费吧。阿里木为了缓和尴尬的局面,主动给帕尔哈提卷了一支莫合烟,点燃后给他送到嘴里。

"这还差不多。"帕尔哈提满意了。

"在部队,老乡观念很强。"巴音郭楞蒙古自治州人事局副局长阿里木这样说。

"那时候,我们巴州兵调皮,爱与吐鲁番兵打架,每次让阿里木参战,他就是不去。老乡看不起他,吐鲁番兵也排斥他,他却不在乎。有时我们偷着喝酒也不叫他,可他还是主动帮大家干活。"

艾海提·库尔班是阿里木的高中同学,他说:"那时候我们一个宿舍,经常有人无缘无故地欺负他,骂他,他从不还嘴,只是一个劲儿憨笑。过后,他对你还是一样好,该帮忙照样帮忙。"

阿里木的这种遇事忍让的性格,在后来的浪迹天涯的岁月里得到了充分的印证。

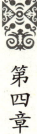

第四章 承包失败离家乡

铁打的营盘流水的兵。

阿里木在解放军这座大熔炉里经过 3 年的锻炼之后,于 1990 年秋天复员回到家乡。

离开军营前,阿里木和一起复员的老兵们都恋恋不舍,毕竟在这里生活相处了 3 年。3 年的时间在人的一生中不算漫长,可是,这 3 年是他们人生经历中最为关键的,对于他们的人生观、价值观、世界观的形成起到了决定性的作用。

无论是阿里木的战友,还是一些社会工作者,都这样认为阿里木能够发扬一种善与爱的精神,与部队的教育是密不可分的。

3 年,复员老兵们对这里的一草一木都产生了深厚的感情,对部队有着无限的眷恋。特别是在最后的几天里,他们一次次地举杯、一次次地话别。

有的号啕大哭,有的热泪涟涟,有的默默无语……

分别的时刻终于到了,离去的老兵们都站在营房大门口行了一个标准的军礼，然后大踏步地转身上车离去。

3 年里，阿里木共受到 5 次连嘉奖，1 次营嘉奖，1 次优秀士兵。

21 年后，当记者在和静县供销社保存的阿里木的档案里发现他的这些荣誉时，记者对他肃然起敬。这是一个好战士生命轨迹的真实记录，也是他之所以能够成为一个慈善大使的成长基础。复员前，阿里木为自己今后的发展道路设计了几条路。一是去阿克苏，投奔亲戚，找份工作。二是去内地打工赚钱。三是回到家乡和静县。

复员后，他还是选择了最后一条路。

按规定，父母在什么单位，子女也可以进这个单位工作。阿里木的父亲哈力克·默穆江一直是县供销社职工，阿里木复员后自然就被安排进了县供销社。县供销社根据他的专长让他做保卫工作，他这一干就是整整一年。

1992 年春，县供销社深化改革，推行承包制，为的是彻底打破企业吃大锅饭的分配制度。县供销社对各公司、基层社的经营承包人员公开招标、公开答辩、公开选贤任能，以提高主任或经理在企业中的地位和作用。在计划经济转变为市场经济的大潮中，阿里木也被这汹涌激荡的潮水推向风口浪尖。在领导积极的鼓励下，阿里木承包了一个门市部。

他承包的是协比乃尔布呼乡的一个门市部，这个门市部也是这个乡唯一的门市部。协比乃尔布呼乡，位于县城以南，焉耆盆地中部以北，开都河下游北岸，北接乃门莫墩乡，距乃门莫墩乡 11 公里。

县供销社对以往门市部的剩余货物进行盘点，让承包人接手剩下的货物。阿里木一下接手了价值 20000 多元的货物。这次招标共有 28 人承包了 7 区 21 个乡的门市部，每个人每月要给县供销社上交 400 元本金钱，至于养老金、失业金，每人只交 20 多元，这是一次脱贫致富的好机会。几年之后，这一批承包人中借这个平台，有的确实挣了不少钱。但这些人中并没有阿里木。

协比乃尔布呼乡，全乡有 861 户、4390 人，是一个以农牧业为主的乡。

阿里木承包的门市部位于协比乃尔布呼乡二队路口，正好是县乡公路的交岔口，当时全是土路。门市部是用土块砌起来的一间土屋，使用面积有 40 多平方米，中间有两道挡墙，左边是库房，右边是卧室，中间 20 平方米是卖货的，三间屋内各有一扇门相通。货架是几根木桩支撑隔开的档口，屋中央放着一排玻璃柜子，地是坑坑洼洼的泥地。这种门市部房屋结构、陈设，当年在全国的乡村几乎一致。

算起来，阿里木自 1992 年承包门市部距今已是近 20 年前的事了。

2011 年的 2 月 14 日，笔者来到协比乃尔布呼乡二队、阿里木曾经工作过的门市部采访。

据乡干部介绍，门市部还是那间房，结构上没有什么变化，只是门窗好像重新油漆过，从斑驳脱落的油漆中依稀可以分辨出当年使用的是绿色油漆，已经有些歪斜的木门外，现在又加了一扇铁质防盗门。记者特意留心用泥覆盖的房顶，上面长着稀稀拉拉的小草，当年抹的黄泥已剥落不少。门市部目前是一对夫妇在经营，恰巧是中午，一家人正吃饭，他们热情地邀请笔者共同进餐，被谢绝了。这对夫

妇明白笔者的来意后,说在我们之前也有记者来过,都是说要看看阿里木当年工作过的地方。这么多记者来,我们的门市部也会提高知名度,今后生意会更好做。

这对夫妇还说,现在他们经营的物品比当年丰富多了。

是啊,现在的物品比当年丰富多了,范围更广,市场也更加活跃。

然而,当年主要是为了方便乡村农民买些针头线脑、烟、酒、糖、茶、食盐、火柴等日常生活必需品。

阿里木是 1992 年冬季到达协比乃尔布呼乡的,县供销社给他补充了一些物品,他用了几天时间,把物品码置好就开张了。

开张这天,萧瑟的寒风让阳光照耀得些许温暖。供销社的领导、乡干部们都来祝贺,同时还有不少乡亲和围观的娃娃。

阿里木欣喜地招呼来人,供销社领导和乡干部代表讲了话,之后放了挂鞭炮,鞭炮的碎屑与烟雾刚刚散去,就有人来买东西了。

因为刚开始乡亲们与阿里木并不熟悉,买什么东西都付现金,随着彼此地熟悉起来,有的人开始央求赊账,阿里木有些为难,毕竟是自己承包的门市部,赔钱要算自己的。但都是乡里乡亲,低头不见抬头见,他心一软就给乡亲们赊账了。他准备了一沓二指宽的白纸,谁赊账就记上账,某年某月某日某人买了什么,多少价钱,记得清清楚楚,至于什么时候还却没有约定。

开始赊账金额是一两元,三五元,慢慢地变成十元、二十元……

白条子越来越多,可是还账的人几乎没有。有的人赊了一次又一次,阿里木也有忍不住的时候:

"你上次的钱还没还呢。"阿里木对前来赊账买东西的人说。

"我实在太困难了,家里又急着用东西,你说我该怎么办呢?好心的阿里木,你就发发慈悲,帮帮忙吧。"

"那给你记上账了。"

"好,好,记上,有钱了一定还。"

一块砖茶,几块方糖,一盒火柴又被拿走了。

望着购物人离去的背影,阿里木只好摇摇头,显出一副无可奈何的

25

样子。

时间长了,他知道这里的人确实太穷了。在生产队干活一个工才几毛钱,很多人家里吃了上顿没有下顿,哪来的钱呢? 再来人说赊账买东西时,他什么也不说,任由别人要东西。

村民苏来曼·乌拉音再也看不下去了,就对阿里木说:"生意哪能这么做,今后还不上钱你怎么办?"

"要相信别人,他们现在没钱,今后有钱了会给的。"

乡里有个五保户老人,身体不好,阿里木不仅不要他买东西的钱,还经常主动送些东西过去,老人嘴里一个劲儿地"谢谢"! 这一谢不要紧,他以后就送得更勤了。

苏来曼·乌拉音的家就在阿里木的门市部跟前,时间一长,彼此都熟悉了,并且成为了好朋友。

苏来曼·乌拉音比当年 21 岁的阿里木大整整 25 岁,在苏来曼·乌拉音的眼里,阿里木还是个孩子。他用生活经验告诉眼前的这位小伙子:"真的,账再这样赊下去,你的门市部非垮不可。"

阿里木反问:"乡亲们都这么穷,你说我该怎么办? 他们的生活少不了油盐酱醋啊。"

"是啊,大家都穷是事实,但经营就是经营,反正这样下去绝对不行。"

他们正说着,又来了一位叫阿依古丽的大娘。

"阿里木,我的孩子,今天家里来客人了,我拿一公斤鸡蛋换些东西行不行?"

阿里木想,鸡蛋又不能当钱去抵本金,就是换了也只能自己吃,自己哪舍得吃鸡蛋呀。

"大娘,鸡蛋不能换东西,既然家里来了客人,你需要什么就拿吧,我记上账,有钱了记着还。"

"谢谢! 谢谢!"

水果罐头一瓶、牛肉罐头一瓶、清香白酒两瓶、砖茶一块、火柴两盒。共计八元四毛。

账是记上了,能不能还上钱是个未知数,但他相信欠账人今后总是能够还上的,只是不知道猴年马月才能还上。

阿依古丽大娘的双脚刚迈出门,只听一声:

"胡大——呀!"苏来曼·乌拉音急了,"你这生意别做了,早晚你得赔了东西卖裤子。"

阿里木用不容置疑的口气说:"我相信他们会还的。"

2011年2月14日中午,当笔者来到苏来曼·乌拉音家采访时,他跟我讲了许多有关阿里木的故事。他说:"那是他刚来的那个冬天,我永远记得,是1993年的1月10号,他来了也就两个月时间吧。"苏来曼·乌拉音非常肯定地说,"一天深夜,我突然听到外面风声大得很,白天累了一天没去门市部,风这么大,我担心阿里木的房子暖和不暖和,我去了,敲门进去后,只看到他缩在床上,冻得浑身发抖。他睡的是个什么床嘛,几块板子上铺的是麻秸秆,没有被子,一床到处都是窟隆的棉絮,炉子没有架火,房子冰凉冰凉的。"

"我一看这样不行,会冻死人的,我要拉他到我家来。小伙子犟得不行,说是要看店。我一看拽不走他,赶紧回家抱了床被子。也怪我大意,平时到门市部,只到中间那间卖东西的地方,好像没太在意过睡觉这边。唉——那天晚上我回到家翻来覆去睡不踏实,老是担心他。"

别看苏来曼·乌拉音已经65岁了,身体很硬朗,记忆力也惊人,还很

会讲故事，他接着说："第二天，我帮他盘了一个炕，盘完炕，我特意注意了他的穿戴，噢——哟，他没有棉衣，没有棉裤，一双穿烂的黄球鞋。我问他，你不是当过兵吗，你的棉大衣、棉被子、棉皮鞋呢？"

"你想他怎么说的，他说：'在县供销社看大门时，一天晚上有一个捡垃圾的人缩在墙角冻得瑟瑟发抖，我一看他只穿了一件衬衣，就把东西全给他了。'"

"唉——"苏来曼·乌拉音一声叹息。

"盘完炕没几天，我感觉他的房子还是不暖和。"苏来曼·乌拉音继续说，"到他睡觉的房里一看，炉子根本没有架火。我赶紧走到他卖东西的那间房子问他为什么不架火，他低着头就是不吭声，在我再三逼问下，他说，他要省下煤钱还承包费。"

"我不知道说他什么好，一边省钱不买煤挨冻，一边又是赊账不要钱，真是拿他没办法了。从这以后，不管多晚我都去看他，怕他冻坏了。"

"他不架火就烧不成水，我就经常把他叫到家里来洗热水脸，有时候让他来吃饭。"

说到这里，苏来曼·乌拉音仿佛回到了过去的岁月里，他还说："我们经常在深夜里长聊，聊以后的生活。我们都相信，以后的生活一定会好起来的。"

苏来曼·乌拉音还告诉记者这样一个故事，他最担心的这天终于来到了。

有一天，高苏勇来到了阿里木的门市部。

高苏勇是供销社主任，他很奇怪，其他门市部承包人带着现金进货了，阿里木这里怎么没有动静呢？他专门来到这里要看个究竟。

高苏勇先查看了货架上的货物，发现货物明显少了，说明生意不错。既然货物少了，应该进货呀。他把这个意思说出来后，阿里木苦笑着拿出了一沓沓的赊账条。

"怎么回事？"高苏勇惊奇地问。

阿里木只好如实地说出事情的原委。

"阿里木啊阿里木,咱们做生意可不是做慈善事业,我们过去计划经济就是因为大锅饭造成了人人负责,人人又不负责任,不讲经济效益,导致国家的货物流失,流失了还不知道流到哪里去了。我们之所以要实行经营承包,其目的是要让市场活起来,还要让国家的货物不流失,让承包人有钱可挣。"

高苏勇不能不给阿里木陈述利害关系了:"老百姓是穷,但是这种赊账根本治不了穷的根子。你今天赊一下,明天赊一下,把你的店赊完了怎么办?不但给国家交不了账,连你自己的基本生活费也挣不到。你看你,都没钱买煤,这么冷的天,你怎么过?你一定要买些煤,否则冻坏了咋办呀?"

高苏勇语重心长地说完走了。

太阳每天照样升起。
而云雾是无法遮挡住那太阳的万丈光芒的。

阿里木依然给乡亲们赊账。他何偿不想挣钱,但他见到乡亲们那一双双忧愁的眼睛,他的心无论如何也硬不起来。自己宁愿每天吃干馕、喝白开水。

我们前面已经提到过,协比乃尔布呼乡二队路口,正好是县乡公路交岔口。二队社员的子女每天要去乡里上学,这条县乡公路是必经之地。

这又成了阿里木的一桩心事,他担心骑自行车和走路的学生一不小心会让来往的车辆撞了,每天一到上学和放学的时间,人们都会发现阿里木站在公路边上引导学生靠边走,有时嗓子都喊哑了。

有人劝他,学生跟你有什么关系。

"我多操些心,娃娃们就多一份安全,我不能让他们在我的眼皮子底下出事。"

一次,他站在门市部的门口,亲眼看见一个放学的女学生差点被迎面而来的一辆卡车撞上,他当时吓得魂都差点飞了。从那天开始,他就做上了这个义务工作。

一天深夜,他疲惫地骑着借来的一辆破旧自行车从 11 公里之外的乃

29

门莫墩乡的父母家归来，车把上挂着的塑料袋里装着几个馕和一罐头咸菜，到了岔路口正准备拐弯下坡时，借着月光，发现了一辆摩托车翻在路基下，摩托车的车身把一个人死死地压在了下面。

阿里木跳下自行车，就去救人。

"喂，朋友，你怎么啦，你怎么啦？"

他一连几声呼唤，但倒在地上的小伙子就是没反应。他急了，用尽力气，把摩托车翻了过来，只听小伙子发出了一阵呻吟声，他想把人背起来，却怎么也拖不动，只见小伙子的腿一抖一抖地在抽搐。

那天夜晚的月亮特别亮，月光下，他看到了小伙子的左腿在流血，他看看公路上没有车辆，也没有行人，于是附下身子对小伙子说，你一定要坚持住，等着我去找人来帮忙。

他想骑着自行车快些，结果自行车倒在了地上，几个馕撑破塑料袋滚在了路上，一罐头咸菜也摔得满地都是，他顾不得去收拾馕和咸菜了，跨上自行车直奔苏来曼·乌拉音家。

这时候苏来曼·乌拉音已经睡下了，被阿里木一阵急切的砸门声惊醒，打开门后，阿里木急急忙忙地把情况大致给他说了一下，苏来曼·乌拉音开上手扶拖拉机驶向出事地点。

到了公路边，他们赶紧将小伙子背上拖拉机，快速向乃门莫墩乡医院驶去。

到了医院，伤者被送进了急救室，医生和护士匆匆忙忙来回奔跑。后来一位护士从急救室出来对他们说，急需输血，因为这里没有血库，往库尔勒市送恐怕来不及，问他们愿不愿意输血，是什么血型，他俩同时捋起了袖子。

经过化验，俩人的血型都与伤者匹配，最后还是抽了阿里木的血。为了救人，俩人争着输血，阿里木一再强调自己年轻，抽点血不算什么，苏来曼·乌拉音也说自己身体好，年龄不算大，医生和护士的眼睛都瞅着阿里木。

抽完血，医生和护士们都忙着抢救那个小伙子去了，他们俩就势坐在了医院走廊的长条凳上等待结果，看伤者还需不需要急需输血。

几个小时后,小伙子被抢救过来,但他那条左腿还是没保住。

待他们往 11 公里外的协比乃尔布呼乡走时,东方已泛起鱼肚白。

后来,小伙子的父亲专程来感谢阿里木,同时送给他一辆摩托车,阿里木硬是拒绝了。

阿里木在协比乃尔布呼乡几年了,几乎全乡的人都知道他,尤其是二队的人没有不认识他的,经常有人喊他去帮忙翻个地啦,拖个土块啦,打个馕坑啦……

他可以说是有求必应,从来没有推辞过,每次干完活,别人硬把他留下吃饭。他常常不忍心吃人家的饭,觉得农民挣钱不容易,但是想走掉是不可能的。

阿里木人好心善,愿意给他说媒找对象的人也多。有人问他,你为什么还不找老婆呢?想找个什么样的?干脆在乡里找一个在这里安个家算了。

阿里木说:"我做梦都想找对象,可我现在什么都没有,拿什么和人家结婚呢?结婚有了娃娃咋养活!"

他的回答往往让人无言以对。

吃饭,少不了要喝几杯,几杯酒一下肚,他的脑袋就有些晕,晕的时候就想,再不赊账了,赶紧挣钱娶老婆,从明天开始,给谁都不赊账了。

第二天一清醒,他头天的想法全忘了。

高苏勇主任又出现了。

这是又一个冬天。

那天,纷纷扬扬的雪下了一天,大地成了茫茫雪原,一望无际;天山上白雪皑皑,一派银装素裹。

雪霁,公路上出现了一个黑点,由远及近……

距门市部很近了才看清是高苏勇。

"这雪下得真大,天气真冷。"一进门,高苏勇拍打着身上的雪花对阿里木说。

他在找取暖的地方,却见炉子还是冰凉的,他的双眼瞪着阿里木,大

声说:"你不想活了?!"

阿里木什么也不想解释,他知道,解释纯属多余,无论如何,这事是自己做得不对。

"你要是出事了,我还得担责任。你不能害人呀!"

阿里木笑了。

"你还笑,你看看,这货架上还有多少东西!没见你交钱,也没见你进货,连3个月养老金自己都交不上来,不要说承包费了,上次我说的话都当耳旁风了。"

阿里木把赊账本拿出来递给高苏勇,高苏勇翻着翻着气就不打一处来,压着火低声说:"阿里木呀,阿里木,我没想到你会这么干呢!你对得起谁?这样你还怎么干下去?"

"高主任,我实在没法干了,也不想再干了。"

"4年的承包期还没到,怎么办?要不你先把钱收回来再说。"高苏勇对他还是很宽容的。

翌日,阿里木拿着赊账本,挨家挨户开始要账了。

"阿里木兄弟,实在没钱还,是不是再缓一缓。"

"不行啊,上面要承包费呢。"

"那你看我家有什么值钱的,你就随便拿走好了。"

阿里木在房子里看了一圈,真是没有一样值钱物件,只好走出这家。他又走进另一家。

"白条上欠了多少?"欠钱人问。

"九元二毛。"他回答。

"这样吧,我家里只有三元二毛,先还这些,在白条上注明一下。"

阿里木情绪低落到了极点。

到了中午,他犹豫敲不敲别人家门,硬着头皮敲吧,正好这家人都在吃饭。

"阿里木,吃饭没有?"这家人很关切地问。

"先不说吃饭的事,要交承包费呢,你们家欠的钱要还呢。"

"实在拿不出钱啊!"

就这样，阿里木只好再去敲另一家的门。

阿里木每天像陀螺一样转悠，也没收回多少钱，有的人一见他，扭头装着看不见，甚至还有些人看到他来，马上就把门关上。

"不能怪他们，如果有钱，他们是会给的，只怪他们没有钱。"他心里老是这么想。

有一天，苏来曼·乌拉音对阿里木说："我多少次提醒你，你就是不听，现在知道了吧，有赖账的呢！"

生产队长薛双录、农民徐光良都替他着急，曾经也说过他。

几个月下来，他终于收回来一些钱，交给了供销社，但还有 4000 多元承包费交不上去。这可怎么办呢？

阿里木终于明白了，再待下去也收不上几个钱，还不如全身退出。

他只好如实地给高苏勇说了。

"你打算干什么？"高苏勇问他。

"回家想想再说吧。"从此他就再没去过供销社。

2011 年 2 月 13 日，记者见到现任县供销社主任曹延风、会计高苏勇后，他们说："我们当时就没有追究他的责任，知道他心软，又不容易，他说走就走了。"

笔者开玩笑说："阿里木至今还欠着供销社 4000 多元呢。"

曹延风和高苏勇只是笑了笑说，当时他的确有难处。

阿里木离开协比乃尔布呼乡时，特意选择在了一个晚上。他站在门市部的门前，深深地看了一次又一次，然后，慢慢走上县乡公路，转身看到了沉沉黑夜中的一片死寂，唯有低矮的一小片一小片土房中闪烁着仿佛星星一般的灯光，告示着这里的生气。他人生中乡村生活就这样匆匆结束了。

第五章 浪迹天涯走四方

　　回到乃门莫墩乡家里的阿里木，对自己的知识、生存能力进行了反复的梳理和思考，作出了准确的定位，认为自己一步到位当门市部经理还缺乏修炼。万丈高楼平地起，今后想做大事，必须先从小事做起，他决定还是先做些力所能及的工作，先到库尔勒市郊的农二师二十七团收购羊皮贩卖。这是他的老本行。

　　他在协比乃尔布呼乡门市部时就做过这样的事，虽然钱挣得不多，但在给县供销社交承包费时起了不小的作用，单靠讨要的赊账钱是远远不够的，他把贩羊皮赚的钱也贴了进去。

　　贩羊皮对于他来说已经是熟门熟路。几天之后，阿里木出现在农二师二十七团。

　　他的本金只有几百元，从旧货市场买了一辆飞鸽牌二手自行车，开始穿街走巷收购羊皮。好在二十七团离他们家很近，他早出晚归地还可以天天回家。

　　一天，在一个居民区，他遇到了一个妇女带着两个孩子蹲在路边,面前放着一张写好字的纸,内容大致是娘仨从河南老家逃荒来,口袋已身无分文,孩子也两天没吃东西了,希望好心人给予施救。

看着妇女面黄肌瘦,两个孩子满脸泪痕,阿里木二话不说,把口袋里贩羊皮挣来的几百元钱全部给了那位妇女。

"太多了大兄弟,太多了。"妇女极力要求少给些。

"赶紧带娃娃去吃饭吧。"阿里木说完把所有的钱又都塞给了妇女。那天他回到家,父母问他:"挣了些钱吧?"

"挣了。"

"家里想买个彩电,还缺几百元,你给补贴一些。"

阿里木只好如实地告诉父母,几百元钱给了一位逃荒的河南妇女了。

父母劈头盖脸地训斥他:"你脑子进水了?挣的钱都给了别人。"

"那个女的说不定就是个骗子。"

"没听说要钱的人都是富人吗?"

"那个妇女带着两个娃娃真的很可怜。"阿里木对父母说。

"你就那么相信他们。"

他的哥哥姐姐也一起埋怨他:"你吃着家里的,挣点钱都给了别人,你就不要来家里吃饭了。"

全家人的指责让他心里很不好受。

第二天,他问一个朋友借了 200 元,坐车到了农二师三十六团。这里距和静县一天的路程,他在当地租了一间简陋的平房,又开始了收购羊皮的生意。

半年后,他发现收购羊皮的人越来越多,这种生意越来越不好做,他开始卖烤羊肉串,卖烤羊肉串的人就更多了,阿里木赚的钱连肚子都吃不饱,他思考着自己下一步的生存出路。

一天,他翻开中国地图,目光从新疆巡视到东北三省、华南、西南等地。他想,中国大得很,何必在一棵树上吊死。他终于下定决心,走出新疆,到内地去发展。

1998 年 8 月,阿里木买了一张从库尔勒到西安的火车硬座票,怀揣仅有的 500 元,结束了他两年来在新疆贩羊皮、卖烤羊肉串的生活,开始了

他在内地 4 年的漂泊生活。他没有料到，前面等待他的是充满凶险而又艰辛的苦难之路，他的绚丽之梦是个泡沫。

陕西省位于黄河中游，汉水上游，跨黄土高原中部。建都的历史悠久，尤其是省会西安，13

个朝代在这里建都。西岳华山、西安碑林、大雁塔、小雁塔、西安城墙、半坡村遗址、秦始皇陵、秦兵马俑、临潼骊山、黄帝陵、昭陵、乾陵、华清池等著名景点、文物，真是数不胜数。

阿里木并不懂得陕西的历史，他心里只有一个念头，那就是闯天下，挣钱。

8 月，是西安的酷暑天，白天大街上行人廖廖无几，只听见知了在树梢上鸣叫；夜晚，男人们穿着大裤衩、光脊梁，女人们着连衣裙，很多人手里拿着扇子，在街头巷尾纳凉、聊天。

阿里木下车后，打听到一个叫回民街的地方聚集了很多新疆人在那里做买卖，经过寻找，他找到了回民街。

这条街离市政府很近，确实聚集了不少新疆人，也有当地人，街上吆喝声此起彼伏，卖凉粉的、卖羊头肉的、卖羊肉泡馍的、卖烤羊肉串的、卖饺子的、卖锅盔的、卖新疆干果的……各种小吃应有尽有，形成了小吃一条街。

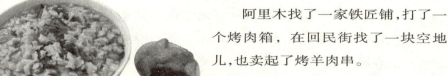

阿里木找了一家铁匠铺，打了一个烤肉箱，在回民街找了一块空地儿，也卖起了烤羊肉串。

"羊肉串，羊肉串，很好吃的羊肉串，快来买！"阿里木洪亮的声音吸引了不少顾客，开张的当天，就挣了 70 多元钱，他的心里喜滋滋的。他想，照这样下去，挣些钱一点问题都没有。

到了这天下午，一位彪形大汉冲着阿里木就来了。

"喂，卖烤肉的，别在这里卖了，这是我们的地盘，我们老板来了你就完了，快快收拾摊子滚蛋！"

"我卖我的烤羊肉，碍你什么事了！"他不明白，这里怎么会是他们的地盘，太不讲理了。

"我警告你是对你的客气，你不从这里滚蛋，会有你好果子吃的。"这人说完，扬长而去。

阿里木依然卖他的羊肉串，生意依然很红火。

第二天中午，那位彪形大汉又来了。

"喂——怎么回事，你咋还不滚蛋？限你两个小时内离开。"

"这不是你们家的地方，你是新疆人，我也是新疆人，凭什么你不走让我走，让我离开，我就不走。"

"你还来劲了，你不知道我们老板的厉害？我告诉你，我们老板脾气不好，你要倒霉的。"说完，这人又走了。

一点不假，两个小时后，来了 20 多人，提着棒子，拿着刀子，怒气冲冲地来到阿里木的烤肉箱前，一句话都不说，就唏哩哗啦地砸烤箱，还有几个人打他，他抱着头往外冲，这些人又追着他打。

阿里木跑呀跑，跑出去很远的路，那些人不追他了。行人都纷纷看他，他的衣服被撕烂了，脸上流着血……

他决定去派出所告发这伙人。

好不容易找到了派出所，他犹豫了，他想，告了他们又能怎么样？派出所不可能把这么多人都抓起来，没抓起来的人再来打我怎么办？他想了很多很多，越想越怕，终于也想明白了，不能自己做生意，只有给别人打工。那么是继续留在西安呢，还是换一个地方？这是要尽快做的决定。

他翻遍了口袋，只剩下 5 元了，近百元钱让那伙人抢走了，他饿得实在不行，从新疆带来的馕也被那伙人抢走了。他找到一家烤饼店，用一元钱买了一个白皮饼，大口大口地干啃着。

夜幕降临后,没钱住店的阿里木在一家住户的煤棚里住了一夜。

一大早,房主人起来取煤,看到煤棚里睡了一个人,吓得都哆嗦了。阿里木赶紧对他说了自己的境遇,房主人热情地把他请到家里吃早饭。饭后,他告别房主人,到了火车站。

在火车站,阿里木花了一元买了站台票,他没有目标,只想火车走到哪他就算到哪。

火车快到郑州时,列车员开始查票,阿里木没有逃过列车员的火眼金睛。无票坐车那是绝不允许的,让他补票他实在拿不出钱来,在郑州火车站他被赶下了车。

阿里木还感觉很好,用一元钱混到了郑州。

走出火车站,他盲目地走着,饿得头晕眼花,他走得跟跟跄跄。

脸部有着明显特征的阿里木引起了两个新疆人的关注:

"喂,朋友,你是哪里人?"

"我是新疆人。"

"跟我们先去吃饭。"

在吃饭的时候,阿里木了解到,这两个人都是新疆和田人,一个叫艾山,另一个叫牙森,他们在郑州卖烤羊肉串已经有几年了,今天是艾山到火车站接牙森后碰上了他。

"我会烤羊肉串,给你们打工行不行?"阿里木赶紧说,他不想失去挣钱的机会。

艾山和牙森互相看了一下。

"可以。"艾山说话了,"吃、住我们包了,一个月工资200元行不行?"

"行!行!"阿里木一口答应。

吃完饭,他们拦了一辆的士,走的时间不算短,七拐八拐地来到他们的租房,他们给阿里木支了一张行军床。

第二天,他看到了其他的员工,有七八个。

他们所居住的地方是花园路,这里离省政府很近,人口密集,周围是郑州海关、省工商局、省林科所等,还有黄河路批发市场和几个大型超市,对摆羊肉摊很有利。

没有几天,阿里木就看出了问题。

老板艾山几乎不跟着出摊,他很放心地把一切都交给员工们去打理,然而这些员工们昧着良心每天都要贪污二三十元。每人一个烤肉箱,串好的羊肉又没数,贪污一点钱,艾山根本就不知道。

阿里木规规矩矩,他一分钱都不往自己口袋里装,每天如数将钱交给艾山。

艾山从每个人交来的钱数上看出了问题,给每个人的羊肉重量一致,为什么阿里木交来的钱数比他们要多,无疑,这里面肯定有问题。阿里木没来之前,那些个员工交来的钱几乎差不多,艾山从没有产生过怀疑,现在他不能不有所警惕了。

一天深夜,艾山把阿里木请到夜市上喝啤酒、吃烧烤,似乎不经意间问其他的员工每天交上来的钱数为什么比他少呢。阿里木什么话也不敢说,他已经知道,这几个员工几乎都是艾山的亲戚,怎么说人家也是沾亲带故的,他懂得一定不能多嘴。

艾山见阿里木一言不发,明白他的思想在斗争,即便不说他也猜得八九不离十了:"你为什么不给自己悄悄装些钱呢?"

"老板,你能够收留我,我感激不尽,哪还能做缺德事呢?"这句话,已经说明了一切。

艾山拍拍他的肩膀说:"你让我很满意,我决定给你加工资。"

阿里木赶紧说:"不用了,你只要让我一直干下去就行了。"

这天晚上,艾山请他吃了不少烧烤,他俩也喝了不少啤酒,说了许多的话。

他们俩人的行踪被那几个员工派去盯梢的阿合买提看得真真切切,只是隔得远,他们说了些什么话,他一句也没听到,但是从他俩亲昵的动作中,他误认为阿里木向艾山告发了他们贪污钱的行为。他提前回到宿舍,将所看到的一切告诉了其他人,他们气得咬牙切齿,一个阴谋很快形成。

喝了不少啤酒的阿里木头有些晕晕乎乎,回到宿舍,一头就扎到了行军床上,刚刚睡着,就被人用被子蒙住脑袋,拳头如雨点样砸下来,他差些昏死过去。他被打了有 10 多分钟后,这些人迅速回到自己的床上,并把灯

39

也关了。

阿里木硬挺着站起来,打开灯,大声说:"你们为什么打我,你们为什么打我?"

屋内仿佛没人似的,他们都蒙着被子不吭声,他却不停地质问。

"谁叫你当叛徒的。"终于有人说话了。

"谁当叛徒了?我什么也没说。"他很气愤地说。

第二天早晨,阿里木的头疼得厉害,他用一面小圆镜子看到了自己肿胀的脸,眼睛充血,没有了人样。

这时候,艾山走了进来,看到他这么副模样,什么都明白了,他大声呵斥着那几个人:"你们为什么打他?他哪一点对不起你们?啊——"

艾山越说越气:"你们贪污钱的事我早就看出来了,而阿里木是个多么诚实的人,他不干这昧良心的事,而你们呢,天天把钱装进自己的口袋。我雇你们是来干活的,不是雇你们来当小偷的。"

艾山责骂他们时,谁都不吭声,他们把愤怒的目光都射向阿里木。

"你们都干活去,阿里木今天休息。"

艾山发出了指令。

阿里木坚持要去卖烤羊肉串,艾山拦也拦不住。

在烤肉摊子上,他们谁也没理他,似乎什么事情都没有发生过。他去了趟厕所,回来发现生羊肉串少了一些,问他们谁都不认账,他自认倒霉。晚上交钱时,他比平时少交了一些,这些人故意给艾山说:"阿里木今天交的钱少了,你不问问剩下的钱到哪里去了?"

不说还好,这么一说,他的脸就有些不自然,好像自己真做了亏心事。

"老板,我上了趟厕所,羊肉串就少了好多,不知道谁给拿走了。"

"不用说,我就知道是谁干的

事，没关系，我相信你。"

"要不从我的工资里扣吧。"

从那天开始，他的羊肉串隔三差五地少二三十串。

一天下午，来了几对青年男女，一听口音就是外地人，他们很高兴地在附近商店买了一扎啤酒，然后在烤羊肉摊上吃着烤肉。

一个扎着马尾刷子的姑娘全神贯注地双手抓着烤肉钎子，她浅浅的口袋露出了一只漂亮的钱包，阿合买提的眼睛盯住了那个姑娘的口袋，并朝其他几个人点了点头。他慢慢靠近了那位姑娘。这一切被阿里木发现了，他忍不住地提醒那位姑娘：

"美女，羊肉串好吃不好吃？"

姑娘朝他看看说："好吃，好吃。"

"那就多吃些，哎，你钱包里的钱够不够？"

"够了，足够了。"

"你还是看一看嘛，说不定不够呢。"

"不用她掏钱，我请客。"一位小伙子插话说。

阿合买提已经要下手了，那个钱包不久会落入他的手中。

阿里木急中生智："美女，你的钱包好漂亮呀，在哪买的？我想给我女朋友也买一个。"

说到她的钱包漂亮，姑娘警惕地摸了摸钱包，顺手把钱包放进了她的手提袋里。

阿里木终于松了一口气，阿合买提愤愤地走回他的烤肉摊。

晚上睡觉后，他又挨了一顿打。

"叫你多管闲事，往死里打。"

"吃饱撑的，碍你什么事了？"

再这样下去，他会被这些人整死的，他不想再待在这里了，他决定离开。

"艾山老板，我想走了。"阿里木说。他想他不能不辞而别，艾山老板对他还是不错的。

"兄弟，你为什么要走？难道我对你不好？"艾山想不明白，"你不是说过一直想在这里干吗？"

"我改主意了，决定走。"他不想说出离开的真正原因，要不是那几个人折腾他，他是不会走的。

"你这么坚决，真没办法，我舍不得你走。7个月的工资要给你。"

"艾山老板，7个月的工资我不要了，你给我200元够在路上用就行了。"

1400元他坚决没要。艾山问他去哪里，他说还没想好。

临行前的晚上，艾山请他到饭馆吃饭。席间，艾山对他说："兄弟，你什么时候想回来，我都欢迎。"

阿里木到了长途汽车站，他自己都不知道要去哪里，到了窗口，售票员问他买哪里的票，他正犹豫时，有人跑到窗口问："许昌的票还有没有？"得到了售票员的肯定后，阿里木接着说："就买许昌。"

到了许昌，他遇到了一对夫妻是新疆喀什人，同样在许昌卖烤羊肉串。他们同意阿里木给他们打工。

两个多月后，又来了几个新疆人在当地摆烤羊肉摊子。

有一天，许昌当地的几个人在吃烤羊肉串时，不知为什么和那几个新疆人打了起来，打得不可开交。

几个新疆人边打边冲阿里木喊："快来帮忙！"

从小没打过架的他根本不想插手，有一个人急了："你不帮老乡打架，回头我们收拾你。"

这一句话让他胆战心惊！他想都没多想，拔腿就往火车站跑，跟老板连声招呼都没来得及打就上了火车。

打工的两个月，老板还没有给他发工资，平时的花费他用的是自己带来的那200元，买了张去西安的火车票，阿里木口袋里就剩下了几毛钱。

幸亏他跑得快，那几个新疆人打架吃亏后来找阿里木出气，结果一无所获。

阿里木在火车上想，跑是对的。他回忆他们双方交战的情形，感觉非出事不可，不管那几个新疆人吃亏不吃亏，肯定要找他算账。他们会认为他不仗义。

许昌离西安不是很远，但火车也要走半天。

这时候的阿里木又饥又渴，他真想张嘴向坐在旁边的人要几元钱买些食物和饮料，几次话到嘴边又没好意思说出来。

火车进入夜间行驶，车厢内许多人都东倒西歪地睡着了，车厢里的顶灯也熄灭了，只有地灯发出暗黄色的光线，车厢内一片漆黑，偶尔路过一些小站时，站台上的灯光照射进来，却被行进中的车厢切割成碎光。

阿里木饿得都要虚脱了，他知道那个小桌上有面包、水果、矿泉水，这是旁边一个男人关灯前放的食物，还有一个小姑娘也放了些吃的和水果。他的身子随着火车有节奏地晃动，左手悄悄伸向小桌上的食物，他的胳膊立刻被另一只手抓得紧紧的，这是旁边那个男人的手，手劲很大并且有力，他压低声音很严厉地说："你要干什么？"

阿里木无地自容了，他几次斜眼看到这个男人明明闭上眼了，怎么又睁开眼了，难道他在装睡？

"大哥，我实在饿得不行了。"他向这个男人哀求，"我口袋里只剩下几毛钱了。"

"你饿得不行说一声，这样的行为算什么？"

阿里木把他的遭遇给这个男人说了，不知道对方是不是相信了他的话，把小桌上的食物和一瓶矿泉水送给他，他狼吞虎咽般地吃了起来。

西安，是阿里木的另外一个纠结，那是他求生的地方。他真怕在西安碰上那伙砸他烤肉箱的人。他想了个金蝉脱壳计，如果碰上，就给他们说他专门给他们来当马仔的，抽机会再逃跑；如果碰不上，干脆回新疆。

刚出西安火车站，有一个人老看他，他想可能是自己蓬头垢面引人注目罢，却不料是他的长相引起了这人的注意："你是新疆人吧？"

"是。"

"你叫什么名字？"

他把自己的名字告诉了这人。

"我是乌鲁木齐人。"这人向他自我介绍道，"在北京开了个饭馆，正需

要人,你愿不愿意跟我去北京?"

阿里木连想都没想就跟着他上了去北京的火车。

当他走出北京西客站时,被眼前的高楼大厦、车水马龙的景象迷住了。

这座举世闻名的历史文化名城,是中国七大古都之一,有 3000 多年的历史。它是中国名胜古迹最集中的城市之一,有故宫、天安门广场、八达岭长城、北海、颐和园、天坛、香山、十渡、周口店北京猿人遗址、龙庆峡、大钟寺、卢沟桥、大观园、世界公园、航空博物馆等。

北京又是中华人民共和国的首都,是全国政治、经济、科学、文化的中心。

这位老板有着一个最普通的名字:赵强。他在北京已经打拼了 20 年,他的饭馆在甘家口一带,正好离新疆驻京办事处很近。他的饭馆主要经营炒菜和新疆面食,是西北人、尤其是新疆人吃不惯当地菜的最好去处。

这位赵强老板已经非常有钱了,带着一个孩子。赵强喜欢雇用新疆人,特别是维吾尔族人,他很有经营头脑,他明白只有维吾尔族人在饭馆工作,才能有许多顾客光顾。

饭馆的名字也很特别:沙枣泉,带有地域性和地域文化。饭馆正对着大马路,有近两百平方米大,操着各种西北口音的人来这里吃饭的最多。

阿里木来之前,沙枣泉已经有 1 个汉族和 3 个维吾尔族员工了,这 3 个维吾尔族人全部来自南疆的库车。

阿里木的工作是给客人端盘子、倒茶水。

由于他的勤快,很快得到了老板的赏识和客人的好评。

有一天,一位客人快吃完饭时,突然接到一个电话,急匆匆地走了,留下一个皮包。阿里木赶紧将皮包交给老板,老板根据包内的名片给这位客人打电话让其取包。这位客人第二天来后知道是阿里木给收起来的,非要用 500 元表示感谢,被阿里木谢绝了。

为此,赵强表扬了他,并给他加了工资,由原来的 500 元一个月加到 800 元一个月。

阿里木的待遇遭到了其他员工的妒忌,他常常被他们暗算。一气之下,只干了半年的他又离开北京到了成都。

他没有想到成都的新疆人也不少,大部分人都是卖烤羊肉串的。他给一个叫买买提的老板打工。

这个老板对待员工很苛刻。他的生意做得很大,有几十个烤肉箱,雇了40多人。他要求员工每天早上10点摆摊,一直到晚上的11点钟收摊,早上和晚上给每个员工发一个馕,中午给一盘面条,不提供青菜,只提供白开水。

四川,素称"天府之国",农业很发达,水稻、油菜产量居全国之首,桑蚕、甘蔗、红黄麻、茶叶、水果在全国占有重要地位,泸州特曲、宜宾五粮液、绵竹剑南春、古蔺郎酒名闻天下。

尤其是成都这个城市,被称之人类最佳居住城市。这里夏凉冬暖,即使是冬季,树木葱茏,青草茵茵;夏天,泛着波光粼粼的府南河穿城而过,人们披着月色投下的光影在河两岸吃着麻辣火锅……

城市再美丽,阿里木也不敢留恋,只要稍不留神,他的羊肉串就会不够数量,他的工作只是白辛苦。

已经浪迹天涯惯了的阿里木再次选择了离去,一路南下,在重庆干了几个月后又到了广西的梧州市。

在这里,他又一次遭遇了一位更加残酷、更加卑鄙的老板。

这个老板让阿里木卖羊肉串是一天一清账。

每天早晨,老板交给他一部分羊肉串,规定少一串罚两倍的钱。

第一天开始羊肉串就少了20串,老板问他为什么少了20串羊肉。他觉得很蹊跷,老板给他羊肉串的时候应该是对的,为什么一结账就不对了呢?

"少20串罚40串的钱。"老板一点都不留情面。

他有口难辩,没有贪污钱,没有偷吃羊肉串,怎么会少呢?而且在后来的几天里他每天都少20串。

有一天,老板又是在他最忙的时候把羊肉串送到他的摊位上,然后说

45

这是 100 串。这次他多了个心眼,要求数一下,一数只有 80 串。老板的脸一阵白一阵红,并有些恼羞成怒,说:"你数错了吧。"

阿里木又重新数了一下,还没等他数完,老板劈头盖脸就给了他一巴掌,"你还不相信我!"

他的脸被打得生疼。

老板觉得还没有解气,就招呼儿子、女婿过来对他拳打脚踢。

"我不干了行不行!"阿里木被打急了。

"不行!你还得赔羊肉钱呢。"老板吼叫着。"你敢走,就打死你。"老板威胁他。

糟了,钱没挣上,还要赔钱,真是无理可说。他决定寻找逃跑的机会。

春天是南方进入雨季的季节。

这天细雨霏霏,天气微冷。

阿里木趁着上厕所的机会跑了。

他在嘈杂的人群和喧嚣的汽车鸣笛声中慌不择路地跑着,不敢去火车站,也不敢去汽车站,他要找一个地方藏匿起来。他们发现他不在了,一定会疯狂地寻找他。如果他被逮住,肯定会被老板的儿子、女婿打得皮开肉绽。

雨过天晴,道路泥泞。

他在一个水塘边停留下来,这是梧州市郊区。

由于在逃跑中速度太快,脚上的一双烂鞋不知道什么时候跑掉了,脚底也不知被什么尖利的东西扎破,往外渗着血,他在池塘边的树下躺了许久……直到被蚊子叮醒。水塘里的蚊子太厉害,把他的脸都叮肿了,他的脸似火烧火燎般地疼痛。

晨曦终于将夜幕撕去,太阳冉冉升起。

阿里木蹲在池塘边双手捧起水洗脸,之后,他又盲目地寻找垃圾桶,他要寻找能吃的食物。从前一天的中午算起,他一直没有吃饭。

在垃圾桶里翻着翻着,发现了猪骨头,再饿也不能吃;又翻,看到了鸡骨头,他拿起就啃。后来他对笔者说,几根鸡骨头是他永远不会忘记的,那几根鸡骨头让他感到很香很香,他没舍得吃完,找了个塑料袋把剩下的装上，想着饿的时候再吃。他继续翻着垃圾箱，突然发现了一双破旧皮鞋，42码，对于脚小的他鞋有些大了，他找根绳子把鞋绑在脚上。

阿里木找到一个当地人，自我推销："我会烤肉，还会腌肉，我们一起卖烤肉，但是我只能待在房子里，因为有人要找我算账。"

这个当地的汉族人爽快地答应了。

这个汉族人叫李文革，名字带有明显的时代烙印，因出生于文化大革命后期，父母索性给他起名"文革"，意思是"将文化大革命进行到底"。

李文革，也不是当地人，他是广西桂林人，带着老婆孩子到梧州做小本生意没几年。他听了阿里木的一番话，觉得烤肉是不错的生意。

他给阿里木在煤棚里摆了个床，买了清油、蔬菜、大米、白面、鸡蛋、新锅，然后拿出 10 元，用 5 元给阿里木买了双布鞋，5 元让阿里木零花，又让他洗了个澡、洗了衣服，把自己的衣服拿出来送给他穿。

他们烤羊肉串的生意就这样做了起来。

每天由李文革去市场买回来几公斤羊肉，阿里木将羊肉洗干净，切成块状，接着用竹签子穿好交给李文革，由他在街头烤好卖。

为了使李文革掌握烤羊肉串的技术，阿里木在李文革家门口教了他几天，这样才开始出摊。

生意还是不错的，生活有了着落的阿里木整天被憋在屋里很难受，又不敢出门，怕碰到那伙人。一个月里，他像蹲在监狱里似的，好动的他又想离开梧州了。

"我受不了了。"他对李文革说。

"非走不可吗？我们这样合伙做生意还是不错的。"李文革极力挽留。

"不行，我天天待在屋子里哪都不能去，憋死了。"

李文革看出了他执意要走，就从口袋里掏出两张 50 元给他，阿里木很高兴，他只要了其中的一张，把另一张还给了李文革。他考虑到李文革也不富余。

"50 元钱够了，谢谢你啦。"

"你以后还来不来？"李文革问他。

"我不知道。"他回答。

清晨,小草上的露水在烟雾蒙蒙中一点一点滴落。

阿里木与李文革相拥告别,他背着一包衣服,一个编织袋里放着李文革给他买的一口锅,又一次踏上了流浪的征程。

路过一个建筑工地,他很想在那里打工,谈好了每天工资40元钱,他说20元他都干。

一会儿,工地老板问他:"你是穆斯林吗?"他给予肯定的答复后,老板说不能让他干了,原因很简单,工地上统一安排的是汉餐,他的吃饭问题无法解决。

不到半天,他就被解雇了。

途中,他差点被一伙人挟持着与他们一起去打工,他和这伙人争执起来,他们无奈地放了他。当晚,他在火车站的长条椅上过了一夜。

在火车站的对面,看到几辆拖拉机在忙着拉砖,他走了过去。

"这里要不要人?"他问一位正在卸砖的拖拉机手。

那人认真地打量着他,几分钟后这人就给老板打了电话,一会儿,老板来了。

"你能不能吃苦?"老板问他。

"我能吃苦。"他赶紧回话。

"那你吃饭怎么办?"这位老板也提到了一个令他尴尬的事。

"我带着锅,可以自己做饭。"

"一天要拉180车砖才能完成任务,如果能做到,每个月300元工资。"

"可以。"他答应了,心里想180车砖可不是个小数目,但是硬着头皮也要完成。

知道阿里木身上没有多少钱了,这个老板让做饭的大师傅给他拎了一袋大米,买了清油、土豆、莲花白。

这是一幢正在建设的办公大楼,阿里木来到后,正垒到第三层,离设计的十八层还差远呢。但工程进度很快,几乎一天一层地往上长。

阿里木刚开始拉砖的几天里,双手磨起了血泡,血泡破后又疼得不行，他每天咬着牙硬挺着，要自己装砖、卸砖非常地累。几天之后，他慢慢开始习惯了，但是人明显地瘦了。

一个月后，老板来了，有人把阿里木拼命拉砖的事说给了他，老板让阿里木去他的办公室。

阿里木知道自己干得非常卖力，以为老板会表扬他，或者奖励他，结果是老板让他别干了。

他瞪着一双吃惊的眼睛问："为什么？"

"这样干下去你会死掉的，你死了谁负责？你走吧，我不敢留你。"说完，老板给了阿里木200元钱。

他觉得非常可笑，干活过于卖力，也让老板担扰。

怀揣着200元钱的阿里木不知往哪里去，好不容易找了个打工的活又被炒了"鱿鱼"。

他忽然想到他曾经在南宁的一位姓张家里打过工，不知他现在怎么样了。

他在公用电话亭里给这位张大哥挂通了电话，张大哥一听是他的声音，高兴地说："你快到这来，我现在生意做大了，我需要你，一个月给你1500元钱行不行？"他立刻买了张火车票就到了广西省会南宁。

在南宁火车站，张大哥开着微型面包车来接他。

"我现在好几个店铺忙得很，你来了卖烤羊肉串，除了工资，年底我再给你5000元钱的奖金。"在车上，张大哥一边开车，一边兴奋地对阿里木说。

张大哥叫张守一，几年前开了一个水产生意店。两年前的有一天深夜，邻家的商店不知什么原因失火了。那天恰巧有风，火借着风势，越着越大，火已经烧到张守一的店面了，睡在店里的阿里木毫不犹豫地操起灭火器灭火。一瓶子灭火器的液体全喷了出去，还是无济于事。他赶紧操起脸盆打开水笼头，一次次地往火里浇水，但一点作用都不起。他只好找出平时冲洗鱼池用的胶皮管子套在水嘴上往火上浇，火势却越来越猛，他的脸被滚滚浓烟熏黑了，仍然不顾一切地在灭火。

张守一家住得不是很远，当几家店铺的火烧红了夜空后，喊叫声、惊恐声，让许多人从睡梦中惊醒，张守一迅速跑到自己的店铺来，他看到阿

里木努力扑灭火势的一幕,被深深感动了,他大声喊:"阿里木,快躲开,火太大了。"

只见滚滚的浓烟直冲上天,周围弥漫着刺鼻的气味。阿里木好像根本没有听到他的声音,或者是听到喊声也置之不理,自顾自地一次次冲向火里。

这时候,消防人员和消防车赶到了,很快把火灭了。

这件事给张守一留下了深刻的印象。

被烧的几家店铺损失有大有小,而张守一的店铺损失最小,这都得益于阿里木的奋力救火。

阿里木还是决定离开张守一的店铺。

由于一直惨淡经营,张守一的经济状况不是太好,这场火对他虽然损失不大,但毕竟还是有些损失。阿里木坚决说服了张守一而离开了南宁。

两年过去了,没想到张守一的生意不仅好转,而且扩大了店铺。阿里木真为他高兴。

当晚,张守一给他接风洗尘。

接下来的几天里,阿里木开始感觉不对劲,张守一说让他经营烤羊肉串的生意,却连个烤箱也没见着,也不说去铁匠铺打个烤箱。张守一的几个店铺生意是红火,也很忙,但他雇的人已经足够,阿里木根本就插不上手。

张守一除了每天好吃好喝地招待他,还带他出去游玩。

他成了一个无所事事的人。

他看出来了,张守一是对他那次救火后的一种感激,只是表示的方式不同罢了。

越这样,他心越不安。

几个晚上,他翻来覆去睡不着。他决定离开南宁、离开张守一。

在怎么离开的问题上他犯难了,说不出充分的理由张守一是不会让他走的。自己本身就是投奔他来做生意的,无故离去怎么张口?悄悄走也不行,这样会伤张守一的心。

来到南宁一个月后的一天晚上,他把他的去意说给了张守一,理由是一个哥哥在云南罗平县忙生意,需要他去帮忙,他已经答应。

听完他的话后,张守一沉思了一会儿说:"让你哥哥到我这来,我保证让他赚钱。"

"他已经在罗平县做了几年生意了,而且一家子都在那里,让他们离开肯定是不行的。"阿里木确实有个哥哥在云南罗平县,有一天,他专门给哥哥打去电话,哥哥希望他过去一块儿做生意,但他身无分文怎么去见哥哥?

"一家子在那里还需要你去干什么? 别走了,过些日子我一定给你做个烤箱。"

"张大哥,你别劝我了,我感谢你! 你还是让我走吧。"

"从我这里拿些钱走。"

"我有钱。"其实阿里木的口袋里已经没有钱了,他从建筑工地老板那里领到的 200 元已经花完。他是真想张嘴要上 100 元,思来想去来了一个月,什么事也没有帮忙,这个钱无论如何不能要。

在一个朝霞满天的早晨,阿里木又启程了。

他唯一的办法就是徒步。

途中遇到几个新疆人在卖葡萄干。他对一个小伙子说,能不能给他两元钱打个电话,却遭到拒绝。他的脸发烫了,被拒绝的他仿佛偷东西时被抓了现形。

在行进中又遇到一个卖葡萄干的中年人,一见阿里木,知道遇到了老乡,他对阿里木说:"我要去做礼拜,帮我看一下摊子。"

他愉快地同意了。

守着葡萄干摊子,他的双眼直冒金星。他已经整整一天没吃饭了。

他的心里默默祈祷着真主阿拉:你每天帮助很多的人,你也帮我一次好吗? 我不偷不抢,一定做个好人,真主阿拉你能不能救救我,让我今天渡过难关。

这时候天空突然明朗了,一扫前面阴霾的天气。

奇迹就在这时发生了。这时候来了一个男人,他相拥着三四个女人,

用傲慢的口吻冲阿里木说:"哎,是新疆的葡萄干吗?"

"是。"阿里木用嗫嚅的声音回答着,心里却想着:真主阿拉派人来帮助我了,我一定要从这个人身上最少拿到2元。

"你要多少?"他又问这个男人。

"1两1元,我只买1元钱的。"男人用不容置疑的口气说。

"你不能买两元钱的?"他是多么希望男人买两元钱的葡萄干呀!趁主人还没有到,他要用这两元钱打个要紧电话。

这个男人说:"不行!我就买1两。"他的手在裤子口袋里掏呀掏,掏出来一大把钱,他的嘴里数着:"10元、20元、50元、100元……"显然他是在找零的1元。

阿里木双眼急急地看着这个男人数钱,他恨不得一把夺过来,但是心里又一次想起祷告声:"真主阿拉保佑我吧,让这个男人把钱留下。"阿里木的希望落空了,这个喝了酒脑子还很清醒的男人终于找到了1元钱,他随手往葡萄干上一扔说:"称一两葡萄干,快!"

"快点,亲爱的,一两葡萄干怎么称了半天啦!"有个女人娇滴滴地冲着男人说。

"马上就好。"男人回答。

"真抠门,你不会多称点呀!"另一个女人说男人。

"买这么多干吗?齁甜齁甜的。"男人说。

阿里木的情绪低落到了低点。1元钱就在葡萄干上随风抖动着,他觉得它太不值得装进自己的口袋里了。

这个时候又来了一个瘦削戴着黑框眼镜的男人,还带着一个孩子,他蹲在葡萄干前面问这问那,阿里木一看就知道这人不是成心来买葡萄干的。一会儿就见到他从摊子下面捡了一样东西就迅速转身要离开,阿里木一下子就看到他手里拿着100元钱。

"哎,等等。"男人一手拉着孩子赶紧迈开了脚步,阿里木喊住了他。

"这钱不是你的,你怎么随便拿走呢?"他质问这个男人。

"我是从地上捡的,与你有什么关系?"男人不愿意交出来。

"这是我的钱。"阿里木急中生智地说,"我说刚才别人给了我100元

52

钱怎么找也找不到了,原来是掉在那里了。哎——有你那么捡钱的吗？把钱留下！"

"这不是你的钱,是我捡的。"说完男人又甩开了脚步。

阿里木一下子冲过去将钱抢了过来,并用维吾尔语说了一句无关紧要的话,男人听不懂他说的什么语言,吓得赶紧拉着孩子走了。

这时候阿里木的心在狂跳,他欣喜地想,阿拉真主你多么地伟大,这钱是买葡萄干的男人掉下来时没有看到,让别人捡到时却让我看到了,这真是老天长眼呀！他在心里再次祷告说:我以后一定做个好人。

这张 100 元钱,他翻来覆去地看了好几遍,他一直以为自己是在做梦或者是幻觉。

葡萄干摊主做完礼拜回来了,阿里木把 1 元钱给了摊主,同时他给摊主说:"你看看这 100 元是真的还是假的？这是刚捡的。"

摊主反复对着阳光看了几次用肯定的口气说这是真的。

阿里木双手把钱放在胸前,自言自语地说:"感谢真主阿拉保佑我。"

在身无分文的时候,这 100 元对他来说是多么的重要呀！他可以不用徒步去坐车了。

在与摊主告别的时候,阿里木忽然想到他不能走,万一那个买葡萄干的人回来找钱怎么办？而摊主一直用怀疑、警惕的眼光看着他,他可能根本不相信这钱是他捡的, 或许以为是他偷的, 他不能这样不明不白就走了。如果那人回来就还给他,如果不回来更加证明是真主阿拉在帮助他。

"我今天晚上在你们家住下,等那个买葡萄干的人,他要是不来,我明天就离开。"阿里木对摊主说。

摊主点了点头表示同意。

傍晚时分,彩霞满天。

阿里木到附近的小商店买了些食品和矿泉水,和那个摊主一起吃了起来。

"如果那人来了,我告诉他买东西花了 5 元,只能还 95 元了。"他对摊主说,眼睛一直盯着来来往往的行人。

"是要坦白地给他说。"摊主附和着。

夜幕降临了,那人始终没有出现,阿里木舒了一口气,他的心里非常矛盾,希望那人出现把钱还给他,同时又不希望他出现,因为他太需要这95元钱了。

阿里木随着摊主去了他家,吃完饭他出门转转,看见街边一个汉族人在炸油条和油糕,在街灯的闪烁中,这人的一招一式显得很娴熟,简直是一道风景。

欣赏了这人的动作之后,他想,这个人一定是把做生意的好手,他决定和这人谈谈。

他走到这人的摊位前说:"我们两人合作做生意,专门卖烤羊肉串,你的这个位置很不错,是块风水宝地。"

"怎么合作?"这人问着话却没有停下手里的活。

"你出钱我烤肉。"

"主意不错,我得跟老婆商量商量。"

真没出息,我们维吾尔族哪有和老婆商量的。这个想法在他的脑海里一闪而过。

一会儿,炸油条的男人把老婆从家里叫来,他们给她说了合伙做生意的事,这人的老婆很支持。然后这个女人问他住哪?他回答说和卖葡萄干的新疆人住一起。夫妻俩都说不行,做生意很不方便。他们直接把他带到家里,给了他一间坐北朝南的房子,房子不大,有个8平方米左右,却收拾得干干净净。当他洗漱一番之后,躺在了松软带着阳光余味的被窝里想,今天这是怎么啦,跟做梦一样,好事一个接一个,真主阿拉今天开眼了,好高兴呀!

其实阿里木已经预感到这里不能摆烤羊肉箱,这个地段非常繁华,几乎属市中心。这个叫黄为民的根本不了解油炸果子和烤羊肉串是不一样的,烤羊肉串会极度污染周围空气,城管会干预的。

阿里木极力宣传烤羊肉串这样的生意好做,是醉翁之意不在酒,他的目的是要得到一个烤箱,准备自己独立门户。因此他要巧取一个烤箱。

阿里木的想法黄为民却浑然不知。翌日,他和黄为民到了一家铁匠铺打了一个烤箱,当地铁匠对这种烤箱不知怎么操作,是阿里木连说带画图打出了这么一个烤箱,150元钱的材料和手工费自然是黄为民出的。接着,他们又去买了一把刀、菜板、焦炭、铁钎子,共计花了400元钱。

第一天的生意很不错,周围居民和来来往往的行人没有见过羊肉有这种吃法,就是有人见过也是从电视上见过。他们围观并拿出5毛钱买一串尝尝,有的人觉得好吃接着又买,阿里木和黄为民忙得满头大汗心里却是乐滋滋的。不大一会儿功夫就收入70多元钱,照这样的收入进账,烤羊肉串确实是个不错的生意。这话是黄为民说的。

古话说得好,乐极生悲。正当他们的生意像烤箱里的火一样红红火火时,人群有人喊了一句:"城管的人来了。"

话音刚落,六七个戴着大盖帽、身着灰色制服的男男女女跳下一辆130车,直奔他们的烤肉摊。

"谁让你们在这卖烤肉的? 嗯——"

"影响市容,污染空气,走,走。"

有人说着,另外的人就把烤箱内的火灭了,把烤箱扔到了130车的大厢内,几个人扬长而去……

阿里木、黄为民,还有黄为民的老婆姜红沮丧地回到家中商量怎么办,城管的执法人员把烤箱拿走的时候把他们3个人一脸的喜气扫尽。

"还是去央求他们把烤箱还给我们吧。"姜红打破了沉默。

"城管队的人一般不好说话。"黄为民接话。

"不管怎样,去试试看。"阿里木是心疼那个烤箱,烤箱打得很精致。

到了城管队,他们说尽了好话,赔尽了笑脸,写了一份不再摆烤肉摊的保证书才把烤箱要回来。

"这次把烤箱还给你们,如果你们还出摊,就别怪我们不客气,不但罚款,还要没收烤箱。"一个城管干部训斥他们。

"是,是,一定不摆了,保证不摆了。"他们信誓旦旦。

烤肉摊摆不成了,黄为民和他老婆继续炸油条、炸油糕,阿里木却又无事可做,只好继续流浪。

临走前,黄为民夫妇对他说:"我们商量了一下,把烤肉箱和其他东西都给你,你用这个养活你自己,如果有一天你有钱了,再把这个还给我们。"

阿里木被这番话深深打动了，他甚至很羞愧，为了能得到一个烤箱而动了心眼。他想说出真相，但几次话到嘴边又说不出口了。

更让他无地自容的事还在后面，黄为民夫妇还给了他 100 元钱，一大包食品和饮料。

阿里木背着烤箱，带着一大包食品和黄为民夫妇的温暖再次四海为家。

他一路走走停停，停下就支起摊子卖烤肉，有时收入好，有时收入不好，经常是囊中羞涩。

他自己都不知道走过多少城市，穿过多少县城和乡村，从春走到夏，从夏走到冬，风吹雨淋，日晒雪冻，桥底下的涵洞、车站码头、牛圈、煤棚、废弃的农舍……没有他没睡过的地方。

一天，他快进入广西省的南丹市，遇到了八九个新疆人。

他们与阿里木搭讪，问他是哪里人，干什么的。

阿里木想尽快躲开这些人，就敷衍了几句，他们便围上了他，要他跟他们一起闯天下。他不愿意，这伙人就连拽带拉地把他强行带到他们的驻地。

这是民房，共有两间，烟头、酒瓶子扔得满地都是，被子又脏又烂，屋内空气污浊。

进屋后，他们明打明地说让阿里木入伙，当翻译、偷东西、贩毒，今朝有酒今朝醉。

阿里木的脑袋都大了，知道遇到了一伙不法分子，这样的社会渣子他见过多次，在几年的流浪生涯中，多次有人劝他入伙，甚至威胁、逼迫、诱惑、拷打，他都挺过来了，他始终牢记当兵时班长对他说过的句话：到了社会，你只要不走歪门邪道，生活就有希望。

他知道，不答应这伙人的要求他们是不会善罢甘休的，答应他们他是绝对做不到的。

无疑，他拒绝了。

这些人开始对他拳打脚踢，他像一条装满东西的麻袋，被打得东倒西歪。

打一阵，这伙人就停下来问他干不干。

"《古兰经》里说过，吃肉的是罪，喝汤的也是罪。我不干这种事。"

雨点般的拳头又一次砸向他的全身。

这伙人丧心病狂到了极点，把阿里木两只脚用麻绳捆上，倒挂在房屋中央一个巨大的风扇上，从四个角度用大瓦数灯泡烤他，同时转动风扇，风扇越转越快，它经不住挂着一个人，他们只好把风扇停了，继续把他倒挂着，灯泡的高度数烤得他脸上的汗直往下淌，血液直冲脑门，五脏六腑似乎都要从喉咙里蹦出来。等他醒来时，他的腿已经不能站立了。他不知道他这是在哪里，使劲睁开眼看看周围，是在公路下的树林里。公路上不断地行驶着来来往往的车辆，有一辆车突然停下，从车上走下一个中年男人，他下了公路在一棵树后方便，待他往回走时发现了阿里木。

这个中年男人走到他的跟前，问他是怎么回事。他很费劲地断断续续把自己的遭遇说了，中年男子背着他上了车，先是把他送到南丹的一家医院，住了有两个星期。在住院期间，中年男子家里的人都来看过他，还给他送来一些吃的，住院费也帮他交了。

出院后，中年男子又把阿里木拉回了自己家。

在中年男子家床上躺了两个星期后，他的双脚才能够下床慢慢挪动。

中年男子叫吴广胜，是开了几个矿的大老板，妻子郝佳协助丈夫打理煤矿的财务，女儿正上大学，儿子吴楠吊儿郎当，整天吃喝玩乐不务正业。

吴广胜家是一幢三层小楼，独门独院，院落足有半个蓝球场大。院内种植着荔枝树、椰子树、桂圆树等，还种植和养育了各种花卉、盆景。尤其是细雨霏霏时，三层小楼的黄色外墙与院内郁郁葱葱的树木、花卉织成了一幅雨中小景的画面，使院内更加生机勃勃。

阿里木的烤肉箱已经让那些人砸了，身上唯一的 100 元钱也让他们搜走了。他又一次成了一无所有的穷光蛋。

养伤期间，吴广胜多次和他交流，表示等他伤好了，可以到他的煤矿找个轻松的工作上班，也可以继续卖自己的烤肉，无论他选择干什么，他吴广胜都会全力以赴地帮助他。

第五章 浪迹天涯走四方

目前,他只希望阿里木继续安心养伤,同时与他的儿子多多交流,使他的儿子能够正经做事做人。

吴广胜家雇了两个人,专门做饭、收拾房子的是一个40岁出头的妇女,伺养花卉、树木的是一个50岁左右的男人,据说他年轻时专门上过花卉果树专业中专学校。

吴广胜专门交待过:阿里木养伤期间需要加强营养,为此,那个妇女天天给他炖鸡,做鱼和鸡蛋。

吴楠的小名叫阿楠,他初中刚毕业说什么也不继续上学了,喜欢交朋友,喜欢玩。他喜欢和阿里木玩,更喜欢听他讲新疆的风土人情,讲他流浪的故事。

吴楠还经常带阿里木去吃西餐、各种小吃。

有一天吴楠对他说:"跟我出去玩两天。"

他有些犹豫。

"走吧,我爸不会说什么的,跟他打个招呼就行了。"

吴楠、阿里木,还有吴楠一个叫阿文的朋友,他们开着车往贵州的兴义市去。车是阿文开的,一辆黑色的奥迪。

一路上他们很开心,有说有笑,途中吃了一顿饭,又买了几个芒果,然后继续向前走。

车速比较快,公路两旁的林带一一向后掠去……

几个小时后,他们就到了兴义市。

这个城市不大,是出广西省进入贵州省的第一座城市。这也是阿里木第一次踏上贵州的土地。

贵州省位于我国西南地区,因境内贵山而得省名。地处1000米以上的云贵高原,西部有乌蒙山,西北有大娄山,中部为苗岭,中部山间多盆地(坝子)和河流谷地。

兴义市地处贵州省西南部,是黔西南布依族苗族自治州的首府,位于滇、黔、桂三省结合处,历来就是西南地区一个重要商贸中心,素有"黔桂锁钥"之称。

兴义古称"黄草坝",早在1.2万年前就有穴居野处的"兴义人"繁衍生息。兴义山川秀丽，人文名胜众多，有40多处旅游资源，自然景观奇特，旅游资源丰富，处于国内数条黄金旅游线的交点。有着国家级风景名胜区——马岭河峡谷。

这里世代居住着能歌善舞的布依少数民族，纳灰河边，万峰林下，轻烟袅绕的吊脚楼，高大翠绿的黄桷树，纺纱织布的布依老人，浪哨（谈情说爱）的青年男女，与清脆的木叶声，情意绵绵的布依情歌，悠扬的八音坐唱一起，构成了一道道迷人的乡村景色。

阿里木、吴楠、阿文他们三人逛商场、逛公园，后来到了酒楼。

从酒楼出来时，城市的夜景开始显现。一幢幢高楼上的霓虹灯五颜六色照亮了夜空，路边商场、商店灯火辉煌，手推车的叫卖声，挑着担子的乡人在大街小巷穿梭，小吃一条街上热气腾腾的馄饨、火锅、汤圆应有尽有。

第二天，他们去看瀑布，这里的瀑布虽然不如黄果树瀑布名闻天下，但也是值得一看的。

"飞流直下三千尺"。这句唐诗名句虽说不是描写这里的，但是看着那从山涧滚滚而落的水帘，和水帘四边山崖上的杉树在轰隆隆的水声中不为所动，这是特有的一幅景象……

两天后，他们回到了南丹。过了没有几天，他们又去了贵州省的都匀市。

阿里木不准备去吴广胜的煤矿打工了。

去煤矿干什么？下井去挖煤还不如卖烤肉，找个轻松的活又没有一技之长，阿里木思来想去不如卖烤肉。

有一天，他把这想法告诉了吴广胜，吴广胜说："既然你想好了，就尊重你的意见。"

吴广胜是希望阿里木和他儿子吴楠从小本生意做起，这样既解决了阿里木的生活问题，又让儿子吴楠得到锻炼，为日后接管企业打下扎实的基础。

吴广胜错了，他的想法是对的，但是他的儿子根本不是做生意的料儿。

那天听完阿里木的想法后，吴广胜就说："让我的儿子跟你一块儿干，

59

做烤箱和买肉买材料的钱都由我出，只是你一定要把我儿子带一带，让他知道生活的艰辛。"

吴楠带着阿里木去了一家铁匠铺，告诉了铁匠做烤箱的形状和尺寸后，他们就走了。

过了两天，阿里木让吴楠去铁匠铺看看烤箱做好了没有，吴楠晃了一圈很快就回来了，对阿里木说："还没做好，急什么?! "

又过了几天，他让吴楠再去催催，吴楠回来后还是那句话。

阿里木坐不住了，他在吴广胜家的时间已经不短，再吃别人的就不好意思了，天天跟吴楠吃喝玩乐也不是个事。他要自力更生地挣钱解决生活问题。

他去了，铁匠见到他就说："我以为你们不要了，烤箱早就做好了。"

几天之后，阿里木拉着吴楠出摊了，吴楠却一点兴致都提不起来，吴楠跟了他两天就再也不出来了。

除了吃喝玩乐，看来吴楠什么都不想干。

阿里木觉得在吴广胜家不能再待下去了。虽说他每天收摊回来很晚，就是怕吴广胜询问他儿子和他的烤羊肉串生意，真要问起来，他无法面对，主要是辜负了吴广胜希望他带好吴楠的一片苦心，做小本生意的目的在于锻炼吴楠。吴广胜对他这么好，他却有愧于吴广胜。

走的那天，他把自己卖烤羊肉串挣得不多的钱留出两元，剩余的和平时吴广胜给他一分未动的几百元放在了吴广胜家的抽屉里，背着烤箱，趁着夜色走了。

阿里木至今一提到帮助过他的人，声音就会哽咽，眼角湿润，他多次对笔者说，他忘不了黄为民夫妇，忘不了李文革，忘不了张守一，忘不了吴广胜一家，忘不了没有留下姓名的许许多多人，欠这些人

的太多太多，抽时间一定要再去看看这些帮助过他的人，否则，真主阿拉会惩罚他的。

那天，阿里木从广西省南丹县吴广胜家出来后直奔火车站，乘上一辆开往贵阳的火车。

月色很柔也很亮，随着火车铿锵有力发出的节奏声一直向前向前向前行……

火车在一个叫都匀的站停下，阿里木赶紧下了车，在都匀市落了脚。所谓落脚，其实就是他在火车站露天广场上睡了一晚上。

都匀，贵州南部政治、经济、文化的中心。都匀城位于"九溪归一"的剑江河畔，众多河流汇入沅江源头剑江穿城而过。碧玉般的剑江水，沿江两岸莺语流花，青山耸翠，是一个山水交融、山清水秀的天然生态环境。

天亮之后，他找到农贸市场，用身上仅有的 2 元钱买了一小块羊肉，开始支起烤箱卖烤羊肉串。

一小块肉穿了没几串，他一会儿就卖完了，他用赚来的钱又去买了一块比第一次大些的羊肉继续卖。

那天，他就这样反反复复地一点点赚钱，到了深夜收工时一数，一天竟然挣了几十元。

他在都匀市就这样落脚了。

喜欢交朋友的阿里木，在烤羊肉串的摊子前认识了不少人。

这以后，他们就经常在一起吃、喝、玩、乐。

起初他没有感到什么，渐渐地认识到这不是他要的生活，他的目标是从生活质量上、思想观念上、做人方法上改变自己，创造一个崭新的天地。

现实就是现实，要改变自己谈何容易，连最基本的温饱问题都解决不了，岂能用一句空话来实现自己的目标。

但信念是不能动摇的，有了坚定的信念，就要脚踏实地地朝着自己确定的目标一步一步地去努力实现。

这是一个酷热难耐的季节。

一天午后，骄阳似火。

阿里木正聚精会神地穿羊肉串，突然来了几个人。炎热夏天的午后一般没人来吃烤肉，一般情况下，他要多穿些羊肉串，准备傍晚和夜间来吃的人吃。

"哎，卖烤肉的，给我们烤100串。"其中有一个小伙子大声朝他喊。

看到这阵势就觉得不好，他警觉但又小心地问："100串你们恐怕吃不了。"

"怎么那么多废话，叫你烤多少就烤多少！"

有两个人又从旁边的商店里搬来两件啤酒，他们个个用牙咬开啤酒瓶盖，只听见"嘭——嘭"的声音，他们吹着啤酒瓶子，吃着烤肉，说着不堪入耳的话。

"哎，卷毛，刚才在车上那女的你没有勾她？"

"怎么没勾，已经勾上了，明天在蓝天宾馆见面。"被称为卷毛的小伙子一脸得意。

"明天不要浪费时间和资源，马上办掉！"

"还用你说吗？有多少女人能从我这里逃脱。"

他们说了许多淫荡的话。

太阳落下山去了，他们才大着舌头起身走，连吃烤肉的钱也没付。

阿里木拦住让他们交钱，那个卷毛从口袋拿出5元钱。

"差远了，不够。"他急了。

"爱要不要，老子就5元钱。"

"不行。哪有吃肉不给钱的道理！"

"你小子不想活了？"

"不能走！"他抓住了那个卷毛。

"给我揍！"卷毛大声喊。

一阵拳打脚踢之后，几个人吹着口哨扬长而去……

阿里木被打得鼻青脸肿。

周围的人都说，这几个是都匀出了名的地痞，你也敢惹。

几天之后，这几个人又来了。

阿里木脸上的肿块还没消下去。

"哎,给我们烤200串。"卷毛说完,故意斜了他一眼。

"没这么多串肉。"阿里木从心里就厌恶这些人。

"不管这么多,你去想办法,反正我们要吃200串。"

真是撞见鬼了,怎么又撞上他们了。他心里叫苦不迭。

他让一个朋友从农贸市场买了块羊肉回来,满足了他们的愿望。

他们走时,只给了10元,他再没敢张嘴讨要。

这几个人不是来白吃就是来滋事,惹不起还躲不起吗?想来想去,他只有一走了之。

在他的流浪生活里,都匀市是他住的时间比较长的地方,整整一年。

走前,他要处理一些事,结果目睹了一场群殴。

事情的起因是这样的,当地一个30岁左右的少妇,同时与两个男人有染,两个男人均有些地方势力,都想置对方于死地,苦于找不到借口。

恰巧这个少妇的母亲因病去世,两个男人各带一群人参加葬礼。他俩都来了,是少妇没有想到的事。

午时,少妇家里为了答谢所有的来宾,在当地的一家酒店备了酒席。未料,两个男人和他们所带的人不经意地成为邻桌。

本来也没什么,各吃各的,各喝各的,两桌互不相干。

席间,一个男人的小兄弟内急去卫生间,回来时一不小心被邻桌另一个男人手下的马仔伸腿绊了一下,一来二去,他们就大打出手。本来两伙人就存有介蒂,这下这根导火线终于燃起,凝聚成一股股爆发的力量,他们从酒店里打到酒店外,从酒店外打进了派出所。

这一幕被阿里木尽收眼底。

因为丧母这家的一个儿子与他熟悉,他也参加了葬礼和丧席。

他自己的遭遇和丧席上的群殴,加速了他离开都匀的步伐。

这次,他选择了兴义市。兴义市隶属贵州省管辖。

在兴义市,阿里木几乎立足未稳,就离开了。

这是2001年的6月,在他流浪了3年多之后的这个夏天,他向贵州省的毕节市走去。

兴义市到毕节市路程近百公里，身无分文的阿里木几乎一直在行走……

这近百公里的路他走了两天一夜，在毕节市郊区，他又一次被几个地痞洗劫，其实他什么也没有了，就这样也难以逃脱被洗劫一空，身上的几十元钱和一双鞋被抢走，他是赤着脚一步步朝毕节市挪动。

由于走路时间过长，加上两天一夜没吃上一口食物，他几乎虚脱，膝盖软了，腿肚子都不打弯了。一个老汉看见了他这副狼狈相，给了他两元钱。他用这两元钱给远在广西南宁的张守一打了个电话。为了表示感激，他把身上的一件衬衣送给了这个老汉。

他的脚被路上的小石子硌得不行了，于是在路过一个垃圾箱时，他就想会不会像上次那样能幸运地捡到一双鞋呢？结果他把垃圾箱翻了个底朝天，也一无所获。看来能幸运地在垃圾箱里找到一双鞋不是每次都能有的好事。他灵机一动，把一个纸箱壳子撕成脚板一样大小，用绳子绑上走。他走着走着，碰到了一个老太太，她说什么也要拉他去家里吃饭。

老太太不是太了解穆斯林的生活习俗，她热情地做了一锅米饭，炒了两个肉菜，一个劲儿招呼阿里木吃饭、吃菜。

霎时，他的泪水夺眶而出，想想一路的遭遇和眼前的老太太，他能不掉泪吗？

泪水拌着米饭也是那么的有香味。他开始还是用筷子扒拉米饭，扒着扒着总觉得来不及填补空空的肚子，他抛开筷子，用双手急往嘴里送饭，一口气吃了好几碗。

老太太看到他这样吃饭，泪水也不由得落了下来。

她始终不明白，阿里木为什么不吃一口菜，直到他离开她的家时她都没弄明白。

他告别前，老太太摸出 10 元钱给了阿里木。

阿里木在老太太家门口深深地给她鞠了一躬。

第六章 毕节是个好地方

在一个残阳如血的黄昏，阿里木到达了毕节。

毕节地区位于贵州省西北部，地处川、滇、黔三省交通要冲，西邻云南，北接四川，东北与遵义市接壤，东与贵阳市，南与安顺地区、六盘水市相连，古有"于滇为咽喉，于蜀为门户"和"川滇通衢"之称。地区行政行署所在地毕节市离省会贵阳221公里，距遵义市283公里。全地区总面积26853平方公里，占贵州全省面积的15.25%。全区辖毕节市、大方县、黔西县、金沙县、织金县、纳雍县、赫章县、威宁彝族回族苗族自治县。全地区人口760多万。

毕节，汉唐为彝族比跻系世居。元朝初年，平迟安德长官司修建驿馆，开馆之日适逢除夕，是一年里最后一个节日，因故称"毕跻"，故转音取名毕节驿。

区内地势西高东低，山峦叠嶂，河流纵横，高原、山地、盆地、谷地、平坝、峰丛、洼地、岩溶湖等交错其间，超过10公里长度以上的河流就有193条，分别流入乌江、

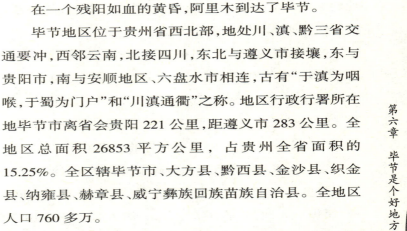

65

赤水河、北盘江、金沙江四大水系。

毕节地区具有光荣的革命传统。1934年1月，中共贵州地下党第一个支部在毕节诞生，成为中共贵州地下组织的有生力量。1935年2月5日，中央红军长征途中在毕节市林口镇鸡鸣三省村召开"鸡鸣三省会议"，决定张闻天接替博古为党中央总负责人，巩固了毛泽东在党和红军中的领导地位。1936年2月，红二、六军团挺进黔西北，组织建立革命政权。2月8日，中华苏维埃人民共和国川滇黔省革命委员会在大定（今大方）县成立，17日，川滇黔革命委员会迁至毕节县城。2月29日，贵州抗日救国军在毕节成立。

由于阿里木到毕节的时间是傍晚，身上只有10元钱，他就到处寻找栖身之地。

这时候，他在街头见到了几个"背篓人"，他上前与他们攀谈，知道了他们是从乡下来城里打工的，住在火车站附近的一家店里，很便宜，一晚一元钱。他央求他们带自己过去。

"背篓人"在云、贵、川很盛行，俗称"大背篓"。记者在毕节地区采访时，当地宣传部专门安排了去试验区的成就展览观看，及赠送给笔者的一本图文并茂《迈向跨越式发展的毕节试验区》的书上都有一帧1986年5月30日，时任贵州省委书记的胡锦涛同志在毕节县吉场区乡村考察时与群众亲切交谈的照片，照片上年轻的胡锦涛同志与一群"背篓人"交谈。

这些人主要靠帮人背些零碎杂物及米、面、油等挣些小钱。

阿里木在"背篓人"的引荐下住了进去。这是一间四面透风的简陋屋子，面积不大，有8平方米左右，一溜大通铺挤了10多个人，里面臭气熏天，满地香烟头。

当晚，阿里木用1元买了一碗乔凉粉、1元买了一个馒头、1元住宿。

第二天，他去农贸市场用六元五角买了些羊肉作为开张生意。

阿里木到毕节卖烤羊肉串之前，没有人吃过这种羊肉串，即使他开始做这种生意后很长一段时间只有他一人在做。为此，他第一天的生意不好，几乎没挣上钱。

他开始观察毕节的地段和考察市场。

当他走到一条被称之为倒天河边的一家正在装修的酒吧门前时，马上意识到这里是个烤羊肉串的理想之地。

倒天河是一条宽有几十米的河，它贯穿毕节市区。河两岸全是民居和商铺，而阿里木驻足的酒吧前是一条20多米宽的小路，路沿上有一溜树，树边是河岸。

这家酒吧刚刚装修完，一进门是个吧台，吧台后面隔成了几间房，再往后走是一间有10平方米的库房，紧挨库房的又是房间。

我们的很多新闻媒体报道说，阿里木是向一位个体老板借了100元后开始烤羊肉串的生意。

借了100元不假，说那个人是老板真谈不上。

记者见到了这个"老板"，他叫刘炅，今年才30多岁，长得浓眉大眼，很精神。他1995年毕业于贵阳政法学院，1996年入伍，2000年1月复员回家，在分配单位和自谋出路中他选择了后者。他到广州一家酒店当了一年保安，回毕节后和一位朋友合资开了这么一个酒吧，钱都是双方从父母和亲朋好友那里筹措的，另加上他自己10000多元复员费。

"我那个时候不能算是老板，正在苦苦挣扎。"刘炅对笔者说。

刘炅父母都是机关干部，他本人喜欢结交朋友，又很仗义，在家排行老二，因此被称之为"刘老二"，他的真名渐渐被人淡忘了，由此还闹出一则笑话。2011年1月14日，由中宣部一位副处长率领中央及省级新闻媒体采访阿里木座谈会上，毕节地委宣传部邀请许多与阿里木交往多年的朋友到场，而被邀请名单上也赫然打着"刘老二"3个字，当会议主持人说，"下面请刘老二发言"时，"刘老二"立即纠正道："我有名字，叫刘炅。"当时全场哄堂大笑。

"老板，我能不能在你这里摆个烤肉

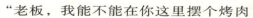

摊？"阿里木与站在门口的刘炅商量。

于是，两个人攀谈起来。刘炅知道阿里木当过兵的经历后，战友情拉近彼此间的距离。

"我觉得摆个烤肉摊子不错，说不定我的啤酒会销得更好。"刘炅对记者说，"我爽快地答应了。"

"老板，我没有钱，能不能给我借 100 元？"阿里木向刘炅借钱。

"你当时不怕他不还吗？"笔者问刘炅。

"说实在的，我一点都没犹豫，马上从口袋里掏出 100 元给了他，尽管我当时也很需要钱。"刘炅说。

阿里木立即跑回火车站附近的"大通铺"处，把烤箱、铁锅、一袋包谷面统统搬过来。

刘炅问他住哪里，阿里木对刘炅说"大通铺"，刘炅立即说："你干脆搬到我这里来住吧。"他想，这样既帮助了阿里木的住宿问题，也解决了酒吧无人看管的问题。刘炅收拾了那间库房，阿里木就在酒吧里住了下来。

第二天，阿里木的卖烤羊肉串的生意就开始了。他把烤箱支在了酒吧对面两棵梧桐树下。

"他的烤肉生意比我的酒吧还早开张几天。"刘炅笑着说。

笔者让刘炅引路专门去看了酒吧和烤肉的地方。

选址真不错，记者能想象得出，当时阿里木在河边的梧桐树下烤肉，有人想要喝啤酒了，阿里木只要一声吆喝，刘炅就会立即从酒吧里送来啤酒，因此两人的生意都很红火。

笔者随刘炅走进了酒吧。现在的酒吧生意依然很好，我们走进去时正逢中午时刻，几个包厢、散台都坐满了人，站在吧台上的一位女老板忙得不亦乐乎。

刘炅和朋友开的酒吧有两年半时间，生意一直很不错。他们不想把这一生都交给一个小小的酒吧，用赚来的资金和贷款，成立了毕节地区绿野科技有限责任公司，主要做园林工程，搞些经济果林，有 3 个苗圃，1 个林场，投入数千万元，目前已见效益。

那天，刘炅一直想带笔者去 10 多公里以外他们的山林看看。由于采

访时间紧,未能如愿。

阿里木的烤羊肉串摊子几年前也已搬至酒吧的左侧,一个叫公园路的地方。这里视野开阔,摊位前吃烤肉的人再多也不会影响行人和交通。

阿里木的烤羊肉串在这里渐渐出名了,而刘炅的"焦点酒吧"的名声也随之让毕节人都知道了。

毕节地区社科联主席聂华在后来一篇《倒天河畔的夜宵一条线》里曾有过这样的描述:

仲夏的夜晚,从公园桥头到彩虹桥边,总会散发出阵阵诱人的香味,吸引过往的游客。五光十色的广告招牌和各具特色的夜宵品种,形成了倒天河畔以南关桥为中心,以公园桥和彩虹桥为两端的夜宵一条线。笔者虽是老毕节,也常常被雅俗共赏、妙趣横生的店铺和摊位名称以及业主们经营的各种小吃深深地吸引。

毕节夜宵的品种繁多,选择的余地很大。如果你想吃随便点,可以直奔公园桥旁的少年宫对面吃罗家、熊家和李家炒饭,既省时、省事,又省钱。若嫌油水不够,还可以顺便来几串乐于助人的新疆汉子阿里木在桥上设摊烧烤的羊肉串。阿里木在毕节街头经营羊肉串烧烤已有多年,他用赚得的钱帮助过很多学生,还捐款在毕节学院设立了阿里木助学基金。买几串烤羊肉,也算间接地献了爱心。

这位当过知青、教师、县委秘书、地委副秘书长、县委副书记、地区文化局党组书记,现任社科联主席如是说:"没有刘炅,就没有阿里木的今天。当然,他身上有着穆斯林人的质朴精神,和在部队受过的良好教育有

着极大关系,因此,他能用10元钱在毕节扎根、100元钱起家、500元钱走上扶贫之路。"

生意好起来的阿里木天天要去农贸市场买羊肉。一天在桂花市场买羊肉时,他意外地碰上了一起住过"大通铺"的几个"背篓人",虽然他仅仅在那里住过一个晚上,但那些人仍记着他,热情地硬拽着他请他吃两元一碗的豆花饭,这种饭只有几片菜叶、几片豆腐。"背篓人"的质朴令他感动,这碗饭让他终生难忘。

刘炅认识的人真多,他开酒吧后,朋友就经常往这里小聚。他把朋友都介绍给了阿里木,他的朋友们都喜欢他,渐渐地阿里木也成了他们的好朋友。

一天下起了淅淅沥沥的秋雨,这场秋雨从中午一直下到傍晚,那天就没有一个人来光顾烤肉摊了。正好刘炅一个朋友晚上请客,让他把阿里木也带去。

饭店选择在一家具有浓郁的彝族特色酒店,10多个人聚在一起很是热闹。大家吃菜喝酒之中,雨点打在窗外的树叶上"滴滴答答"声预示着秋意更浓了。

不知谁唱起了歌,一首当地乌蒙彝族酒歌,歌名为《彝家转转酒》:

转呀转呀转转酒,

转到绰也手里头,

转呀转呀转转酒,

转到绰也心里头。

转来是真情哟转去是祝福。

彝家的转转酒,

转呀转呀转呀转呀转得你晕兜兜晕兜兜。

(喊)租租母塔腮朵、直朵!

照哦照哦直照照,

照堵绰也喇果口。

照哦照哦直照照,

照堵绰也能果口。

照楼炯能偶罗照列吉禄偶，

娄素铺直照照，

照哦照哦照哦照哦，

照堵拿古黑黑古黑黑。

（喊）租租母塔腮朵直朵！

歌声的韵律很好听，唱的中间还夹杂着彝族语言。

吃饭的 10 多个人里，几乎全是少数民族，有苗族、彝族、布依族、侗族、土家族。贵州省是个多民族省份，仅毕节地区就有 35 个少数民族。由于几千年来的民族融合，在城市里很难辨别出谁是哪个民族，但是一般人对本民族的生活习俗、语言还是了解和懂得，一旦喝酒，民族的能歌善舞就能充分展示出来。

有人又唱起了歌，众人一起合着歌声。

阿里木唱了一首维吾尔语歌，在场的人根本听不懂。

然而，从他的双眼含泪里可以看出他唱的是一首忧伤的歌。

大家都沉默不语。

阿里木又唱起了一首自己创作的歌曲：

你走过的地方盛开鲜花，

你停留的地方充满香味。

我们分离的时候是贫穷的，

我等待着，

重逢时一起在桑树下吃拉面。

离开家乡好几年的阿里木一直在到处漂泊，尤其是夜深人静时他更思念家乡，思念家人，特别是思念母亲。这首歌是他专门献给母亲的歌，这是远方游子怀着对母亲的强烈思念之情从心底唱出的歌。听完他的歌，朋友们更加能体会和理解他忧伤的心，从他那双忧郁的眼睛里仿佛看到了他的思绪已经从大西南穿过时间通道飞向大西北，看到了白雪皑皑的天山、绿草茵茵的巴音布鲁克大草原、碧波荡漾

71

的博斯腾湖、清澈见底的巩乃斯河；仿佛喝到了大碗奶茶，吃到了香喷喷的手抓饭、油塔子，看到了姑娘、小伙子跳起了旋转自如的麦西来甫歌舞……

那天晚上，阿里木醉了。

天气很快凉下来，接着冬季就到了。

毕节的冬天也是很冷的，而 2001 年的冬天还特别地冷，成天阴雨绵绵。阿里木的烤肉摊生意一下子淡了下来，有时候一天才卖 10 多串，那时候一串羊肉才卖 5 毛钱，他连糊口的钱都挣不出来。

四处云游惯了的阿里木只好又准备选择走了，选择的目的地为镇远县。

2002 年 11 月 12 日，《毕节日报》第五版对阿里木有过详细的报道：

"过几天我就要离开毕节到安顺去了，这边天一冷生意就不好做，没有很多的人我就不开心。"在一个晦暗的阴雨天里，喜欢热闹的阿里木在电话里无限惆怅地说。

阿里木是候鸟，哪里"热"便往哪里迁徙，哪里便是他的家。今年他在夏阳渐渐火热的 6 月来到毕节城，5 个月的时间里，阿里木又结识了很多的朋友，遍布这个城市的每一个角落。他们每走过公园路那家 5 点钟开始营业的小酒吧前，看到门前那棵梧桐树下烤羊肉串的阿里木都会远远地喊上一嗓子：阿里木——"木"字拖得长长，拐着小弯。他们用这种新疆普通话表达一种熟稔和亲近。有位姓肖的退休老同志带着孙子走过来"揪"住阿里木问："阿里木，这半年你上哪去了？"阿里木笑呵呵地说道："到处走嘛。"大家说阿里木都成了这里的老街坊了。他黑漆漆的眼睛里闪烁着快乐和真诚，这是阿里木的生意"吸引力"。

大家都叫阿里木江为"阿里木"，因为简洁上口，实际阿里木全名应为阿里木江·哈力克，新疆维吾尔自治区库尔勒市和静县乃门莫墩乡人，虚岁 32，家有 7 兄妹，他排行老五，父母已经很老很老了。对这样一个见面熟的新疆维吾尔族兄弟，人们免不了一番好奇，刨根问底打探身世，阿里木就一一报来。同时，率真的他也会告诉你他许多助人为乐的事迹，并给你展示他随身携带的各种荣誉证书和"光辉形象"。于是，大家对他刮目相看，阿里木为此很骄傲。

认识阿里木是他继去年夏天之后，又一次换烤羊肉串架重返毕节。沿河大道畅通漂亮了，那段时间韩日世界杯正打得激烈，阿里木以那家沿河小酒吧温暖怡人的外装饰为背景卖烤羊肉串，生意很火爆，他用"秘密武器"孜然或是别的什么风味调料把羊肉串烤得令人垂涎，不但招来了许多去年认识他的老人小孩，还发展了一批喝茶聊天的年轻朋友。他们常常邀请阿里木"荷夏勒"（维吾尔语"干"的意思）一杯。一天，他想捐点钱帮助肯读书又没钱的孩子，一个电话打到了报社编辑部，记者看到了想献爱心的个体户阿里木，细聊之下，才发现这位背井离乡、漂泊不定的阿里木不是心血来潮，做好事已经是他的一种习惯，或者说是生活方式的一部分。后来，阿里木为自己确立了一条"走出新疆，当自己的老板"的生活之路。烤羊肉串是大多数维吾尔族同胞从小便会的活计。"新疆羊肉串"全国有名，到哪里都是很响亮的品牌。

阿里木走出了新疆，他像一只放飞的小鸟，像一片出岫的清云，发现世界很大，天空很高，与人相处很奇妙。

几年来，他走遍了贵州的8个地、州、市，认识了很多连名字也叫不上来的朋友。阿里木还没有走出黔山的打算。也许他认为这里是他的"福地"，他已经快变成半个贵州人了，听得懂各地的方言，熟悉所有的火车站、客运站，吃起辣椒来毫不含糊。重要的是，这里的人们喜欢他，在他们中间他感到快乐和满足。而最令阿里木眷恋的是，这里还是体现他社会价值的地方，他在这里留下了很多值得记取又很有成就感的故事。

去年，阿里木在都匀，一天上午他出来买新鲜羊肉时看到很多人扛着锹，他问这是干吗呀，人家说机关单位去清理剑江河，勤快的阿里木立即也跟着下了河，干得很卖力，电视记者觉得十分感人，把他在镜头里扫了几遍。阿里木上了电视，大为兴奋，"好事"之心徒增几分。今年春天，阿里木在古城镇远，清明那天，他在去客车站买往贵阳的车票时，客车站附近的山上发生了山火。风助火势迅速蔓延。"很大很大的火，起码有方圆1公里。"阿里木说。阿里木想都没想便下意识地往火灾现场飞奔，那里已经聚

了很多人，其中不乏袖手旁观看消防队员救火"热闹"场面的人。阿里木大声吆喝人们赶紧去救火，有人嗔怪他多管闲事，热血沸腾的他差点揍那个人。3个小时后，山火被全部扑灭了，人们惊诧地发现了这位救火队员原是位自愿"个体户"，深受感动。县林业局的领导特邀阿里木吃了顿饭，并代表县林业部门发给他300元"抢救国家财产"的奖励金。

阿里木揣着这硬塞给他的300元，一直惴惴不安，因为他觉得助人为快乐之本，况且每个人都应该这样做的，这钱不应该要。到毕节后，阿里木决定把这钱"用"出去，给更需要它的人，这便是阿里木询问捐款的由来。在这期间，阿里木响应义务献血号召，去义务献过一回血。

8月7日下午，阿里木来到地区妇联青少部，把500元（阿里木自己又加了200元）现金郑重捐给了"救助贫困女生"。阿里木认真地说："我也是从贫困中走过来的孩子，虽然只上过初中，但我希望通过我的努力让喜欢读书的孩子将来有出息，就等于是我有出息了。如果生意好，我愿在生活上支持她。"妇联的同志们为了了却阿里木这个心愿，颇费了一些周折，最后在毕节师专"相"中了学音乐的大方籍新生赵敏。赵敏家庭状况很差，两个弟弟为了姐姐能如愿弹上钢琴，放弃了学业。阿里木将500元交到帮扶对象赵敏手中时，小姑娘哭了，她说："大哥，我一定会好好学习，今后像你一样为社会服务。"

其实，阿里木生活过得极为俭朴，住的是5元一天的小旅馆，每天伙食是自带干粮——一袋小馒头，以及红薯等其他"粗"粮。他每天清晨7点不到起床便开始忙碌，准备工作到下午5点钟结束，又匆匆赶到酒吧前开始做生意，直到午夜12点收工，如此辛苦挣来的钱阿里木几乎全寄回了家。

现在，阿里木心愿已了，随着毕节城天气的逐渐冷湿，他的生意淡了下来，他感到了些许的无聊，"这是一种职业，不是钱的问题，看到人来人往亲亲热热的我才开心。"前几天，赵敏从学校里专门来看他，和他聊天，令他很高兴，他说："这个孩子学习很乖的。"

阿里木说明年夏天还会再回来，夏天的毕节有阿里木最留恋的天气和人情。

这是《毕节日报》身为社会生活部和记者部主任黄莉写的长篇通讯，

这篇通讯把阿里木初到毕节的情况描述得一清二楚，这也是阿里木这个人物见诸报端的开篇之作，是所有媒体的开篇之作。

黄莉，布依族，一位长得瘦小精干的资深记者，自从与阿里木结缘开始，就一直关注着他，关注他的还有毕节电视台台长朱光伦、记者高锋。这几位当地响当当的媒体记者又因阿里木结缘，包括被资助的周勇，现在他们都是好朋友。

2010 年年底，"中国网事·感动2010" 年度网络人物评选活动升

温，尤其是揭晓之后，阿里木经最高得票当选"出炉"，由新疆人民广播电台新闻频率记者贺飞、哈米提率先奔赴贵州采访，随后《新疆日报》、《新疆经济报》、新疆电视台等媒体及贵州省内媒体普遍跟进，达到采访高潮的是中宣部新闻局七处副处长宋玉荣带着中央及省级新闻媒体 20 多人于 2011 年 1 月 13 日到达贵阳，14 日到达毕节，而我们新疆人民广播电台又派出 6 名写广播剧和报告文学的记者于 15 日到达毕节。众多媒体记者的"狂轰滥炸"，让当地宣传部门，尤其是了解阿里木情况的朋友们招架不住。来一拨记者采访过后，又来一拨记者采访，被采访者都不想把故事再三重复了。作为记者，明知道被采访者心里"烦"而不得已为之，为了采访仔细和各取所需，不能不找这些知情人，而《毕节日报》记者黄莉可能是为了回避不能因为借阿里木的名气而自己也成为被媒体追踪的人物，她不想出这种风头，后来干脆拒绝任何媒体记者的采访，包括央视《焦点访谈》记者的采访。《焦点访谈》的两名记者给她打了 8 小时的电话，她索性关了手机，拔掉家里电话线。这是她手下一名叫王方雁的记者对我们说的。我们开始把 8 小时听成了半小时，之后这位年轻的女记者再三强调是 8 小时，我们惊讶了，但心里还是有些怀疑，后来黄莉证实了这一点。黄莉能够接受我们的采访是一种机遇和缘分。

1月17日上午,毕节地委宣传部安排媒体记者与毕节学院师生座谈,座谈约一个小时后,在我们的建议下,各自找人采访,当时《毕节日报》记者王方雁却在寻找外地记者采访。起初我们把她看成了毕节学院的学生,因为她张着一张稚嫩的脸而未脱学生气,知道她的身份后,我们又互相采访(第二天的《毕节日报》有她写的《"媒眼"中的阿里木》),采访结束随手给了她张名片。正是这张名片起的作用,王方雁得知我们要采访她的主任,她答应帮忙预约,同时我们也给黄莉打了几次电话,她都没答应,后来同意接受采访完全是王方雁起的作用。王方雁向黄莉介绍说我们是为写长篇纪实报告文学和广播剧而来,再加上名片上有一个虚名"作家"两个字获得她的欣然同意。这是1月19日的下午,她给我们整整聊了一个下午,一直兴致勃勃,意犹未尽,晚上热情地请我们吃了一顿丰盛的晚餐。

她给我们讲了认识阿里木的过程及媒体上还未报道的鲜为人知的故事。

其实她是2001年8月认识阿里木的,也就是阿里木刚到毕节两个月的时间。

有一天晚上,黄莉正在报社值班,突然手机响了,打电话的是毕节地区文联秘书长程虎,他也是一位作家。他告诉黄莉,让她赶快赶到"焦点酒吧"来,有一个很好的新闻线索。黄莉说正在值班,她本来是不想去的,却深知程虎的为人,你只要不来,他会执著地不断打电话,果然如此,程虎的电话接二连三地又打了过来。

黄莉迎着习习的凉风来到了"焦点酒吧"门口,只见程虎和阿里木喝得舌头都大了,还在一杯接一杯地喝啤酒,他们见到黄莉赶紧给她让座,并给她也倒了满满一大杯啤酒。

程虎给他们俩互相作了介绍,不一会儿,阿里木又从包里掏出随身携带的各种荣誉证书及身份证。

在看荣誉证书时,黄莉的心为之一动,感觉这是个新闻人物,因为阿里木不久前才被镇远县林业局颁发过证书。但问题恰恰出在他的临时身份证上,临时身份证上公安机关填写的日期居然写着4月31日。一般人是不会注意这个细节的,而细心的黄莉恰恰注意到了这个日子,因为4月份是小月,没有31日。她疑虑重重,判断身份证可能是假的,她甚至想到了阿里木是不是个案犯,负罪逃逸到这里来的。

大大咧咧的程虎却让黄莉一定要采访报道阿里木。黄莉不愧为是一名称职的新闻工作者,她嘴上应付着,脑子却转开了,这个人物不能随便报道,一旦报道出去,若是个在逃犯,报纸的荣誉将大打折扣,后果不堪设想。

作为记者,黄莉是一个十分认真的人,她对人认真,对事认真,对采访对象认真,尤其是对采访对象的关键细节更认真,她的信条是绝不能因为自己的不深入、不扎实、不细致,给媒体的影响力、特别是公信力带来伤害,拿不准的宁可不报道。

这时候,她心里已经有一个决定,对眼前的这个什么阿里木一定要查他个水落石出,是好人就轰轰烈烈报道,是坏人就叫他难逃法网。

尽管那天她和程虎他们喝了不少酒,但她头脑始终是清醒的,他们是深夜离开"焦点酒吧"的。

几天之后,黄莉通过公安系统的朋友查公安的内部网络信息,这种查找不是一时儿就能办到的,因为新疆距离贵州路途遥远,查起来就更费事了。

当然黄莉也不可能为这件事而天天盯着,她的日常工作就够她忙的了。

这期间,程虎几次催黄莉写新闻稿,黄莉用各种理由搪塞他。

程虎在当地是一位小有名气的作家, 在地区文联又担任着一定的职务,文联这种单位是可以不坐班的,因此,他很少有公务要处理,主要是搞创作,文人喜好喝酒在他的身上可以充分体现出来。

他喝酒不喜欢大场面大饭店,觉得那样太累,也没有散淡的氛围,却喜欢在街头巷尾沿街小饭馆慢悠悠地喝酒, 沉沉的夜色和色彩斑斓的街景,三三两两穿着鲜亮衣服、裙子的少男美女,可以触发他创作的灵感。"焦点酒吧"正是他经常光顾的地方。

两个月前,他突然看到了阿里木,最吸引他的还是那诱人的烤羊肉串的香味。于是,他到这里喝啤酒吃烤肉是最惬意的事了。

一来二去,他与阿里木就熟悉起来,由熟悉到一起喝酒吃肉,畅所欲言,无话不谈。阿里木又展示他的荣誉证书,程虎虽说是搞文学创作的,但也具新闻敏感性,马上意识到这是个值得报道的新闻人物。于是他首先想

77

到的是好朋友黄莉,他给黄莉提供的是一个绝好的新闻人物和线索。一位卖烤肉的能够救火、献血,到哪找这种新闻去,他迫不及待地给黄莉打了几个电话。

不知怎么的,平时写稿又快又好的黄莉却迟迟不报道这件事,他有些弄不明白。

黄莉见过阿里木后的两个多月,公安系统的朋友终于有了回音,说那个临时身份证是真的,由于一名户籍警不慎,将"4月30日"填成了"4月31日"。

这个消息让黄莉松了一口气。

她又开始了解阿里木在镇远救火是否属实,这个事情就简单多了,一个

电话打到镇远县林业局,那边的回答说确有其事,并在电话那头给黄莉介绍当时的详细经过。

至于阿里木参加义务劳动、义务献血等事迹,黄莉都逐一落实。这期间她也经常去阿里木的烤肉摊,喝啤酒吃烤肉,与他聊天,这样就对他有了更深入的了解,由此黄莉的长篇通讯:《阿里木是个快乐的青年》是一年之后才发表的。

这篇通讯的结尾处有这样两句话:阿里木说他明年夏天还会再回来;夏天的毕节有阿里木最留恋的天气和人情。

"帅哥、美女,吃烤羊肉串了,香喷喷的羊肉串,不吃会后悔一辈子的。"

阿里木的叫卖声,在寒冷、萧瑟的冬天里是那么的响亮,这声音从倒天河畔传出很远很远,传遍了整个毕节城。

"烤羊肉串的阿里木又回来了,快去吃烤肉喽——"

女学生们相互转告,她们对阿里木的烤羊肉串十分钟情。

"哎,阿里木不是去安顺了吗?《毕节日报》都登过了。什么时候回来的?"有人不相信。

"真的回来了。"有人肯定地回答。

黄莉撰写的通讯《阿里木是个快乐的青年》文章发表不久,也就是冰雪还未消融,大雁还没南飞,阿里木就回到了毕节,从此,他再也没有离开过这片热土。

这个冬季依然很冷,但阿里木的心里却是暖洋洋的。由于黄莉的长篇通讯已经在报上发表,更多的毕节人知道了他,毕节人来吃烤肉的越来越多了。一见人来,他的叫卖声更加热情似火:"帅哥美女买串串哦——"

见到一对青年男女手挽手走过来,他马上说:"帅哥,你看你女朋友好漂亮哦,买串烤肉给她吃吧。"

男的赶紧问女的吃不吃,阿里木怕失去任何一次生意机会:"美女,帅哥请你吃羊肉串你就要多吃些,喂——羊肉是美容的。"

"那就买 10 串吧。"男的说。

"哎——朋友,不要小气嘛,大方些! 20 串,20 串。"

"那就 20 串吧。"

"阿里木烤的羊肉很有特色嘛,又在公园门口,我妈妈那个时候又爱带我去公园玩,我一闻到那香味就走不动路了,嘴特别馋,他好像知道我想吃羊肉串,怕我妈不买,马上说:'小美女,吃串——串喽! 我妈只好就买,一吃我就喜欢上了,就经常去。那时候我才 11 岁,可以说,我是吃着他的羊肉串长大的。"

徐菡,毕节地区政法系统一名普通干部,她给笔者回忆最初吃阿里木烤羊肉的感受。已经 20 出头的她,长得亭亭玉立,面容姣好,肤色白里透红,一双扑闪的大眼睛显着灵气,外套一件玫瑰红的紧身羽绒服,和里面的白色高领毛衣搭配,更加有着生命的律动和青春气息。

"那时候阿里木在我的眼里就是胡子好长,笑起来很亲切,有时候我一个人路过他的烤肉摊,他追着给我送羊肉串,我不敢要,他就说'不要钱,不要钱',给我印象很深。"徐菡继续说道。

毕节地区社科联干部彭娟也经常带着孩子去到阿里木的烤肉摊上吃羊肉串,有时候只要两三串他就不收钱,彭娟几次都是把钱硬塞给阿

里木的。

"他卖烤羊肉串,利太薄了。"彭娟说,"我以前没有见过新疆人,自从阿里木来了,我们就认识新疆人了,了解新疆人了。让我们接受了新疆人。"这位布依族干部很是感慨。

日子过得真快!元旦一过,转眼春节就要到了。

街上,商店里已经有了过年的气息和味儿。

放了寒假的中小学生在街上游玩,有的拿着气球用手举着,黄的、红的、蓝的、白的,五颜六色的气球在蓝天下飘浮着煞是好看,姑娘们三三两两地挎着胳膊走进一家一家的商场选择过年穿的新衣,顽皮的小男孩追逐着不时将手里的小鞭炮点燃后扔向人群,老头老太太们手里提着各种蔬菜和鲜肉一步一步喘着粗气往家走,中年人用自行车驮着米袋、面袋、清油和鸡鸭鱼肉按着铃铛匆匆驶过。

农贸市场里的叫卖声和讨价还价声不绝于耳,商家们把很多产品堆到了店门口,打折的各种招牌比比皆是,"跳楼大甩卖"、"打折大放血"等雷人语句触目惊心……

在阿里木的烤肉摊前吃羊肉串的人也比往常多,看着热热闹闹的场面,阿里木招呼人的热情更加高涨,手里却一直不停地忙着烤肉、翻肉、撒孜然和辣椒面。

"吃羊肉串喽,又鲜又嫩的羊肉串,吃了不后悔,不吃会后悔,吃——吧。吃了羊肉串过年更吉祥。"

"阿里木,给这两个孩子烤些羊肉。"说这话的是李雪梅,她带着自己和妹妹的孩子。

他们早已是朋友。李雪梅和妹妹李玉环开了一个"喜之楼"饭店。这对姐妹曾经都是大学生,毕业后姐姐在一所中学当老师,半年后就职地区物资局,后进保险公司,很快辞职创业,妹妹在地区运输公司工作,不久与姐姐一起打理饭店。

那是 2001 年 8 月。她们和阿里木认识就是缘于烤羊肉串。喜欢打网球的李雪梅投入几千元成立了一个网球协会,成立的那天,很多人前来祝贺,没想到在祝贺的人群中出现了阿里木的身影。他举着一个牌匾，并给了李雪梅一个 500 元的红包，李雪梅说什么也不要，他很生气，李雪梅只好收下。

阿里木有时候收摊子早了，也会去打会儿网球。

一次，李雪梅住院了，阿里木听说后，立即买了一束鲜花去探视李雪梅，这使李雪梅很感动。

有时候李雪梅带孩子来吃羊肉串，阿里木经常不要钱，但她坚持给，阿里木就生气地说"我们不是朋友嘛，我愿意请客"。

李雪梅也只能无奈地把钱装回口袋里。

"阿里木，要过年了，你回不回新疆？"李雪梅问他。

阿里木摇摇说："我不回去，我想，过年的生意一定会不错的，我感觉出来了，虽然我这是第一次在毕节过年。"

"你要是不走，过年就到我们家去。"李雪梅热情邀请。

"好。"阿里木说。

大年三十的傍晚，李雪梅到阿里木的烤肉摊去找他，正好这时没有生意。中国人的传统习俗大年三十是最为大家重视的，全家人一年的团圆就在这一天的晚上，人们习惯早早地回家。

到了李雪梅的父母家，她把父母、丈夫、哥哥、弟弟一一作了介绍，阿里木一一问好。

这是一个温馨和睦的大家庭，一张大圆桌上已经摆满了碗筷和七盘八碟，他们知道阿里木是穆斯林，为尊重他的饮食习俗，特意为他准备了煮鸡蛋、炖牛肉，炒了几个素菜。

团圆的家宴开始，全家人、包括阿里木在内共同举起贵州产的茅台酒庆贺中华民族的传统节日——春节的到来。

席间，阿里木哭了，他流浪了 4 年，一直在漂泊，这是他 4 年后第一次在家里过年，他有一种特别温暖的感觉，他能不哭么？

被他感染，李雪梅一家也落泪了。

他们懂得并理解阿里木落泪的缘故。

这也是阿里木第一次在毕节过春节。

阿里木永远不会忘记，这是 2003 年的春节。

在采访中，当地人知道阿里木在毕节的第一个春节是在别人家过的，但都不知道是在谁家过的，只有毕节电视台台长朱光伦清楚是在李雪梅家过的，但他不知道这个李雪梅现在在哪里，也没有她的联系方式。

为了找到李雪梅，笔者费尽了周折，每采访一个人就打听，还有人甚至把同名同姓的介绍给笔者，结果都不是笔者要找的李雪梅。

采访毕节地区财政局党组书记李玉平时，不料记者有了两个意外的收获。

最初多次电话联系李玉平时，他拒绝采访，理由是他在座谈会上已经有过一次简短发言，他不想再谈。

紧追不舍的笔者不管他的话有多难听，就不断地与他联系，他终于答应了笔者的采访请求。

没有想到，地区财政局就在我们下榻的腾龙凯悦酒店旁边。

那天，正好下了一场大雪，财政局的全体人员在打扫积雪，李玉平也在扫雪。见到他时，他脚上穿的一双靴子引起了笔者的关注，因为毕节人没有穿皮靴的，笔者好奇地询问，他说是一个卖皮鞋的藏族人送给他的。

长得较黑的李玉平是彝族人，曾经在毕节地区当过大方县县长，正要提拔为县委书记时，一座煤窑塌方，砸死了几个挖煤工人，他负有连带责任，县委书记一职与他擦肩而过，后来他调到地区财政局就职。

李玉平特别喜欢交朋友，而且圈里朋友三教九流的都有，擦皮鞋的、做豆干的、卖药的、卖菜的，与阿里木的认识就是从他吃烤羊肉串开始，那时候，他还是大方县县长。

他经常回毕节市参加会议，爱人、孩子又在这里，因此经常光顾阿里木的烤肉摊，以后他俩成了好朋友。

书记李玉平让笔者意外的两个收获是：2005年过年，他特意请阿里木到他家。那是大年初四。为了让豪爽、真诚的阿里木不觉得孤单，他又专门请了几个喜欢热闹的朋友一块儿喝酒。

那天，他们喝得很高兴，聊得也很高兴。席间，他们每人唱了几首歌，阿里木也唱了，并跳了新疆维吾尔族舞蹈。

更让记者惊讶的是，李玉平认识李雪梅姐妹，多年来他们还一直有交往。他当着笔者的面给李雪梅妹妹李玉环打了电话，告诉她笔者正在寻找她姐姐，李玉平接着把电话给了笔者，李玉环在电话里告诉笔者，她姐姐远在云南的昭通市，她可以向笔者提供有关于阿里木的故事，他们全家人都和阿里木是朋友。李玉环还热情地邀请我们晚上吃饭，由于还没有见过面，笔者不好意思打扰，所以刚想婉言谢绝，没想到李玉环给我来了一个下马威。

李玉环说不赴宴就不给我们提供故事，我们只好欣然同意。

夜幕降临时，我们到了李玉环的"御膳房"酒楼，这座酒楼豪华气派，共有三层，员工就有几十个，当我们见到李玉环时，打扮入时的她给人的印象是美丽漂亮，肤色白皙，精明能干，热情大方。

为了让晚宴更加热闹，她还邀请了毕节日报社社长刘群峰，毕节地区招标办主任尹兴国，毕节地区税务秘书长张维柱，毕节地区实验高级中学音乐教师、爱好徒步的靓女胡玉梅（梅子），当然还有穿针引线的李玉平。

回到新疆写稿时，笔者为了进一步核实有关细节，给李玉环发了一个短信，之后的几分钟内，笔者想干脆不要麻烦她回短信了，就拿起电话给她打了过去，她告诉笔者正在回短信。核实完那天的细节，从电话里听出她欲言又止，我再三让她说还有什么事，她随即告诉了笔者一个不幸的消息：她5岁的儿子在大年初一15点多与几个小朋友玩耍时，不幸坠崖身亡。地点在她"御膳房"酒楼的后面一座山上，开发商把山挖开盖商品房，工地上没有任何遮挡，她5岁的儿子石头就这样坠下80多米深的悬崖，

小小的生命就这样消失了。她的儿子我们那天在酒楼见过，长得活泼可爱。听到这个不幸的消息，笔者的心情很沉重，在电话里说了些苍白无力的安慰话。

她告诉笔者，她儿子生前画的画都留下了，因为这个孩子特别喜欢画画，如果笔者再有机会去毕节，一定要看看她儿子的画。

她还告诉笔者，为了不影响朋友们的心情，她没有告诉任何人，包括毕节的朋友。

这位善良的母亲当时很想通过当地媒体报道，让施工单位采取措施遮挡工地，以免再有孩子坠落，因她丈夫在政府部门工作，担心媒体曝光后使政府领导难堪，给丈夫带来不好的影响。她说她每天都经过那里，终于有一天看到施工单位采取了措施，她悬着的一颗心才落下来。

她哭诉完后，笔者的心情坏极了，甚至到了连通畅的思路都没有了，随之给她的好朋友胡玉梅发了一条短信告诉了她这个不幸的消息，并希望她抽空去安慰安慰李玉环。

奇怪的事是这条消息居然两次发送失败，第三次才成功，笔者的手不停地颤抖。可以想象得出，失去儿子的她，一定是整天以泪洗面。

胡玉梅马上给笔者回了一条这样的消息：玉环儿子的事我不知道，和她通电话时她也没有提到，我会好好安慰她的。等着你再次踏上毕节这片高原热土。

高原热土的人很是真诚。

那天晚宴前，笔者在一个安静的包厢里采访了李玉环，她说阿里木连续两个春节在她家过的，他们全家都很喜欢他，阿里木和她们这家人相处得非常好。

李玉环还告诉笔者，她们姐妹俩将"喜之楼"酒店经营几年之后，于2004年创办了现在的"御膳房"酒楼，目前年产值是400多万。她姐姐李雪梅又在云南昭通市开了一家酒店叫"凤鸣黄朝"，是个5000多平方米的7层楼，年产值达到1200多万元。她们还和云南大学合作，创办了一个"家乡美农业开发公司"，种了1500多亩核桃树、1000亩魔芋。

李玉环告诉笔者，受阿里木的影响，她俩和员工每个星期都要到毕节市的爱心公园义务打扫卫生，直到公园有了保洁员。

给社会的捐助就更多，汶川地震、玉树受灾等，她和姐姐每次都捐赠几万元，连员工也不例外。她们还成立了工会、团委等组织和民兵连，连长是姐姐李雪梅，指导员是妹妹李玉环。由于工作开展得好，她们的公司获得毕节地区团委颁发的"青年文明号先进企业"。

为了将酒楼办得富有文化气息，李玉环姐妹雇了几个人办了一个内部刊物《黔城》，它内容丰富，有介绍当地风光的，有介绍民族服饰的，有介绍饮食的……

她们说高原热土上的人优点是真诚，缺点是太真诚。

那天晚宴，李玉环拿出了珍藏多年的 1989 年版的毕节大曲，据说这种酒已经不生产了。一张大型圆桌上摆满了当地的特色名菜："御膳房"的主打菜"草海恋"、"茶聊鸡"、"蒸可乐腊肉"、"绣球蹄筋"等。前面两道菜在 2009 年毕节地区老郎酒杯"美食美酒"大赛上，分别获特色菜和创新菜的榜首。酒过三巡之后，主宾开始互相敬酒，气氛很热烈。

酒酣之际，李玉平站起来唱歌，招标办主任尹兴国等人用月琴、巴乌、葫芦丝奏出了悦耳的音乐。

李玉平唱的是乌蒙彝族民歌《快喝酒》：

　　柴火洋芋烧起（嗯呀呀喷嗯呀呀喷），

　　不分你我嘿！朋朋友友吼起（嗯呀呀喷嗯呀呀喷）。

　　拿俄都麻我嘿！朋朋友友吼起（嗯呀呀喷嗯呀呀喷）。

　　赫昏你我，

　　三杯两杯端起嗯呀呀喷喷喷爱死你我（哎），

　　大嘴小嘴张起干了你我（嗒朵火朵火）。

　　省丑芽淤穷堵（嗯呀呀喷嗯呀呀喷）拿俄都麻哼嘿！

绰也壳偶曲透（嗯呀呀喷嗯呀呀喷），

习搅古黑火（搜腮呢腮打蒽嗯呀呀喷喷喷）。

阿西朵细（哎），

口也口巴哈堵阿西朵火（喀朵火朵火）。

李玉平一唱完，大家全都鼓掌，受到鼓舞后李玉平一连又唱了几首歌。

又有人站起来唱了《祝酒歌》。

学音乐的梅子则唱了首藏族歌曲《天路》，把晚宴气氛推向了高潮。

在场的人个个能歌善舞，优美动听的歌舞使大家喝酒的兴致更加高涨。

晚宴一直持续到深夜。

高原热土上的人好客、热情、真诚，在我们采访的20天中已经深深地体会到了。走在这块热土上，我们每一天都被浓浓情意包裹，我们深深地被他们的豪放性格所打动。

毕节地委宣传部常务副部长唐光星，干事周军、谢迪，毕节电视台台长朱光伦、记者高锋，《毕节日报》社主任黄莉、记者王方雁，毕节学院党委书记陈永祥、副书记汤宇华，贵州鑫晖房地产开发有限公司董事长安磊，毕节地区实验高级中学音乐老师胡玉梅，还有贵州人民广播电台文艺部主任陈发林、文艺编导杨旭等，都给我们留下了深刻的印象。

从这浓浓的情意中，我们明白了阿里木为什么留在了这块土地上再也不走的真正原因。

正如高锋所说，我们毕节少数民族很多，包容性非常强，没有人歧视欺负阿里木，因此，他喜欢我们毕节。

是啊！毕节连绵山峦的杜鹃花争奇斗艳，红的如烈焰升腾，白的似云涛翻滚，紫的像落霞飘浮，金黄的像麦田兴波。千姿百态，色彩斑斓，仿佛云霞片片，可谓"杜鹃花似海，满山留异香"。

那苍山如海、千峰竞秀、波澜壮阔的大好山河，怎能让阿里木不留恋、不热爱呢？

毕节毕竟是阿里木献身理想的地方，是一个包容和谐，非常值得留恋的地方，也是一个一旦筑巢，就再也不想远走高飞的地方。

第七章 翻山越岭助学忙

在前一章节里，我们摘录《毕节日报》记者黄莉采写的长篇通讯《阿里木是个快乐的青年》，文中写道了阿里木在贵州省镇远县山林救火的事迹，可能由于报纸容量有限，有些细节黄莉没有展开写，在此我们简单补充一些。

那天，阿里木和消防人员冒着熊熊烈火和刺鼻呛人的浓烟，一直奋不顾身地救火，火势一次次被扑灭，又一次次重新燃起，所有灭火人员冒着死亡的危胁一次次冲向熊熊烈火……

经过3个多小时的努力奋战，大火终于被扑灭。

回过神来的消防人员这才发现了阿里木，他的脸已经被烟火熏黑，正用衣服擦脸准备离开，林业局的干部上前叫住了他，并询问了他的名字，登记了他的临时身份证号码。

"当时确实吓了我一跳，我的心忐忑不安，他们会不会把我当做纵火犯了。"阿里木说。

一会儿，林业局的领导找到他并握住他的手说："感

谢你来帮我们灭火,所有围观的人都像你这样,烈火就灭得更快了,损失会小得多。"

阿里木不好意思地笑笑说"这是我应该做的"。

说完,林业局的领导拉着他进了一家饭馆,请他吃饭,饭后还给他300元钱,阿里木说什么也不要,林业局领导硬是塞进了他的口袋。

这300元像一块石头压着他的心,阿里木说,当他发现消防人员在跑去山林灭火时,他什么都没想,便毫不犹豫地冲了上去,但他万万没想到林业局的领导又是请他吃饭又是奖励。他认为自己救火是理所当然的事,这奖励的钱说什么自己也不能用,他一直琢磨着要将这300元用在什么更合适的地方。

他很快想到了捐给毕节更需要钱的贫困学生。在卖烤肉的时候,他还不停地向一些人打听捐款的事。

有些人很不理解他的这种行为,认为奖励的钱自己不用给别人干什么,300元钱要卖多少串烤肉才能挣来。有人劝他别干那种傻事,否则别人会怀疑他脑子是不是进水了。

但他坚持要捐,打听不到捐款渠道,他只好去找政府部门的团委、教育局等,接待他的人以为他是精神病患者,看他的眼神都怪怪的。谁都没有搭理他捐款的事,都劝他回去好好卖烤肉,这使他很失望。

不得不承认,社会转型改变了人们赖以生存与习惯了的认同体系,以至于社会出现了这样的现象,极端自私和以自己为中心的人是正常人,而像阿里木四处去要求捐款者被视为不正常的人。当他把这一切说给程虎听后,程虎惊讶得不知怎么回答他的举止行为了,只好对黄莉说:"阿里木的心凉了,冰冻了。"

一天,阿里木终于碰上了一个能够帮助他捐出300元钱的人,这个人是毕节地区妇联权益部部长,后来调入毕节地区政法委任纪检组长的徐青敏,是徐菡的母亲。

这位戴着灵巧眼镜的中年妇女,透着一股书卷气,白皙的脸上始终保持着微笑。有一次,她带女儿到阿里木的烤肉摊上吃羊肉串,阿里木问她:"大姐你是干什么的?"

"我在地区妇联上班。"徐青敏说。

他又怕失去捐款的机会，赶紧对徐青敏说："大姐，我认定你是个好人，有一件事你一定要帮帮我。"阿里木的眼里流露出焦急的神色。

"什么事需要我帮忙？"她问阿里木。

阿里木把他想捐300元钱到处碰壁的事说给了徐青敏。

"噢，这是好事呀，他们怎么会不相信你呢？这事我来帮助你。"徐青敏对阿里木捐款碰壁很是不解。

几天之后，徐青敏找到阿里木说："我给你联系了毕节学院的领导，他们给推荐了一名贫困学生。"

阿里木听了以后高兴得手舞足蹈，嘴里一个劲儿地说："好，太好了，谢谢你大姐。"

第二天下午，毕节学院的一位叫张强的老师带着赵敏走进了毕节地区妇联的办公大楼，阿里木早已在三楼的办公室等待他们了。

双方见面之后，张强老师向他们介绍了赵敏的家庭情况和学习情况，阿里木听完后差一点掉下眼泪，他没有想到赵敏家会这样穷，他感觉捐300元有些少，就把自己身上仅有的200元也拿了出来，凑了500元全部给了赵敏。

赵敏是大方县人，上高中时母亲因病去世，就靠父亲一个人在煤矿工作维持一家人的生活，家里的贫穷，使得她的两个弟弟都辍学了。赵敏考进毕节学院音乐系后，家里却拿不出一分钱来供她上学，尽管毕节学院一年3000多元的学费并不昂贵，但赵敏家确实没钱供她上学，她是贷了3500元上的学。

在学校，课余时间她就去打扫校园，周末走出校门推销小商品，只要能挣钱的活她都干。

就这样，她勉勉强强地上完了大一的第一学期。

第二学期一开学后，赵敏只给学校交上了1000元钱的学费，学校知道她家的贫困情况，没有催她交余下的学费，但账一定得在她毕业之前还完，否则没法向校方交代。她还得继续打工挣学费。

每次想到家里一贫如洗，让她失去再坚持继续上学的信心，经常想放

弃学业,但渴望学习知识的念头又时时缠绕着她,她就一直处在这种矛盾纠结之中。

正在她苦苦挣扎的时候,阿里木雪中送炭资助她500元钱,立刻坚定了她继续上学的信心。

当她得知阿里木是用卖一串一串的烤羊肉挣来的钱赞助她上学时,她的眼角不由得湿润起来。

她想,一个卖烤羊肉串的新疆人在异乡打拼是非常不容易的,阿里木对生活都能够充满信心,自己遇到困难为什么就不能坚持下去呢?

赵敏告诉记者:"说实在的,500元钱解决不了我贫穷的根本问题,但是他给了我一种奋发向上的精神和不断前进的力量,那就是鼓励我战胜困难,完成学业。"赵敏对笔者说。

她深情地说:"如果没有阿里木大哥,我很有可能坚持不下来。"

那天,阿里木是这样对赵敏说的:"这是500元钱,希望能用它做一点生活补助,多读一点书,将来为社会多做些有用的事。"

一刹那间,她拿着还带有体温的、散发着羊肉串味的500元钱止不住地流下了激动的热泪。

那天天气格外晴朗,艳阳高照,徐青敏对已经走到妇联大门口的几个人建议:"大家合个影吧。"

她的喊声得到响应后,她立即跑回办公室拿了相机。

"咔——嚓"。

一张珍贵的合影定格了,徐青敏到现在还保存着这张具有纪念意义的照片,她特意拿给笔者看时显得十分得意。

照片上4个人依次站在妇联的大门口,脸上都洋溢着笑容,站在从左边数第二个的是赵敏,她高高的个子,瓜子脸,很端正。

记者翻拍了这张照片。

完成了重大"使命"的阿里木终于了却了一桩心愿。

这是2002年5月的一天,这也是启开阿里木人生中捐助贫困学生的第一扇门。

今年年初，我们专程到几十公里之外的大方县理化中学采访了经阿里木资助已毕业任教的第一个贫困学生——赵敏。

大方县，位于毕节地区中部，地处乌江流六冲河北岸。东邻黔西，北枕金河，西抵毕节，南隔六冲河与纳雍、织金两县相望。这里居住着汉、彝、苗、回、白、仡佬、蒙古等 23 个民族，总人口 100 多万，其中少数民族 30 多万。大方的烤烟闻名全国，民族民间艺术多姿多彩，书法、灯谜、诗词、楹联、木雕、农民画、漆器工艺等，一直在黔西北文化领域独树一帜，是文化部命名的中国民间绘画乡和贵州省人民政府命名的历史文化名城。

赵敏所在的理化中学距县城有 20 多公里，出县城拐一个 U 字形，理化中学就坐落在羊场镇的一个山坳里。

一进这所中学的大门，迎面有一山墙，墙上写着学校的校训。校园内有三四幢教学楼，这也是赵敏曾经上过的母校。

赵敏大学毕业后，在毕节打过半年工，做的是邮政鲜花礼仪服务工作，后来考上了教师岗位。

我们到达理化中学是 2011 年 1 月 23 日，这天正好是个星期天，学校学生放寒假不久，大方县委宣传部办公室主任李春洋通过县教育局办公室主任叶劲松帮助我们联系上了赵敏。

那些天，贵州的天气不好，路上结了一层薄薄的冰，行驶的车辆不经意间就打滑，理化中学的院子里也是冰雪路面，我们小心翼翼地走向教学楼。

站在我们面前的赵敏明显已经成熟，她现在肩负着 12 个班的教学任务，又是初三（一）班的班主任，教学任务十分繁重。

2011 年年初，赵敏接受了

新疆媒体记者的采访,《新疆日报》记者是这样描写的:

1月7日,记者在毕节地委宣传部和大方县委宣传部的协助下,见到了已经在大方县理化中学担任音乐教师的赵敏。她和阿里木惊喜地握手,却久久都说不出一句话,此时无声胜有声,令在场的人深深感动。

……

2005年赵敏结婚,随后当了母亲,就更难有时间和机会来毕节探望阿里木了,但她一直关注着阿里木的所有消息。

1月7日,赵敏起了个大早,在大方县羊场镇的路边等了一个多小时的车才来到大方县城,又乘坐大方县委宣传部的车赶往毕节市,道路非常湿滑,车行驶了一个多小时才到。赵敏说:"很想与丈夫和孩子一起来探望阿里木大哥,但是考虑到孩子年幼,道路危险,只好放弃这个想法。"

新疆几家媒体将赵敏请到了毕节市进行采访。

16天之后,我们是第一个走进理化中学采访赵敏的记者,不但看到了她的学校,也看到了她在羊场镇政府工作的丈夫和活泼可爱的儿子,并给他们全家合了影。

赵敏告诉我们,上大学期间和大学刚毕业时,她经常去看望阿里木,就像探望自己的一个大哥,感觉有一种亲情的成分在里面。

"大哥很忙,我每次去看望他,待上三五分钟就心满意足了。有时候大哥非常想跟我说话,但总是有人催他要烤肉,快点快点。"赵敏说。

当了几年老师的赵敏受阿里木的影响极深,在她教的学生中有很多都家境贫寒,在那些学生身上,她看到了自己早年的影子,于是她常常用阿里木的故事来激励学生们积极学习,并严格要求学生努力学习和认真做人。其中班里有一个名叫赵万涛的学生,自幼被母亲抛弃,父亲整日酗酒,家里又贫穷,觉得自己没有指望了,学习成绩开始下滑。她就把这个学生当做自己的孩子来关心爱护,经常开导他,使他重新树立了自强的信念。通过努力,她还为赵万涛申请到了一笔助学金。

女生胡文云,父亲去世,母亲改嫁,跟着奶奶生活,没有任何经济来源,赵敏从自己不多的工资里拿出一些钱资助胡文云,还经常给她送些吃的,让她感受到人间的温暖,同时帮助她申请助学金。

阿里木的精神一直激励着赵敏，她说自己虽然不能像大哥那样去帮助别人，但会用自己的能力和特殊方式去关心和帮助学生，并会一直努力下去的。

由此可见，赵敏正引导着学生们朝着幸福的方向奔跑歌唱，让温暖的音符洒满他们的心房。

主管教学的副校长肖国朝告诉笔者，赵敏是一位优秀的教师，不但教学出色，而且带的班级也是很不错的。这无疑是阿里木的精神起了积极的助推作用。

据肖国朝给笔者介绍，这所学校共有在校生 1200 多名，贫困生不少，学校一直在努力改变现状，国家每年也给一些困难补助，还有深圳许多企业家奉献爱心，使得学生们看到了生活的希望，和对未来充满了憧憬。

2002 年的冬天，毕节的上空不时飘下阵阵雨丝，铅灰色的浓云笼罩着这座小城，阴霾的天气使人的心情变得烦躁不安。

这天傍晚，阴雨绵绵，寒冷的天气穿透身上的棉衣渗进人的肉体，下班的人们、放学的学生都急匆匆地往家里赶。夜幕下，烤肉摊前冷冷清清，阿里木收好摊位，沿着河畔向出租房走去。

他租的房屋离烤肉摊很近，在倒天河的边上。这是一幢旧楼，上了岁数的明眼人一看就知道它是 20 世纪 70 年代的建筑，电线杆子沿着河岸、街道横七竖八，且全是拉的明线通向楼内。为了省钱，阿里木租下了 3 楼房顶上主人隔出的一小间房，有时雨下得很大，雨水便顺着房顶的斜边流向房里。夏天烈日当头时，阳光穿透屋顶直射进来闷热难耐，冬天房内又冰冷潮湿。

往回走的阿里木突然看到前面不远处，河水被一个重物翻卷起浪花，他仔细一看，不好，有人跳河了。

他急速地往那个地方跑去，一边跑一边把外衣脱了扔到河边，一头扎进河里游到正在水中挣扎的人身边。他会游泳也会救人，知道快被淹死的人抓住什么算什么，他一把拽住了那人的头发。咦，是个女的，他的心里一惊，顾不得那么多了，一只手死死抓住那人，一只手用力划水往岸边游，终

93

于把那人拖上岸。阿里木腹内空空,加上寒冷,这时候上下牙齿不听使唤地不断磕牙,但他顾不了这一切,赶紧拦了一辆的士,把那被救的女人送进了一家附近医院,还帮她交了住院押金,直到护士给她输上液体没生命危险后,他才悄悄离开医院。

第二天一大早,他顾不上烤羊肉摊子的生意,马上又去了医院。他不知道那女的怎么样了,昨晚离开之前,她睁着一双呆滞的眼睛,问她什么话也不说,医生和护士看出来了,他和她显然不是一家人,就劝他早点回去。

他从早市上买了一屉小笼包子,又买了一碗豆腐脑带到病房,只见被他救起的女人头靠在床头上,气色比刚从河里救出来时好多了。她一看到阿里木,就把脸转到了另一边,有些不好意思,因为值夜班的护士已告诉她是一个男子送她来的。她觉察到他是个少数民族,但不知道是什么民族。

阿里木笑眯眯地对她说:"起来吃饭,吃了饭就有精神了。"

可那女的就是一声不吭。

他又一连串地说:"没有过不去的火焰山,遇到困难一定要想得开,生命比什么都重要,没有生命就一切都没有了……"

那女的似乎明白了,眼前这个男子是新疆维吾尔族人,否则不会用"火焰山"三个字来作比喻的。

但她还是不吭声。

阿里木只好说起自己的情况:"我是新疆和静县人,和静是在天山以南的巴音郭楞蒙古自治州的一个县城,家里大大小小有9口人,我在我们兄弟姊妹中排行第五,由于家里人多,挣钱的人少,经常吃不饱,高中上了一年多就当兵了,复员后又到乡供销社干了几年……"

他一直就这样对眼前这个陌生女子叙说自己的经历,说到贩羊皮,说到流浪,一直说到他是怎么到毕节的。

不知是阿里木的故事打动了她呢,还是他的经历勾起了她的辛酸事情,没有等他说完,她已经泪流满面。

阿里木的真情终于撬开了她紧咬的牙齿,她终于说话了。

她说她名叫苗玲玲,家在毕节郊区农村,家里有3个哥哥,母亲因病去世一年了,只有靠父亲和她的大哥种点地维持生计,还有两个哥哥在外打工。大哥已经近 30 岁了还没结婚，一切都是因为家里太穷。

她在上高中，还有一个学期就该参加高考，但父亲和大哥不让她继续上学了，由于她的学习成绩不错，她要辍学学校觉得挺可惜，一趟趟地到她家做工作，老父亲始终就两个字"没钱"。

她也心疼父亲，知道他不容易，尤其是和大哥一块长大的都结婚生子了，可大哥还是光棍一个，父亲整天唉声叹气。

苗玲玲辍学后，在毕节市四处打工，家里的经济状况有了一些改善，她的心开始比刚离开学校时平静多了。这几天却老是碰到一些同学，都问她在干什么，她也实话实说，现在给一家房地产开发公司专做售楼生意，生活还说得过去，就是人生看不到任何希望了。

"就是嘛，你要是不辍学，肯定能考上重点大学。"

"我们现在都在做最后的冲刺，准备迎接高考。"

一听这话，她的心里就开始失衡了，想想自己的家庭，想想自己没有前途的暗淡日子，她心里就极不好受。

这家房地产开发公司的一个中层管理人员，比苗玲玲大七八岁，苗玲玲刚进来时他就追求她，但一直遭到她的婉拒。苗玲玲告诉他自己才 19 岁，还小着呢，谈什么恋爱。这位小伙子觉得自己收入高，父母又是机关干部，认为苗玲玲除了一个漂亮的脸蛋什么都没有，竟然拒绝他，心里很不舒服。他开上车，不打招呼地直奔苗玲玲家。

那天正好苗玲玲不在家，去书店买书去了。小伙子到了她家，给苗玲玲父亲和大哥说他喜欢苗玲玲，希望他们做做她的工作，苗玲玲要是能同意跟他结婚，所有结婚的费用都不用他们管。他家里现有的房子除了现在和他父母住的一套外，还有两套租出去了，结婚时可以收回一套。

他看看苗玲玲家破旧的砖房，赶紧说："我们家还可以给你们盖几间房。"

离开前，他从车后备箱里拎出两瓶习酒、两条贵州烟给了苗玲玲的父亲。

苗玲玲的父亲种了一辈子的地，穷得叮当响，哪喝过这么好的酒，抽过这么好的烟？更没有人用这种口气给他许过愿，顿时激动得天旋地转。

他的心里盘算开了，小伙子答应给盖几间房，不如让他用盖房的钱给

大儿子娶个老婆不更好么？他越算心里越高兴。

他把这个想法给大儿子说了，大儿子自然也很高兴。

天快黑时，苗玲玲回到了家，她父亲和大哥把事情一说，苗玲玲就不高兴了。她没想到，那家伙怎么摸到家里来的，更气愤的是父亲和大哥全然不顾她的感受，还认为这是一桩两全其美的好事，她觉得自己彻底完了，让这个家把她的前程彻底断送了。

最近她给自己设计了一个美好前程，没机会考大学了，就考个不脱产的自学考试，这样既不耽误挣钱也学到了知识，然后再考研，慢慢学习和打拼，说不定她也能创办一个公司什么的，将来成为一个女企业家。

为了这个梦想，她下午利用休息时间，专门跑到书店选购了几本书，准备好好学习，参加全国自学考试。

这个梦想被父亲、大哥，还有公司里的那个叫……什么来着，叫黄波的家伙给搅碎了，她真是满腔怒火。

她才多大呀，19岁，跟黄波结婚，生孩子，围着丈夫、孩子转，盼着孩子长大了，再盼他（或她）结婚生儿孙，她再带他们，一生就这样过完了。

她都不敢想象了，这样是重复一代又一代前人的生活，她坚决不能答应。

"玲玲，什么都要想开些，一辈一辈的人不就这么过来的吗？"她的父亲说。

大哥也说："玲玲，你总不能看着大哥一直这么打光棍吧？说什么咱苗家不能断根呀！"

"玲玲，女人早晚要嫁人，早嫁比晚嫁好，再说那小伙子条件好，以后说不好碰不上这样的家庭了。"父亲又继续劝说。

苗玲玲能给父亲和大哥说说她的打算吗？不能，说出来跟不说是一样的，他们什么都不懂，说不定还会耻笑她呢。

"玲玲，就算大哥求你啦。"大哥一脸的苦相。

"玲玲，你嫁过去就是跳进了福窝。"父亲劝。

"别再说了，我的事你们不要管。"她大声喊道。然后她在屋内到处寻找东西。

"酒呢？烟呢？"她问父亲。

"你要它干什么？"父亲问她。

"你不要管，那家伙拿来的酒和烟呢？"她急了。

大哥从里屋的墙角里拿出烟和酒，其中的一条烟已经被拆开，幸好酒还没被打开。

父亲和大哥已经商量好，晚饭多做两个菜，开瓶好酒，好好过过瘾。

第二天，苗玲玲买了条相同的贵州烟，把两瓶酒和两条烟堆在了黄波的办公桌上。

她一脸怒容地说："黄波，请你放过我，我年龄太小，家庭状况又不好，你可以找比我好的人。"

这间办公室里共有3位中层管理人员，其中一位是中年妇女，他们听到了苗玲玲的话什么都明白了。

黄波没有想到，苗玲玲一大早就让他难堪，非常尴尬，昨天回来的路上还得意洋洋地给一个朋友在电话里吹嘘了一番，让他等着喝他的喜酒呢，现在苗玲玲几句话就把什么都给搅黄了。

那位中年妇女很聪明地给黄波使了个眼色，意思让他回避。

黄波也不是省油的"灯"，说出的话连他自己都不知道是怎么说出来的，事后他也后悔不迭。当时也是为了挽回自尊和给自己找台阶下，他居然说道："苗玲玲，你后悔跟我谈恋爱也用不着这样，当初我追你你愿意，我们都在一个床上睡过了，现在不同意了。不同意就不同意，反正我睡过你了，我不吃亏。"

苗玲玲做梦都没想到，黄波会这么不要脸，会这么侮辱她，她还是个姑娘，还没有谈过恋爱，以后怎么办呢？

她恍恍惚惚地走出黄波的办公室，面对黄波这个无赖她已经洗刷不干净了，她就无目的地走啊走……

天上下起了雨，身上的衣服淋湿了，她还在茫然地走，忽然发现已经走到了倒天河，越想越没脸见人了，干脆自杀算了，她想着想着就一头扎进了河里。

阿里木听完苗玲玲的遭遇，非常同情她。

他只好安慰说："你先在这住几天,我到你们公司去替你请个假,找黄波谈谈,让他给你道个歉,以后别再缠着你。过两天我到你们家找你爸爸和你大哥聊聊。"

苗玲玲急了："不行,不行,阿里木大哥,你千万别去我们单位和我们家,我跳河的事不想让别人知道,更不能让家里人知道,我不会去那个公司上班了。"

阿里木不知道该怎么办了,搓着手反复在病房里转悠,嘴里一个劲儿地说:"这不是个小事情,这不是个小事情,一定要再想想,再想想。"

"阿里木大哥,你一定要听我的,以后永远不提这件事了。如果你不尊重我的意见,我还会去死的,反正活着也没意思了。"

"好,好,我一定听你的,这件事永远不会给任何人说的。"

苗玲玲住了几天医院,阿里木天天到医院看她,每天手里不是提着水果,就是提着糕点,然后坐在床边给苗玲玲讲笑话。

那几天,苗玲玲很开心。

出院后的苗玲玲一直称阿里木为大哥,就是他俩很少见面,只是保持电话联系,阿里木一般不过问她的生活,在电话里听到她快乐的声音他就放心啦。

在苗玲玲住院的最初两天,阿里木担心她再出事,就没有注意病房内还住着一个小病人。一天,他突然看见一个小男孩趴在床上写作业,他走了过去。

"你叫什么名字?"阿里木问。

"我叫周勇。"小男孩回答。

"你得了什么病?"

"肾病。"周勇回答时声音很小,显得凄凉。

阿里木知道肾病的麻烦,觉得这个娃娃得了这么严重的病还在学习,真不容易,他又问:

"你的爸爸妈妈呢?"

"我爸爸干活去了,我妈妈出去借钱了。"

"告诉你妈妈,不要着急,我会想办法的。"

绝望了的周勇仿佛一下子看到了希望。

阿里木转身出去就给《毕节日报》记者黄莉打了电话:"黄姐,我在地区医院内科,遇到一个孩子挺可怜的,得了很重的病,还在刻苦学习,你过来帮他一下。"

当时黄莉正在值班走不开,第二天她根据阿里木的介绍,一下子就找到了周勇。见到周勇时,黄莉的心里咯噔了一下,他全身浮肿,肿得手都合不拢,就那么叉着。她从医生那里了解到,周勇是深度水肿,他的病危通知书还没有撤下来,14 岁的孩子个子很矮,眼睛只剩下一条缝。黄莉的心颤动着,她明白阿里木让她来的意思了:通过报纸呼吁,让全社会伸出援助之手来帮助周勇。

周勇 5 岁半就患上了肾病,6 岁时看到其他孩子上学,他也渴望上学,母亲葛群娣只好依了他。这个病折磨了周勇和他妈妈好些年, 他病好了犯,犯了好,犯病时他妈妈得背着他上学,每天背他往返 4 趟。

2011 年 1 月 16 日上午,笔者来到周勇家,他们家在毕节郊区,是毕节北镇关金钟村人。这里群山环抱,尖而耸的文笔山是这里的名山,农田极少,站在周勇家门口,坡下是梯田,紧挨着梯田是乡间公路。因为是冬季,地里只有当地产的油菜。周勇家的邻居正用一种叫不上名字的树熏猪肉,据说家境好点的人家,快过年时都要做些这方面的准备。

周勇家很寒酸,两间房子,什么家具也没有。屋内漆黑,只有一个小炉子烧着火,屋内还有些温度,里屋只有一张床。几年前,周勇上学,他母亲背他到学校要走 30 多分钟的路程,每天 4 趟,1 个月是 120 趟,那一学期下来又是多少趟呢? 做母亲的很不容易。周勇不但喜欢上学,且学习还特别好,这让当父母的犯了难。他们家境很差,租种着七八分地蔬菜,一家 4 口度日如年。

有时周勇的病一犯,家里的医药费更承担不起,周勇的父亲几次决定不让他读书上学了,也不想给他治病了,因此周勇经常默默掉泪,做父母的不忍心,可是家里确实没有钱,真是一筹莫展。

几次周勇的父亲都想把他扔了,都是母亲哭着把他留了下来。

有一段时间,周勇的母亲先背他去医院输液,输完液再背他去学校。

99

有一天他母亲实在不想让他上学了,从医院出来就想直接背他回家,但周勇发现不是去学校的路,就央求母亲往学校走,母亲这天硬是狠下心来不想让他上学。因为这段时间周勇经常在教室晕倒,母亲的双脚只往回家的路上走,周勇急了,朝母亲的肩膀上狠狠地咬了一口,母亲只好含着泪又把他背到学校。

当黄莉见到周勇时,医院已经第七次下病危通知书了,他的母亲也下了决心,治不好打算彻底放弃,能借钱的地方都借遍了,转了一圈一分钱也没借上。回到病房的母亲给周勇说了实情,已经欠医院好几千元钱了,我们不治了,回家听天由命吧。

"妈妈,一个叔叔在帮我们想办法,你看,他还给了 200 元钱。"周勇对葛群娣说,然后指着黄莉,"这个阿姨也在想办法。"

"谢谢你们的好心。"说完,葛群娣的眼泪直往下流,她心里想,能听到几句安慰话已经不错了,这些人谁也解决不了问题。

看到这一幕,黄莉的心都碎了。

她连夜饱含深情地写了长篇通讯文章《别让生命等待下一次无情》:

5 岁半时,小周勇不幸患上了肾病综合征,8 年来,坚强的孩子忍受着常人难以想象的巨大病痛折磨,用生命追寻他挚爱的读书梦。他 6 次住院 6 次被下病危,而从一年级到六年级,他都以优异的成绩和良好的表现 6 度获表扬,当病危通知书又一次无情地到来时,他对绝望至极的父母说:"病不看了,拿钱去读书吧。"面对这个仅有 13 岁命运多舛又异常顽强的孩子,老师哭了,同学哭了,医生护士哭了……

小周勇又一次发病了,母亲葛群娣看到儿子浮肿得不能动弹的手脚,一个如斗大的头,连眼睛都睁不开了的惨状,心想:完了,这回怕是留不住了。葛群娣问周勇:"痛不痛?"周勇说:"妈妈,我觉得五脏六腑都被冻住了。"

医院下了病危通知书,小周勇随时都有生命危险,但他坚持上午输液,下午去上课后才去住院,葛群娣无奈,找到周勇的班主任——毕节第一小学六年级四班的张永梅老师求助。和周勇有着深厚师生情的张老师马上召开班会向同学们通报了周勇的情况,张老师说着说着泪就夺眶而出。她发动同学们一起来帮助周勇，为周勇鼓劲。随即张老师和同学们带着鲜花、营养品以及全班同学捐出的300多元到医院看望周勇，他们的关爱令周勇备感温暖。张老师说："周勇，要先治好病才能读好书，听老师的话先住院，好吗？"周勇点点头。

11月13日下午，在地区医院门诊治疗了一个星期后，周勇仍处于危险期，医生建议周勇转住院做系统的治疗，于是，周勇转到了内一科观察治疗。第一天输液时，由于周勇浮肿得厉害，整条手臂上扎了20多针都没有找到血管，最后终于在脚上找到了。小周勇镇静自若，一声不吭，护士和旁边的病友亲人心痛得流泪：真是个少见的好孩子啊！

周勇的确是个少见的好孩子苦孩子，他的父母都是毕节市市西办事处金钟村得胜组的农民，家中土地少，父亲周绍明常年在外做泥水工，母亲在家种地兼顾卖菜，家庭负担比较重。小周勇活蹦乱跳来到世上仅5年，就患上了足以拖垮任何人身体和经济的肾病综合征。患病后，家里倾家荡产为他治疗，由于治疗这种病的费用非常昂贵，家里的经济只能让周勇勉强"保命"而无力治愈，根本谈不上营养和调理。8年来，周勇病情反反复复，每一次发病都事关生死，住过6次院，仅住院费就花了7万多元，家里早就一贫如洗，举步维艰。在和浮肿、疼痛和极度虚弱的对抗中，周勇已渐渐成了一个"小铁人"。在他看来，可怕的不是病，而是不能再走进课堂捧起心爱的书本，看不到他深爱也深爱着他的老师和同学。

刚进学校时，张老师观察到周勇不对劲，他总是上着上着课就趴倒在课桌上，脸色异常，就问他是不是病了，他说是感冒了。他是怕老师知道他的病情他就不能读书了。后来，张老师还是知道了他的情况，非常焦急，就向学校反映，学校减免了他的学杂费，支持他继续学业，并"禁止"周勇病重时上体育课等损耗体力的课程

和活动。同学们也很关心他,知道周勇家穷而他又酷爱读书,经常主动把课外读物和学习资料借给他。周勇病情加重时,父母轮流背他上学,有时候父亲外出打工,他便自己一瘸一拐地蹭着去,半小时的路程要走一两个钟头。

黄莉还这样写道:

甚至有一次小周勇把闹钟时间调到了凌晨3点,到了学校迷迷糊糊地敲学校的大门,门卫以为自己睡过了,门一打开,才发现星星还眨着眼睛一闪一闪,知道是小周勇搞错了时间,说"你大半夜的跑到学校来干什么"?弄得小周勇不好意思。由于全身水肿和长期跨坐在大人背上,他两条腿内侧的肌肉已经严重磨烂,连路也走不稳,大量蛋白尿的排出,使体内的蛋白流失严重,周勇就长期处于浑身无力、极度疲倦的状态。上课时突然就全身瘫软,有深度疲倦袭来,老师心疼他说没关系,想睡就睡吧,但倔强的孩子就用手扯眼皮,硬撑到下课。有时候病得厉害父母将他硬架到医院,没两天他又出现在学校,恶补落下的功课和作业,落下的作业也会悄然出现在老师的办公桌上。

周勇就是这样和病魔纠缠了8年,并以惊人的毅力读到了六年级,而更令人佩服的是他的成绩一直是班上前5名,年年是品学兼优的优秀学生,就在这次住院前几天的半学期考试中又拿了全班第一名。张老师说,以小周勇的身体状况和家庭情况来衡量,实际上他各方面一直是真正的第一。周勇没有健康的身体和必要的营养,学习上没有任何课外"小灶"和学习资料,要付出比别人更多的心血和汗水,可以说是以生命去读书。

11月16日下午,刚刚度过危险期的小周勇趴在病床上写作业,在大家的关怀备至下,他终于又一次摆脱了死亡的追逐。管床医生张跃在周勇父母因无力承担医药费而不想用药的情况下,尽量选用最基础又疗效好的保肾抗炎药,并给予精心治疗,护士们配合细心的护理,张永梅老师带头捐款并多次到医院看望、辅导,在毕节卖羊肉串的维吾尔族同胞、爱做好事的阿里木表示要捐款帮助这个"可爱的孩子"。

尽管度过了危险期,但一直没有根治和多次发病已使小周勇的身体脆弱不堪,身心疲惫的葛群娣无奈地告诉笔者:"没有钱给他治病了,每天最起码的医药费也是 300 元,在门诊的几千元的医药费也是欠着的,我们曾狠心地想,反正他只剩半条命了,听天由命算了。"

翻着小周勇整洁又全是满分的作业本,读着他作文中关于亲情、友情和师生情的动人叙述,面对他那浮肿的稚嫩面庞上纯净的眼睛,所有人的心都会揪痛,这个优秀可爱的孩子的生命之花正渐渐枯萎,难道因为贫穷任由他无力地远去? 他的生命需要爱的阳光!

笔者让黄莉找出了当年这张报纸,报纸的右上角还配发了一张张永梅老师到病房辅导小周勇的照片,《毕节日报》不惜版面登载这篇通讯,用了通栏的大标题,意味着向全社会呐喊:救救小周勇吧。这一长篇通讯登载在第二天,也就是 2002 年 11 月 21 日的《毕节日报》上。

同时,这篇通讯在《贵州都市报》上也全文刊登。

这篇报道一出现,立即在毕节,在省会贵阳,甚至全省引起了广大读者的共鸣,并不断有人给黄莉打电话要她转达对周勇的问候和捐款,还有的献药方……

挽救周勇生命的事因阿里木的倡议而引起,记者黄莉撰文,他们必须付诸实施具体工作。

在《毕节日报》出版的当天,阿里木先找到周勇的学校——毕节第一小学,给学校领导陈述了周勇的情况,校领导实际已经从六年级四班班主任张永梅那里了解了情况,正商量发动全校师生进行募捐活动。

募捐仪式安排在第二天的早晨。

尽管这天早晨的天气非常寒冷,还下着冰冷的冻雨,但阿里木、黄莉、葛群娣,还有全校的师生的心却是热乎乎的。他们今天要为六年级四班的周勇献出自己的一份爱心。

他们在等待着这一时刻。

学校领导特意把阿里木安排在学校操场正对面的 5 层阳台上，让他面对着 2000 多名排列整整齐齐的学生讲话。

说实话，大庭广众之下的阿里木是不善言谈的，但今天不知怎么的，他的心激荡着，还是汹涌澎湃的激荡，他有一种特别想说话的欲望，他的长长的头发和长长的胡须在微微的寒风中有些飘逸。

"同学们——"

他自己都没有想到他的声音是如此的洪亮，语言也是很流畅地迸发出："大家都知道，六年级四班的周勇 5 岁多就不幸患上了肾病综合征。多年来，他一次次地同病魔作生死斗争，一次次顽强地战胜了疾病，这容易吗？不容易，靠的是什么呢？是意志、是信念。

大家已经知道，他们家极其困难，这些年周勇的病已经拖垮了这个家，他们家再也拿不出一分钱了，也借不到一分钱。前几天，我到医院看望我的朋友，在病房看到水肿的周勇还在学习，我被感动了。周勇现在还在医院的病床上躺着呢，而且随时都会有生命危险，你们难道愿意看到这样的一个好同学死亡吗？相信你们不愿意看到，我们都不愿意他小小的生命早早地离开我们。如果哪一天他离开了，大家想见都见不上了，不觉得可惜吗？为了不让他离开这个世界，不离开我们大家，让我们伸出温暖的手，挽救周勇的生命吧！"

阿里木说完，便快步走下 5 层楼的大阳台，从同学们的队伍中间穿过，在大家的注视下，从口袋里拿出 50 元钱，投进已经写上"募捐箱"3 个字的箱内。然后全校师生依次列队都向那个募捐箱投进一份爱心，连学校看大门的老工人感动地说，一个外地人靠卖烤羊肉串的都带头捐款，我们更应该捐，说着，他也往募捐箱投进了 10 元钱。

由于都是师生捐款，1 分、2 分、1 毛、2 毛的零碎钱很多，阿里木和周勇的母亲、黄莉到学校附近的储蓄所和工作人员一起清点，整整清点了两个多小时，这次共计募捐到 10000 多元钱。

阿里木实在没钱了，否则他也不会只捐 50 元钱。苗玲玲的医药费他就花去了 300 多元钱，他得赶紧去卖烤羊肉串挣钱给周勇治病，他不能让这个对生活充满希望、对知识充满渴望的年轻生命就这样无声无息地飘落。他明白,光靠毕节第一小学的10000多元还远远不够医治周勇日益严重的病,他要再想别的办法。

虽说这次募捐的钱对于治疗周勇的病只是杯水车薪,但毕节第一小学师生的精神还是令所有在场的人感动,有的师生家里也很贫困,有的学生积攒的钱准备买削笔刀、铅笔、三角尺的,还有的是从吃饭钱里抠出来的。

为此,《毕节日报》记者黄莉写出了《送你一片阳光》的通讯报道,发表在2002年12月3日的《毕节日报》上。

这篇通讯是这样写的:

12月2日清晨,毕节第一小学操场上,热情洋溢在2000多张冻得通红的小脸上,一阵阵掌声中,该校六四班患重病贫困学生周勇的母亲蒿群娣, 含着热泪用颤抖的双手接过了学校师生的炽热爱心——1.03万元捐赠金,这是师生们对无钱治病却以生命追寻读书梦的周勇的支持和鼓励。

11月21日本报《社会看台》栏目刊载的《别让生命等待下一次无情》,报道了周勇患上肾病综合征后数次濒临死亡却不辍求学之志的感人故事,引起了社会特别是该校师生和家长的关注,很多学生家长电话打到学校询问周勇病情,积极为他提供治疗途径和信息,有的家长还把祖传秘方配制的药剂免费送来给周勇服用,同学们带来鲜花、水果和过冬的衣物去看望周勇。同时,学校领导专门召开会议,向全校师生发出了向周勇献爱心的倡议书,校长戴厚林、副校长陶绍伦等校领导带头捐赠,倡议得到了积极的响应,全校2000多名师生全部参与了这项爱心活动,从几角到一百元不等。令人感动的是:家境困难的学校门卫也捐助了10元钱,在毕节谋生的新疆维吾尔族同胞阿里木赶来捐助了50元钱。这笔爱心捐赠,将让因无力支付医药费而不得不出院回家的周勇重新得到救治。

这时候不断有好消息传来,毕节地区医院作出决定,周勇住院期间所欠的几千元医药费全部免去。

贵阳一家肾病医院闻讯后,表示愿意免费为周勇进行治疗。

作为一名出色的记者,黄莉不仅用手中的笔一直在追踪、关注、报道社会及周围一些热心人对周勇的关爱和周勇的身体状况,同时,医治周勇

的重症也是让她一直牵挂着的一件大事。

黄莉通过朋友给周勇联系到贵州省医院就治肾病。

这是 2003 年的冬天。

周勇临行前,黄莉专门写了一篇《肾病少年启程前往贵阳求治》的消息。

这条消息又得到社会上很多人的关注,这种关注充分体现在人们纷纷慷慨解囊上。

整个贵州这块高原热土在腊月的寒冬里涌动着暖暖的春意。

贵阳、都匀、大方、赫章等地寄来了汇款和治疗处方以及慰问信。其中一张 20 元钱汇款单上朴实地写道:"钱不多,给小周勇买书。"赫章达依小学的山里孩子倾其所有为周勇捐助了 187 元钱汇来。一个大方县的孩子在信里率真地写道:"我父亲是医生,我让他给你免费送药"。周勇母亲到毕节市政府去开具证明时,一位办事员说这样好的孩子应该帮助,并马上塞给她 100 元。

还有些热心人把电话打到学校、打给黄莉,有稚气童声的孩子、学生的家长……

还有一位轻生后被抢救过来, 又绝食数天的年轻女孩子说:"周勇一定会得救的,我们都应该珍惜生命。"

人们发自的爱心行动犹如一股强大的浮力,托起了正被病魔无情咬噬的小周勇,为他重新点燃了生的希望。

聪明的黄莉一次一次地抓住机会,让全社会关注周勇,挽救他的生命。

对于周勇去贵阳治病,黄莉在另一篇通讯《有情唤春归》里有过这样的描述:

今年 1 月 13 日,清晨,期末考试中又拿了第一名的周勇在母亲的搀扶下艰难地踏上了赴贵阳寻医的旅程。8 年来,他们第一次向病魔主动宣战。

在原地区政协工委副主任周平老人的帮助下, 通过其在贵阳的女儿介绍,周勇母子找到了贵阳医学院附属医院肾病专科的朱春林主任,并于当天下午顺利入住。在贵医附院,医院为周勇免费做了肾穿刺检查,检查结果表明,肾功能没有大的损伤。住院期间,周勇被人们呵护着,很多同样被病痛折磨的病友每天都来和周勇聊天,鼓励他坚持到底,并50元、100元不等地捐助周勇。前来探病的人闻听周勇的情况,也慷慨解囊相助。每逢有病友出院,他们都会来和周勇道别,留下联系方式,告诉周勇有困难就打电话。有位贵州大学外语系2000年级的姓严的学生临出院之前,拉着周勇的手说:"加油啊! 你一定会读上大学的。"

周勇住院期间,黄莉专程去贵阳看望他。

在探视周勇的时候,恰巧遇上了贵州朝歌肾病专科医院(系中国中西医结合学会肾脏病临床基地在贵州的一个分院)表示愿意为周勇进行免费治疗。

黄莉后来这样写道:

1月24日,贵州朝歌医院几经周折终于找到了周勇,院长王爱红说:"找到他可把我乐坏了。"原来,医院想派人到毕节接周勇,但始终联系不上,焦急的王院长不知打了多少个电话,她原本要回河南老家过年的,因为牵挂周勇的事而未能成行。王院长说干脆就坐着等吧,"功夫不负有心人",还是把周勇等来了。周勇被朝歌医院接来的那天,受到了全体医护人员尊贵客人般的礼遇,王院长还特意为周勇买了几套新衣服。

在朝歌医院,周勇一下子有了许多"啰啰嗦嗦"的长辈,院长王爱红就像看待自己孩子一样关心他,行政院长吴乐峰是他的主治医生,闲暇时还被他揪住玩闹一番,化验员王玲成了他的姐姐,医院上上下下把他宝贝似的看护着。周勇先前来时蛋白流失很严重,只有正常人的三分之一,由于又感染了流感,身体非常虚弱,连楼都上不了,沉默得像个小老头,随着中西医双管齐下的深入,周勇蛋白逐渐回补,人也变得活蹦乱跳,和医护人员们开始"没大没小"起来,还任性地闹了几回情绪。春节前两天,小家伙突然吵着过年了要回家去,谁劝也不听,大哭不止并夺门而出,吴医生将他抱回病房,他就踢门,没办法,料理总务的杨科菊只好将他的门反锁了。由于家贫,一直没机会好生看电视的周勇做完作业便赖在电视前不动弹,大家怕他感冒不让再看,他就生气,王院长亲自出马"管教"方罢。王院长和吴医生的办公桌也成了周勇的专用书桌,常常是他的书和课本摊得一桌都是,他们兼职做了他的辅导老师和清理人员。

大年三十那天,医生们把周勇母子请来一道吃年夜饭,有几个菜是特意为他准备的食补药膳,小家伙放开肚子吃得红光满面,医生们又担心他扛不住了,紧张了好几天。

就在这样一个温暖的冬天,在爱的牵引下,周勇幸运地走过了严寒的冬季,王院长和吴医生告诉周勇:"你的病可以治愈,而且可以出院返校读书了,将来当上大学教授(周勇的梦想)是没问题的。"

医院为周勇准备了两个月的服用药和调理食谱,在院长王爱红、医生吴乐峰以及另外3名医护人员的"隆重"陪同下,周勇乘医院专车返回毕节。

毕节市西办事处金钟村村口,邻居和家人们兴高采烈地点燃了喜炮。

回家了,一个曾和死神擦肩而过、意志坚强的少年。

回来了,一个盛满未来的春天。

黄莉还有这样的记述:

2月13日,离农历正月十五只有一天,在过去的一个星期里,和煦的春风正吹拂在人们合家幸福团圆的欢乐的脸上。

一个穿着漂亮的活泼少年春风般奔至眼前,红润健康的小脸,晴朗的笑容,小鸟一样喳喳个不停。眼前这个孩子,比3个月前记者看到的胖了10斤,更令人欣慰的是,8年生死沉浮的"小"老病号在爱心和耐心的关爱下,"熬"过了一个冬天,终于"熬"成了一个健康开朗的少年,就像春天送给人间的一个善良礼物,为一个深情动人的故事圆上了一个灿烂明亮的结尾。

其实黄莉是对周勇被关注、医治的整个过程进行了一次回放,她告诉读者,事情是由维吾尔族同胞阿里木扯出了故事的线头而得到圆满结束,给关心周勇的人们一个交代。

王爱红院长一行送周勇到毕节的那天,周勇的母亲葛群娣用感激之心,专门在环城路的一家涮皮羊肉饭馆答谢他们,阿里木、黄莉都在被邀请之列。

在采访的过程中,黄莉、葛群娣、张永梅她们再三说到朝歌医院如何救死扶伤,王爱红院长、吴乐峰主治医师和护士对周勇的细心医治,一直让他们感动。

"王爱红院长长得漂亮，很美丽，但她的心灵更美。"黄莉再三对我们说。

我们从周勇接受朝歌医院院长王爱红和主治医师吴乐峰检查治疗的一张照片上已经看到了那位美若天仙的王爱红，这张照片和黄莉的长篇通讯《有情唤春归》一起刊登在2003年2月14日的《毕节日报》上。

在毕节采访结束回到贵阳市后，记者和贵州人民广播电台记者杨旭在贵阳市寻找朝歌医院。

根据黄莉提供的地址，朝歌医院是在贵阳市瑞金中路61号，我们去了，由于这里是繁华地段，处在市区中心，就是找不到这个61号。我们怀疑这家医院可能已经搬迁，通过贵阳市的查寻台，还是查寻不到。我们又到瑞金中路四处打听，还是无人知道朝歌医院。

那几天，我们为寻找朝歌医院而绞尽脑汁，却始终毫无线索。

中华北路18号的银海大厦一楼，是一家门诊，我们进去后又询问，正好问到一位老人，他说朝歌医院原来就在这里，后来搬了，搬到哪里就不知道了。

寻找朝歌医院未果是我们的心里纠结，杨旭四处打电话，上网查，查到朝歌医院的总部是在河南省鹤壁市，经过查询把电话又打过去，对方接电话的是位年轻人，她什么都不知道。后来又多次打其他几部电话，也没有人说得清楚朝歌医院贵州分院到底在哪里，是不是已经撤走，而王爱红院长的去向他们更不知道了。

我们心里很是怅然，遗憾没有找到朝歌医院和院长王爱红。但是朝歌医院的白衣天使为周勇所做的一切已经深深地让毕节人民感动，让贵州人民感动。他们圣洁的心灵也深深地震撼着我们，我们的心里默默地祈祷：他们一定会重返贵州大地，深深地植根于那片高原热土。

周勇虽然出院了，但不能说是永远告别了病魔，要有5年的康复期。这5年里还要花钱，他们的家境虽然承受不住高昂的医药费，但医院毕竟不是慈善机构，不能再去麻烦朝歌医院，这成了阿里木的一块心病。

109

有一天，他找到周勇的母亲葛群娣，对她说："我一个人烤羊肉串很忙，你能不能给我帮帮忙？"

"行！"葛群娣的回答很干脆。

"我要给你付费，付辛苦费。"阿里木很认真地说。

"我不能要你钱，你给我们家帮了这么大的忙，我是不会要钱的。"葛群娣很真诚地说。

"不要钱不行。我让你帮忙，就耽误你干别的活了，不挣钱，家里人怎么生活？小周勇看病怎么办？这样吧，我决定了，按计件算，你穿一串羊肉给你2分钱。"阿里木用不容商量的口气说道。

葛群娣是个聪明勤快的女人，穿羊肉串学了一会儿就会了，而且速度还快。

阿里木第一次把500元钱递给葛群娣时，她坚决推辞不要，阿里木把脸一沉，说："这不是个小事情，这个钱你一定要拿着。"

葛群娣无奈收下了500元钱，可她的心里很不是滋味，感觉到良心上过不去，对不起阿里木。

阿里木的心里终于有了一丝慰藉，认为这是帮助周勇家的最好方式，让他们家好有个固定收入。

后来，阿里木又给葛群娣由穿一串羊肉2分增加到5分，葛群娣基本每月可以拿到800元的工资。

苍茫的暮色追赶着远天的夕阳。放飞的心绪越走越远。

向往奔腾和遥远，向往天空和飞翔，思绪在风中驰向远方、驰向天涯海角。

少年的梦想和高原人的性格奏出高亢辉煌的旋律。

2003年，周勇以优异的成绩，考入毕节第八中学，这是一个在当地赫赫有名的学校。在这里，周勇将要放飞他的梦想，以顽强的生命力量和艰辛。

得到消息的阿里木高兴极啦。他早早收拾烤肉摊子，飞奔冲向商场，不一会儿，抱回来一堆东西：墨水、钢笔、书包、一套衣服，他把这些东西送到周勇家时，周勇局促不安，阿里木又给了周勇300元钱。周勇说什么也不要,他硬塞进了周勇的口袋里,然后说:"你什么都不用想,只要好好学习,叔叔就开心了。"

"叔叔,我一定好好读书,不辜负您的希望。"周勇向阿里木保证。

"走,今天到叔叔那里,给你做好吃的。"他拉着周勇回到他的出租屋。

"周勇,我们今天吃拉面,庆祝庆祝。"

"好啊!"周勇回答。

周勇已经能吃新疆饭了,他最初到阿里木这里来,吃不惯新疆饭,时间长了就觉得这些饭很好吃。

由于高兴,阿里木嘴里哼着小曲,手里忙着和面、切羊肉、切洋葱、切蒜,周勇则蹲在地上摘芹菜,洗西红柿。

"周勇,今天叔叔要喝两口。"阿里木还不时地和周勇交流,告诉他新疆有许多美食。

周勇知道,叔叔今天确实为他高兴,平时哪会这么奢侈地做这么好的饭菜。阿里木每天回到屋里后基本都在深夜,拿开水泡半个馕吃,或者吃个馒头,很少炒菜。吃饭也要根据生意好坏来决定他吃饭的次数和质量,生意好时吃两顿饭,生意不好时只吃一顿饭。

一切准备妥当,阿里木开始炒了一个西红柿鸡蛋,又炒了一个羊肉片芹菜,然后就开始做拉面。

最早周勇不知道什么叫拉面,阿里木就给他做着吃。这种面的做法很讲究,用淡盐水和面,面要揉得不软不硬,一般都要饧上 20 分钟左右。然后将面做成长圆条状并在表面抹上清油,再盘在盘子或盆里,待水烧开后,再将盘好的面条在案板上边拉边抻边甩打,拉到一定细的程度后下锅煮,煮熟后捞到碗里或盘子里,在凉开水盆里过一过,这样过完水的面不容易粘住而且吃起来滑溜有韧性。最后,把菜倒在面上一搅拌就可以吃了,也可以称之为拌面。根据炒菜的种类分为肉菜拌面和素菜拌面,还有过油肉拌面、豆豆拌面、鸽子拌面、鸡蛋拌面等。

还有一种吃法是将经过凉水激的面捞出来切碎,再与羊肉、辣子、西红柿等一起炒,炒熟后便可以吃了。这种面叫炒面。炒面又分拉条子炒面和揪片子炒面两种,所不同的是一种是拉面切碎与菜同炒,一种是下揪片

子,用煮熟的揪片子与菜同炒,两种炒面各具特色。

吃上一盘子拌面或者一盘子炒面,特耐饿。

周勇还喜欢吃阿里木做的抓饭。这种饭他在这里只吃过一次,因为阿里木不舍得做。周勇一想起抓饭,嘴里忍不住要流口水。

抓饭的做法是用大米、羊肉、羊油、清油、洋葱、胡萝卜混合焖制而成。它的做法是先用清油和羊油将切成块状的羊肉炒到七八成熟时,再放上洋葱、胡萝卜条合炒,然后加入少量水煮,并把泡了一阵的大米铺在上面,将锅封严,焖20分钟即熟。吃时要把抓饭搅匀,盛在盘中,用手指握成勺形抓着吃,周勇学着他的吃法,怎么也放不进嘴里,只好用勺舀着吃。阿里木告诉周勇,用牛肉、鸡肉做的抓饭也好吃,还有用葡萄干、杏干等代替肉类,做成素抓饭。

相对而言,阿里木经常做的是汤面。汤面有两种做法:一种是揪片子汤面,一种是擀面条制成的汤面。一般用羊肉汤下面,讲究的要用羊排骨做汤,汤面还要加上一些西红柿和青菜、土豆丁、萝卜丁、恰玛古(蔓菁)、香菜等。汤面色、香、味俱佳,面软而滑,容易消化。

还有一些特色饭他只是听阿里木念叨,也没见他做过。周勇想可能因为这些特色饭是既复杂成本也高的原因吧,所以他不做那些饭。

拉面做好了,阿里木给自己倒上一大杯买来的散装酒,给周勇打开了一瓶酸奶,他用白酒杯与周勇的酸奶瓶碰了一下:"周勇,祝贺你!"说完,一扬脖一半酒进了喉咙。

"叔叔,喝慢点。"周勇劝道。

"没关系,叔叔今天就是醉了也高兴,这是我早想看到的一天,你今天成功了。"

"谢谢叔叔,我能活到今天,都是叔叔的功劳。"周勇说。

"不要这么说,这是胡大在保佑你。"

"上天也会保佑你的。"周勇说。

他们俩边吃边聊,边聊边吃。

阿里木平时在卖烤羊肉时显得那么得单纯、可爱、快乐,而此时却变得很深邃,沉思良久后,他对周勇说:"人活着,要靠自己的双手去创造生活,要养活自己,还要帮助别人,这个世界才充满爱。"说到这,他又喝了一大口酒。

"现在社会上坏风气多得很,但这不是主流,好人还是多。周勇你一定要好好学习,做一个对社会有用的人,千万不能做危害社会的事,危害别人的事,靠自己的努力,生活肯定会好的。"他对周勇推心置腹地说,"你看我,一个卖烤羊肉串的生活在社会的最底层,但是我快活,我没有怨言。要说怨言的话,也是自己没有出息。上学太少,所以我对文化人很尊重,很佩服。"这是他对周勇第一次说出佩服文化人的话。

他又说:"教育是很神奇的,它能教育人怎样才能做对社会有用的人。而没有受过教育的人,脑袋是空的,只想着索取,不愿意奉献,不讲道德,法律意识淡薄,这样的人会给社会带来危害。"

"我流浪了 4 年,见识了太多的愚昧事,还饱受了被人追打的磨难,我以前特别恨这些人,后来不恨了。我想通了,这一切都是因为他们缺乏教育和没有文化造成的。"

"一个人的成长,首先跟父母有着极大关系,家庭教育很重要,起码占50%的比例,其次是文化学习的教育,这也起着很大作用。这两头抓好了,人的素质提高了,家庭和谐了,社会就稳定了。"

正如有人这样说的:他的语言、行动都是在往一个根本目标上努力,那就是教育。教育的对象当然是人,在从物的范式向人的范式转换的过程中,教育的作用不可估量。

教育能把人的潜能无限地挖掘和开发出来,把人的主体性最大化地凸显出来。出生在穷地方的孩子被地域和家境制约了求学的机会和视野,一旦有了良好的环境和机会,他们会更加努力去奋斗。这是个充满了变数的时代,科技、网络和人的意识把无数曾经的不可能变成可能,把无数的匪夷所思变成了现实。站在某一历史节点上的人,再想象都无法超越技术的发展和思维的多变,谁也无法预见明天的历史。孩子,就是明天的缔造者和推动者,他们掌握了什么本领,他们就会站到什么样的高度,明天就会被他们所改变。

而教育,就是一道分水岭,在未接受教育和教育不足的孩子中,基本

可以窥见未来的影子,他们的明天当然也会存在变数,但这个变数不会变到哪里去,除非是中间有人的天赋太过超常。对于智力等高线相近的绝大多数孩子来说,教育则是拉开他们未来差距的跷板。

在阿里木的内心深处,教育的深刻内涵是一方面以传递知识为标志的学校教育,另一方面则是以传递精神为核心的来自家庭和社会的品质教育。前者毋庸置疑,后者在道德普遍缺失的当下,却更有重要意义。

当然,阿里木有限的知识使他的想法上升不到一个理论层面上来,但他通俗的话语周勇能够理解其含义。

他们谈了很久很久……

这天晚上周勇住在了阿里木的屋里。

夜已很深很深,月色从窗外泻进屋内,屋内一片银色。倒天河的流水声在静谧的夜里是那么的时而舒缓时而湍急,仿佛是远古沁人心脾的琴曲,在诉说这条河绵延的历史。

躺在床上的阿里木好像听到了山崩地裂的雷霆,电闪雷鸣的撕裂声,有一种崇高的责任和使命感油然而生——为教育而做一切。

周勇仿佛感受到了微风徐徐吹来,群峰争雄,万壑涌动着生命的微响,活着要像山一样高傲地活着,坚实地活着,把贫困的痛苦深深地埋在心底,昂首挺立于群山之巅。

周勇一直心存感激,这种感激不仅是对阿里木一个人的,还有对黄莉、高锋这些媒体记者的感激,还有学校和全社会关心、帮助过他的人的感激。

他明白,他最好的报答方式是健康地活下去,好好读书,做一个对社会有用的人。

他写了一篇这样的文章:

长大了也做世间有情人
毕节第八中学初一(2)班　　周勇

我13岁了。这13年里,母爱伴着我跌跌撞撞走过了病痛难熬的无数日子。更幸运的是,我得到了很多好心人的关爱,他们的音容和名字珍藏

在我心里……我是不幸的孩子,我也是幸福的孩子。

5 岁半时,我不幸患上了肾病综合征,每到一家医院,都把医生们治得一个个唉声叹气。爸爸妈妈为了医治我,把钱都给我看病了,而我的病反而越来越严重。为了把我的病治好,妈妈就到处借钱给我医治,等我的病情有好转,妈妈又得不分昼夜地干活,挣钱还债。我住了 5 次院,5 次都被下病危通知书,可是我和妈妈都挺过来了。

就在 6 年级的上半学期,我的病又复发了,而且是最严重的一次。正在爸妈感到无奈之际,医院里来了一位好心人看他的朋友——我的病友。这位好心人名叫阿里木,是个新疆人,维吾尔族,在这里靠卖烤羊肉串维持生活,当他看到我生着病也要坚持去上课后,坚持要帮助我。新疆叔叔将我的遭遇告诉了记者,并带头捐给了我医药费。

报纸登出了我不幸消息不久,就有医院打电话说给我免费治疗,还有很多好心的叔叔阿姨都给我捐钱。学校师生为我捐了款,他们的情谊使我的全家心里充满温暖。织金县的一位叔叔给我寄钱来,说是给我买几本书看,还有赫章达依小学的伙伴们也给我寄了 180 多元。看看这些钱,不禁使我想起了他们 1 分 1 角给我捐钱的情景,他们那样贫困,竟然还为我捐钱,我哭了。放寒假了,贵阳有一家医院为我进行了免费治疗。在医院,我得到了无微不至的照顾,一个多月过去了,我的病在医生的精心治疗下,终于痊愈了。我回来那天,医院里还特地用专车送我回毕节,望着他们远去的身影,我真舍不得他们……

春天来到的时候,我的病好了。这个夏天,我第一次能够穿着短袖衣服出门,而且我已是一名中学生了。

经历了这一件件事以后,使我体会出了人间处处充满了情意、充满了爱,这种情和爱是真诚的,是刻骨铭心的。它时时刻刻提醒我,长大了,也要像他们一样做世间的有情人,尽力帮助世间需要帮助的人。

周勇的这篇文章发表在《毕节日报》上,时间是 2003 年 8 月 16 日。

一个周末的下午,幽深的河湾倒影淤积,阳光照耀在河水上,流金灿灿。

周勇向阿里木的烤肉摊走去……

周勇平时只要有空就去阿里木那里，帮助拿炭、穿肉，他一次能穿几百串羊肉了，还学会了烤肉，肉烤到七八成熟时来回翻翻，边烤边撒上盐末、辣椒面、孜然，烤熟后焦黄发亮，浓香四溢，很多人喜欢吃。

当他走到烤肉摊前，发现今天这里冷冷清清，不对呀，以往这个时候生意正是渐浓的开始，尤其在周末的下午，他的心头掠过一丝疑虑，快速跑到阿里木的出租屋，看到他躺在床上一动不动，额头上搭了块湿毛巾。周勇知道他是病了。

"叔叔，你发烧了。吃药没有？"周勇急切地问。

他无力地摇摇头。

周勇迅速地跑到药店买了一些感冒药，回到屋后又烧了一壶开水，让阿里木服下药，开始熬包谷面糊糊。

周勇很小的时候就学会了做饭。那天他一直服侍着眼前这个挽救了他生命的人。

周勇的母亲一般是晚上到烤肉摊穿羊肉串。白天她刚刚忙完地里的活，又紧赶慢赶往烤肉摊走。她没有见到阿里木，也意识到他可能病了，很快也来到这里。

阿里木很少生病，身体一直不错。当周勇的母亲看到他脸色蜡黄、嘴唇干裂的样子，知道他病得不轻。

"叔叔该有个家了，一个人太孤单了。"

"就是。"周勇的母亲也附和着说，"这个年龄了，也该结婚了。"

阿里木轻轻地摇摇头。

周勇让母亲回家，他说晚上由他照顾叔叔。

第二天，阿里木的烧退了，这是个星期六，周勇又陪了他一天。

第三天阿里木就起床了，他拖着虚弱的身体坚持要去卖烤肉，周勇拦都拦不住，就跟着一块儿去了。

后来周勇对他说："叔叔要是一直不结婚，等老了，就把你接到我们家，我侍候你。"

"谢谢你，你的话让我高兴，但是我能用双手养活我自己，你就好好上学吧。"

自从阿里木那次生病后，周勇越来越不放心了，可是功课越来越紧张，就是这样，他尽量抽空多去看看阿里木。

到了寒暑假，他干脆就住在那里了。

其实他们已经成一家了，这么多年过去了，他们已经不分彼此。2009 年，阿里木在毕节地委、行署的关心下，从和静县迁出的户口就落在了周勇家。

2011 年 1 月 20 日上午，周勇站在了我们面前，已经是 21 岁的他个子不高，圆脸，穿着很一般，一看就是那种从农家院里走出来的朴素孩子。由于疾病的缘故他曾休学两年，现还在毕节第八中学上高中二年级。

"如果那时候把我的病完全治疗好了就没有后来的那么多麻烦了，我就不会休学两年，白白浪费了两年的时间。"周勇不无遗憾地对笔者说。

他刚上高中二年级时，他的同学都考大学了。那几天他的心情沉重，情绪烦躁。

高考的第一天，周勇起了个大早，他选择了某一个考场，把自己视作考生，当他走到大门警戒线外时就被拦在了外面，伤心地看着走进考场大门的一个个考生，他落泪了。

发榜的那些天，他想看看同学里都有谁考上大学了，决定偷着去看一看名单。他是发自内心地希望同学们都能考上理想的大学。

夜深人静时，他拿着手电筒认真看完了好几遍名单：史军、杨玲、王辉、张一帆、黄遥、李娟……

几乎全班同学都考上了大学，而且有不少都进了重点大学。

周勇的心里释然了，默默地向这些同学祝贺。

同学们都考上了大学，对周勇也是一种激励与鞭策，他开始加强自己身体的锻炼。

他先是把药停了，肾病药含着大量的激素，这种药可以控制蛋白量的流失，但是副作用非常地大，人的毛发会脱落，骨骼疏松。他把打乒乓球作为自己的一项运动，活动量还不能太大，但是要经常坚持。

"我现在非常珍惜生命，注重锻炼，争取考上名牌大学。"周勇信心十

足地对笔者说。

周勇还告诉我们，他的病最怕感冒，一感冒就容易复发肾病综合征，因此，他谨防感冒。这种病的复发期是 5 年、10 年、20 年。

我们的心里是多么希望他能够闯过这些年关啊！

周勇的家里目前还没有完全摆脱贫困的境况，他的妹妹周香在贵阳医学院上大学一年级，每年也需要不少钱，他们含辛茹苦、有着山岩般坚强性格的父母一直在撑着这个家。

采访完周勇的那天，在周勇带我们去见他的小学班主任张永梅老师的路上，经过一家商场，贵州人民广播电台记者杨旭硬是拉着周勇走了进去，让他试穿毛衣、内衣、鞋，看着大小合身后，这位善良的女记者马上给他买了几件毛衣、一套保暖内衣、两双袜子、一双鞋、一条长裤和一件呢子大衣，并塞给了他几百元现金。

周勇说什么也不要，杨旭生气地说："你就把我当做你的妈妈吧，妈妈给儿子买衣服是不是应该的？"

周勇感激地接过了这些东西。

几天之后，我们回到贵阳，周勇特意给杨旭发了这么一条短信：杨姨您放心，我一定努力读书，将来回馈社会。我会记得您的好，永远，我一定到贵阳找您，相信我，我一定会成功的。

杨旭收到这条短信后，沉思着，不一会儿，我们看到了她的眼角流出了泪水……

张永梅给周勇留下了太深刻的印象，以至于我们在采访他时，他嘴里老是提起他的班主任张老师。

张永梅老师家在毕节第一小学院子里，由于没有联系方式事先没通知她。进了毕节第一小学一直朝里面走，进到一幢旧楼里，便传来了饭菜的香味，这是中午时刻。在楼道里我们随周勇三拐两拐地到了三楼张永梅老师家，因为地势低，在三楼几乎像是在一楼。

当张永梅老师见到周勇时，一下子没有反应过来。

"张老师，你不认识我了？"

"你是周勇吗？"张永梅老师简直不敢相信自己的眼睛。

"哎呀，真是小周勇。"

"张老师。"师生几年没见了，一下子抱在一起哭了。

当了 20 多年教师的张永梅，说起自己的学生是一脸的灿烂和幸福："有的学生考上大学给我寄明信片，也有来家看望我的，最让我牵挂的还是周勇，因为他得过病，我担心他的身体。他能够活下来就是一个奇迹。没有阿里木和好多热心人帮助，他是不可能活到今天的。周勇在死亡线上挣扎时，还刻苦学习，感动了我们学校的老师和同学，很多同学也勤奋地学习了，大家还轮流地去看他，给他补课，给他买本子、买资料、送饭、送水果。今天周勇能来看我，我是特别的高兴。记得有一年，周勇抱着一只他家喂的鸡来看我，真让我很过意不去，我赶紧买了一些东西送给他。"

周勇看着张老师深情地说："那时候张老师特别心疼我，看见我学习疲惫的时候就会说，'周勇你趴在桌子上休息一会儿吧，实在扛不住就回家休息。'张老师让我感到特别的温暖。"

"比起阿里木来，我觉得我做得远远不够。"张永梅老师说。

"张老师我们永远记得，您那时候经常给班里的贫困学生买学习用具、买资料，帮着交学费，您就像我们的妈妈一样。"周勇说。

"他们确实就像我的孩子，离校的时候都和我拥抱，当时我忍不住哭了。"张永梅老师对记者说。

为了留下一个永恒的纪念，我们给这对师生留了影。这肯定是他们一生中最难忘的一次纪念，即使在几十年后，也不会忘了这一天。

"哎，周勇，你猜这个月我挣了多少钱？我又要准备去捐了。"一个雨后的黄昏，一道彩虹像一座七彩桥似的横跨在天上，阿里木把 1 毛、2 毛、1 元、2 元的一叠又一叠零碎钱捆扎好后对周勇说。

"叔叔，你能不能自己留点改善一下生活，你挣点钱就给我们这些有困难的人，这是没有完的事情。"

"你不要劝我，做这样的事我很快乐，一点也不心疼钱。"阿里木说完，洗了手，拎起暖瓶往碗里倒上白开水，撕开半个馕就大口地嚼起来。周勇

已经在学校吃过饭了,阿里木也就没有跟周勇客气。

"叔叔,您就不能炒个菜吃吗?"周勇看到他的生活太清苦了,心疼地说。

"没关系,习惯了,过两天我请你吃好吃的,怎么样?"

过了几天,阿里木果然来到他们学校。那天阳光灿烂,天气也不冷。快中午时, 阿里木领着赵颖, 叫上周勇到学校附近的一家餐馆去吃鹅肉火锅。赵颖与周勇年龄相仿,都在一个学校上学,这个小姑娘长得清秀,学习不错,阿里木认识她也是在烤肉摊上。

那是几年前的事了。 一天下午, 一个稚嫩的声音传进了阿里木的耳朵:"我就吃——就吃一串。"

"不行,回家去,回家叫你妈妈给你做好吃的。"只见一位中年男子拖着小姑娘就走。

"我没有吃过烤肉,听同学说特别好吃。"小姑娘的双眼盯着烤得焦黄发亮的羊肉串。

阿里木赶紧从烤箱上拿了几串,走到小姑娘面前说:"吃吧,叔叔送给你的。"

小姑娘不敢接,两眼看看羊肉串,又看看中年男子。阿里木知道小姑娘的心思,想吃又怕父亲训斥。

"大哥,我送的,你就让她吃吧。"

中年男子一脸无奈,示意小姑娘接过羊肉串。趁小姑娘吃肉时,两个男人聊了起来。中年男子叫赵建华,是郊区的农民,靠打工为生,妻子在家务农,有时也出来打工,除了女儿还有一个儿子。

阿里木问吃完烤肉的赵颖:"小姑娘,再吃几串好不好? "

"谢谢叔叔,不吃了。"

他继续说:"想吃的时候就来找叔叔。"

赵建华要给钱,阿里木拒绝了。后来他了解到,赵建华家里是吃了上顿没下顿,连赵颖的学费都交不上。赵建华没有告诉他这些情况,是一次偶然的机会让他知道了。一次阿里木到学校去给周勇交学费,顺便向老师打听赵颖家里的情况,老师们直摇头,其中一个老师说:"这个学生有些可惜了,学习特别好,由于家庭困难,随时有辍学的可能。"他听了这话,心里很难受，决定帮助赵颖，这时候他口袋剩余的钱已经不够给赵颖交学费了，他对老师们说："你们千万别让孩子辍学，她的学费我来想办法!"得到老师们的同意后，他高兴得嘴里一个劲地说："谢谢，谢谢！"几天之后，他一手拎着一袋吃的，一手提着一袋学习用具，拿着学校提供的赵颖家的地址找到了她家。

赵颖家是两间简陋得不能再简陋的平房，除了两张床及一口铁锅外，几乎什么都没有。"真是家徒四壁呀！"后来随阿里木去过赵颖家的毕节电视台记者高锋说："可以说是一贫如洗，没有一件值钱的家具。"那天，阿里木特意选择了一个黄昏的日子来赵颖家，他想见到孩子，也想见到赵建华，自从那次赵颖吃过几串羊肉串后就再没有见过他们父女了。赵建华父女见到阿里木时，都瞪着惊愕的眼睛看着他。

他笑眯眯地说："不认识了，朋友。"

赵建华赶忙说："你怎么找到我们家的，你怎么……"

他依然笑着说："毕节就这么大，想知道就能打听出来。"

赵建华家没来过什么客人，他看见阿里木不知道该怎么接待，只催促女儿说："快去倒碗水，快去倒碗水。"随后把妻子和小儿子都介绍给了阿里木。

阿里木对赵建华说："大哥，我从学校打听到了你们家的困难，有困难大家一起想办法来解决，可千万不能让孩子辍学！学习这么好，辍学多可惜啊！"赵建华说："兄弟，不怕你笑话，我们家实在太穷了。我的身体又不好，孩子就是上下去，将来考上大学也供不起啊！"赵建华拉着他的手说。

"有我呢！"阿里木很自信地对赵建华说。

"你……"赵建华疑虑地看着他。

阿里木对赵建华说："好了，大哥，你什么也别说了，谁叫我们有缘呢！孩子的学费你就放心吧，让她好好学就行了。"

就这样，阿里木承担起了赵颖的学费。几年里他从来都没有间断过，连过年过节他都要买上东西去赵颖家看望看望。

这是周勇和赵颖都考上重点初中后，阿里木第一次在学校附近请他们吃鹅肉火锅。此后，他经常到学校请他们吃饭，为的是给这两个孩子改善一下伙食。

赵建华病了,病得还挺重,这是 2006 年的初冬。

常年得病的赵建华深知自己不久于人世,他让女儿把阿里木请到家里。阿里木一见到躺在床上的赵建华几乎脱了人形,简直不敢相信自己的眼睛。赵建华患有多年的肝硬化,他几乎不敢去住院,昂贵的医药费无法支付,他只是偶尔买些口服药来吃。这种病不住院光靠简单地吃一点药无济于事,他的身体就这么被拖垮了,最终导致了肝腹水,出现昏迷症状,人是一阵儿清醒一阵儿迷糊。我们从高锋拍摄的画面上看到了赵建华那骨瘦如柴的模样,躺在床上的赵建华肚子鼓得一条被子都遮盖不住身体了,两眼凹陷着,一只手吃力地抓着阿里木的手。据高锋回忆:赵建华当时流着眼泪对阿里木说,"兄弟,我要走了,心里放不下女儿,想来想去只有把她托付给你了。你是世上难得的好人,希望我死后你能继续帮助我的女儿念书,来世我一定好好地报答你!"

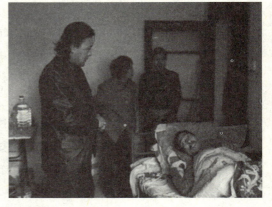

阿里木强忍着泪水说:"大哥,你会好起来的,女儿的事你就放心吧!她就是我的女儿,我会一直管下去的!"站在一旁的赵颖眼泪一个劲地往下流。

2007 年初的一天,阿里木让高锋帮忙把自己家里唯一的电器—— 一台 20 英寸旧的电视机送到赵建华家去。那天天上飘下细碎的雪花,凛冽的寒风冰冷刺骨。

当他们到了赵建华家门口时,感到气氛有些异样,敲门后,赵颖开了门,只见她头上戴着小白花,左胳膊上套着黑箍。见到他们后,赵颖的眼泪立刻涌了出来,像见到了久别的亲人一样说:"我爸已经走了。"

阿里木虽然知道赵建华病重,但人突然走了,还是感到不能接受这一现实。一进门的方桌上供着几炷香,上方挂着赵建华的遗像,阿里木按照汉族人的习俗,从桌子上的香袋里取了几炷香,鞠了 3 个躬,心里默默地说"哥哥,你放心走吧,女儿就交给我了"。然后恭恭敬敬地把香插到了香炉里。

他对赵颖反复叮咛："你有什么困难尽管找我，跟我别客气，你就把我当成你的父亲吧。"赵颖流着泪点点头。

赵建华这么一走，阿里木的心情一直很沉重。他想找个有钱人能够一次给赵颖多捐助一些钱，赵颖目前的状况非常地糟糕，阿里木为这事心里非常纠结，开始到处奔波。

阿里木终于找到了一个开煤矿的叫秦波的老板，这人一直很欣赏阿里木的善举，当他给秦波介绍了赵颖家的情况后，秦波毫不犹豫地拿出10000元，其中给了赵颖5000元，剩下的给了阿里木，他们在酒店里还举行了一个小小的仪式。这是2007年夏天的一天，当赵颖从秦波手里接过5000元时，霎时热泪盈眶，感激之情溢于言表。她想只有发奋学习，才能报答这些关心她的人。

秦波的生意做得很大，他于2008年去湖北宜昌继续开矿。当笔者几次在电话里核对事情真相时，他轻描淡写地说："这是一件不值得一提的事，请你们千万别把我写进去。"

2006年，阿里木第一次给毕节学院提供资助金后，秦波也给毕节学院5000元，当学校党委副书记汤宇华问他叫什么名字时，他响亮地回答："我叫阿里木。"

秦波捐助过赵颖5000元后，阿里木继续捐助着她。赵颖后来拒绝资助，她感到阿里木也不容易，靠卖羊肉串一点点挣来的辛苦钱，她不忍心再要了。多少次，她背着人偷偷地哭，哭自己的不幸，哭阿里木自己都很穷，还要资助她。她多次想放弃学业去打工，看到越来越憔悴的母亲，想替她分担家庭的困难。自从她父亲过世后，她的母亲也走出家门打工，为的是给两个孩子挣学费，到冬季，打不上工，只好去捡煤渣维持生计。

我们在毕节采访期间，几乎天天下雪，高锋望着窗外灰蒙蒙的天气对我们说："像这种天气，赵颖的母亲只有捡煤渣一条路可走。"高锋忧郁的眼神告诉我们，他在替这个家担忧。高锋告诉我们，按照政策，作为城郊农村的低保收入来说，他们一家三口一个季度只有400元。也就是说一家一个月仅100多元生活费，靠打零工挣得那点钱，是无法摆脱家庭困难的，可

想而知,他们的生活是怎样的。

赵颖的母亲对高锋说,几年来,她想进市城管环卫站当清洁工,好有一份固定的收入,却年年被各种各样的理由拒绝。高锋主动对赵颖母亲说,他尽力帮忙,他不希望这个家庭因经济困难而让两个孩子失去上学的机会(赵颖的弟弟学习也不错),他要动用社会关系来帮助这个日益落魄的家。

2011 年的 1 月,毕节又逢凝冻天气,尽管这样,也挡不住众多媒体记者到达毕节的步伐⋯⋯

一拨又一拨的媒体记者的采访,让毕节这个地区和毕节的许多人通过广播、电视、报纸、网络在全国人民面前"亮相"。

然而,赵颖却拒绝采访,她感到心理压力越来越大。随着报道阿里木的同时,她的名字也频繁出现在各种媒体上,虽说她的学习成绩一直很好,但她还是担心一旦考试出现差错,就对不起阿里木多年来慈父般的关怀,对不起学校的老师、同学和所有帮助过她的人,也对不起所有关心她的人。她要潜心复习,准备迎接高考,用一流的成绩回报所有关心她的好心人。因此,她回避了所有媒体的采访。

2011 年 6 月,是赵颖迎接高考的日子,我们期待着这个在生活的煎熬中挺过来的苦孩子能以优异的成绩考上大学。即使她不能如愿,全社会的人也会以一颗平常之心善待她的。只要赵颖自己幸福快乐,谁还有理由去责怪她呢?

关于阿里木资助贫困学生的事迹经过《毕节日报》记者黄莉的几次报道后,当地的一些媒体并没有马上做宣传报道。他们冷静地观望,都想着一个问题:阿里木的这种行为极有可能是为了让他的生意兴隆而进行的炒作。毕节电视台记者、《贵州都市报》记者、现任毕节电视台台长朱光伦当时就是这么认为

的。对阿里木转变看法的高锋是通过阿里木对大学生李英的资助开始的。

2005年2月2日,阿里木从中央电视台新闻频道《共同关注》栏目上,看到了贵州省毕节地区大方县一位在中央民族大学上三年级的学生李英,多年来靠在井下背煤挣学费的报道。

此事让阿里木唏嘘不已,他又坐不住了。由于电视报道一闪而过,她没有记住李英家的具体住址,只好给黄莉打电话,让她帮助查查李英到底是哪个乡哪个村的。

黄莉问他:"你又想帮助人啦?"

"这孩子有志气,我想去找他!"他对黄莉说。

黄莉从网上只查到李英的家途经东关乡的营脚村,具体李英是哪个乡不知道。她只好如实告知阿里木,并对他说,不好找的,你就不要去了。

阿里木还是去寻找李英了。关于这件事,黄莉有过详尽的报道:

2月16日(大年初八),毕节城飘着微微冷雨,但随着盎然的春意,春天已然驻留在人们心里。

这天早晨,在毕节卖了4年烤羊肉串的新疆维吾尔自治区维吾尔族同胞阿里木盼来了他想念了很久的彝族兄弟——现就读于中央民族大学三年级的大方籍学生李英。对李英的到来,阿里木高兴得连声说道:"终于见到你了,感谢真主,我的力气没有白费。"

阿里木和李英互相嘘寒问暖的亲热场面搞得邻居们一头雾水,这又是阿里木的那一路朋友?阿里木说:"我在电视上看到这位兄弟,大学生,家里穷,但非常有志气,就特别想认识他,也想帮他一把。"邻居们一下子明白过来:阿里木又想做好事了。

他对大家说:"这个兄弟敢于向命运挑战的精神让我佩服。"

阿里木和李英这对素未谋面的异族兄弟的万里缘分,源于一个偶然。2月2日,中央电视台新闻频道《共同关注》栏目重播了1月28日播出的《李英的打工生涯》,该片介绍了来自大方县安乐乡营脚村的贫困大学生李英为能赚到自己的生活费,在北京艰辛地打工,为了梦想也为了生活,李英两年多没有回家了。2005年,他终于回家了,但不只是过年,而是回乡里的煤矿干了一个月的井下矿工,好为下学期的生活做一些准备。李英的

125

父母共育有6个孩子，家庭条件艰苦，李英初中毕业时家里因为无力承担他的学费，希望他考师范学校尽快为家里分忧，但倔强的他认为走进大学是他的第一梦想。于是，初中毕业的这年暑假，李英到煤矿当了一名矿工。他靠假期在煤矿打工赚钱完成了高中

学业，并拿到了梦寐以求的大学录取通知书。当时，李英是营脚村第一个考上北京高校的大学生。

这个报道打动了全国各地的很多人，也打动了阿里木，帮人成"瘾"的他便四处打听李英的情况。他说："家里那么穷还拼命读书的人令我佩服。"后来阿里木通过朋友在网上查到了李英的情况，但网上的信息只给出了李英家在大方县途经东关乡的营脚村，具体在哪个乡不详。第二天也就是2月14日（大年初六）清晨8点，性急的阿里木就搭上客车直奔大方县。

他的力气没有白费。

车到大方县城，阿里木又转车到了东关乡，到了东关乡，揣着不详地址的他问了几个人，大家都大摇其头："这边有几个营脚村，你找哪一个？"有位热心的女干部带着阿里木转了几圈，还是没有找到李英家，后来有人说东关乡有个中央民族大学的女生，兴许她知道李英，但到了那位女孩家，她已经返校了。阿里木四顾茫然，一身泥一身汗独自走上了公路。当时已是中午12点，终于"功夫不负有心人"，阿里木碰到一位路人，恰巧这个人看过有关李英的报道，通过他知道了李英家在安乐乡的营脚村，离东关乡有十几公里。

这时阿里木已经精疲力竭。"不行，一定要去。"他想着。

当阿里木拖着疲惫的身子来到李英家简陋的小屋里时，这个孩子在他心中的地位更重要了。

阿里木没有见到李英，李英到城里买车票准备返校了。他把自己的手机号留给了李英的家人，让李英一定给他打电话。阿里木冒着细雨回到毕节城已经是下午的5点多，一路上他说："真主，我肯定能见到他的！"

2月15日（大年初七）中午，阿里木的手机响了，是李英打来的，他没有买当天返校的车票，推迟了行期。阿里木兴奋地说："兄弟，你赶快到毕节来，我们好好谈谈。"

有人说：比金子更贵重的是人心。

这天中午，阿里木在他的烤肉店里招待李英吃过中午饭后，就迫不及待拉着他去中国建设银行桂花支行黔北储蓄所开了一个账户，把储蓄本交给李英，并告诉李英："以后就通过这个账号，我每月给你汇100元，如果有什么特别的需要另汇。你一定要好好的读书，将来帮助更多的人。"

晚饭时，阿里木特意请他的二嫂古丽做了新疆最有特色的大盘鸡和皮带拉面款待李英。小小的店铺里，在毕节过年的阿里木，阿里木的二哥阿迪力、二嫂古丽，投奔阿里木的儿时伙伴买买提，回族兄弟木哈木尔，彝族小伙李英欢聚一堂，互相举杯祝福。李英动情地说："这是我今年过年最幸福的一件事了。"

2月17日（大年初九），李英与阿里木依依惜别，阿里木把220元（阿里木为李英掏了到贵阳的双倍车费）塞到他手里，说："这个世界比金子更贵重的是人心。"

离开毕节前一晚，已经是一名预备党员的李英对笔者说了这番话："我是幸运的，社会关注我们贫困大学生群体的力量印证在我个人的身上，我相信这种力量会从我们手中变成更大的能量去回报社会。"

这篇文章发表于2005年2月24日第四版的《毕节日报》上，并在左上角和右下角配有两张照片，左上角是阿里木与李英笑呵呵的，手里都端着酒杯互致祝福，右下角是李英与阿里木一家人吃大盘鸡和烤羊肉串的场景。

我们在后来的采访中了解到，黄莉的文章有两处描写得不很详细：一是阿里木不是坐客车去的大方县，而是搭的摩托车去的。大方县离李英家还有40多公里的山路，回到毕节时，阿里木的腿脚都冻得下不了摩托车了，途中几次险些从摩托车掉下来，他是硬撑着回到毕节的。二是在寻找李英家的过程中费尽了周折，一位热心的女干部带着阿里木顶着冷风冒着小雨，在泥泞的山路上走了10多里路都没有找到。大方县属毕节地区

海拔最高的县,2325米的海拔最容易产生冰雪凝冻天气,那天阿里木在寒冷中跋涉了好几个小时。

当然,瑕不掩瑜,黄莉的文章描写得还是非常细腻动人的,无疑,这篇文章在当时引起了又一次的轰动。高锋也又一次地被感动。当他给阿里木打电话询问时,听到阿里木的叙述,高锋的眼泪都差一点流了出来。寒冷的冬天,阿里木那么执著地去寻找李英,这种精神让他对阿里木有了更新的认识。于是,他决定跟踪采访报道阿里木。

高锋对阿里木的报道可谓用尽了心思,不愧是一名敬业的记者,他用镜头整整跟踪了一年,拍摄了一部时长达8个小时的纪录片《我叫阿里木》,该纪录片率先在毕节电视台播出。此片荣获毕节地区"好新闻奖",并于2004年12月24日在中央电视台的西部频道播出,节目播出了半个小时,当时在全国的影响非常大,但也带来了许多"麻烦",笔者在后面的章节里详尽描写。

而当时身为《贵州都市报》的记者朱光伦最为冷静,虽然有一些同行给他大谈阿里木的事迹,但有着多年从事记者职业的他却一直处于冷静观察的状态。然而阿里木多次不停地资助贫困学生的壮举,让朱光伦的心灵深处一次又一次地受到了震撼,也颠覆了他对阿里木的异样看法。

那是2006年10月8日,这是个艳阳高照、秋高气爽的日子。毕节学院里,流沧河在飘满桂花香味、郁郁葱葱的树阴下低声吟唱,荷花、木芙蓉在弯弯曲曲的小径两旁竞相摇曳,满树繁英,倚光映发,在秋色里尽显婀娜多姿、姹紫嫣红。"莫怕秋无伴醉物,水莲开尽木莲开",大诗人白居易的诗句正是对这里景色的最好描述。

毕节学院由原毕节师范高等专科学校和原毕节教育学院组建而成,其前身可追溯到1938年的贵州省省立毕节师范学校。

1938年9月23日,贵州省政府决定,将毕节县立初级中学改为省立毕节师范学校,同年10月,毕节师范学校成立并招收师范生,校址在今毕节市百花山。

1949年11月27日,毕节解放,同年12月毕节师范学校更名为贵州省毕节师范学校,1952 年 7 月迁往原大定县(今大方县)羊场坝中国第一航空发动机厂。

1958 年 12 月,在贵州省毕节师范学校中办毕节师范专科学校。

1961 年 8 月,毕节师范专科学校从贵州省毕节师范学校中分离出来,校址在今毕节地区实验学校(1962 年 1 月,毕节师范专科学校停办,改为地区中学教师进修学校)。

1965 年 6 月,毕节专署决定将毕节师范学校从羊场坝迁到今天的毕节学院校址。

1978 年 11 月,贵州省教育局(现教育厅)下文将毕节师范专科班更名为贵阳师范学院毕节专科班。

1981 年 7 月,教育部下文正式命名为毕节师范专科学校。

1993 年国家教委(现教育部)下文将学校更名为毕节师范高等专科学校。

原毕节教育学院的前身系 1965 年在毕节城南郊关门山创办的毕节地区半耕半读师范学校,1974 年 6 月更名为毕节地区中学教师进修学校,1983 年,贵州省政府下文建立毕节教育学院。

2000 年,毕节师范高等专科学校和毕节教育学院申报筹建毕节师范学院。

2005 年 3 月,国家教育部下文批准正式建立毕节学院。

学校坐落在毕节"开发扶贫、生态建设"试验区。这个试验区是在 1988 年时任中共贵州省委书记胡锦涛同志倡导下,经国务院批准建立的。目前,校园占地面积近 100 公顷,校舍建筑面积 20 万平方米,教学仪器设备总值 4000 余万元,有馆藏图书 53.5 万余册及清华同方学术期刊全文数据库等电子图书资源。现有教职工 792 人,设有 16 个教学系(部),开设有 25 个本科专业,18 个专科专业,专业覆盖经济学、法学、教育学、文学、历史学、理学、工学、管理学八大学科门类。建有 15 个科研院所,教师承担百余项国家级、省部级、地厅级科研项目。有来自 25 个省、区、市的各级各类学生 1 万余人,其中全日制普通在校生 9217 人,建成了融"奖、贷、助、补、减、免"等途径为一体,整合国家、社会和学校力量的贫困生助学保障体

系，设有"光华奖学金"、"绣山贫困学生助学金"等数十项各类奖学金。

学校注重对外交流与合作，先后与美国、澳大利亚、印尼等 10 多个国家和地区的大学与科研机构建立了长期合作与交流关系，分别与美国西北理工大学、澳大利亚堪培拉大学等国外高校签订了校际（企）合作协议，与西南大学、贵州大学、山东科技大学等国内高校开展了校际合作。

站在新的起点和历史征程上，毕节学院秉承艰苦创业、求实创新的办学传统，按照"明德笃学、刚毅力行"的理念，充分发挥学校人才培养、科学研究、社会服务的职能，抢抓毕节试验区发展的新机遇，把学校建成文、理、教育为主，工、经、管多学科相互渗透、协调发展的教学型、地方性、多科性普通本科高等院校，成为毕节试验区人才培养培训基地、科技研发基地、文化宣传基地、咨询服务基地，努力把学校办成人民满意的大学。

阿里木怀揣着 5000 元来到这个美丽的毕节学院，他找到院长张学力要求捐款，院长张学力以为他捐几百元就可以了。未料，他一下子拿出了 5000 元，学逻辑学出身的张学力坐不住了，激动地拉着阿里木的手说："阿里木先生，你挣钱不容易，捐得太多了。"阿里木说："我听说你们学院的穷学生很多，我这点钱真是太少了，请你们一定要收下。"院长张学力立即给学院党委副书记汤宇华打电话叫他到他的办公室来，汤宇华一进办公室，看到办公桌上散发着烤羊肉串味道的、零零碎碎的一摞子钱时就明白了一切，当时感动得一句话都说不出来。他脑子里立刻算了一笔账，一串烤肉挣 3 毛，挣 5000 元需要多少串烤肉才能凑出这个数啊。两位领导含着泪对阿里木说："我们代表学院感谢你！"

院长张学力当即表示："我们设一个'阿里木助学金'，学院再出 5000 元，总共 1 万元。凡是家庭困难的学生，都可以申请这个助学金！"并让学院资助中心主任张秀兰起草《奖励助学金管理办法》。

当天在学院的安排下，举行了很隆重的助学金颁发仪式，几千名师生参加了这个仪式。副书记汤宇华动情地对全体学生说："你们看看，阿里木先生的手机缠了多少层胶布，他的 5000 元可以买几部手机，可以买 10 来平方米的房子。为什么他要把 5000 元全捐给我们学院？因为他热爱教育，热爱学生。宋代诗人苏东坡有这样一首诗：千林扫作一番黄，只有芙蓉独自芳，唤作拒霜知未称，看来却是最宜霜。芙蓉具有傲霜斗寒的坚韧品格，而阿里木先生就像芙蓉一样地高尚，有一颗淡薄宁静之心。"

那天，《毕节日报》记者朱光伦也在场，他终于明白了阿里木来自草根的慈善以及他身上折射出来的伟大。当晚，他与阿里木谈到深夜12点，连夜写出长篇通讯《新疆维吾尔族青年阿里木卖羊肉串资助贵州贫困生》的文章，很快新浪网、东方网、中国广播网等全国多家媒体和网站进行了转载。

新疆也有两家媒体报道了阿里木的善举，一家是《巴音郭楞日报》，另一家是《乌鲁木齐晚报》。《乌鲁木齐晚报》详细报道了阿里木6年来资助了10个贫困生的故事，文章这样写道：

阿里木的和谐理想

阿里木身上那种与生俱来的、中华民族最朴素而厚重的情感与德行：自然性的品质，如真挚、善良、以德报怨；社会性的理想，如少有书读、老有所养，人与人互相友爱，乃至和谐社会、人类大同，让我们在感动的同时，肩上也多了一份沉甸甸的责任。

这些似乎与家庭、教育都没有关系。阿里木出身在一个贫穷的维吾尔族家庭，读完初中就辍学了，他根本不可能懂得那些高深的理论。但他却用原发的行为诠释了作为一名普通的中国人对德行的理解：对待伤害过他的人，他没有怨恨，只想感化他们，让他们和自己一样做好事，这正是以德报怨；看见山火立即冲上去扑救，遇见有人受苦就忍不住伸手帮助，这就是善良的本性；一心帮助没钱读书的孩子，自己没有成家却把两个哥哥接过来一起生活，这就是"少有读书，老有所养"；数年助学及建爱心超市的行动，也与他所向往的这个社会的终极理想目标"人人有爱，有困难大家帮"一脉相承，同时还无意中暗合了社会和谐、人类大同的最高境界。

应该说，阿里木是个理想主义的践行者。然而，默默践行的他，却从不对别人提出过多的道德要求。

连毕节学院的副书记都惊讶于他的理念：他提倡人应该先顾着自己，

第七章 翻山越岭助学忙

有能力要帮助别人。阿里木的可贵之处也正于此,他重申了一个以往常常被忽视的问题——每一个个体的幸福和满足是社会和谐的基础。

这并不是让人人自私保全,在阿里木的心中,促使这个社会和谐的必要条件是——有能力的人都应该帮助别人。毕竟,任何时代都不可能人人一样有钱,不可能"居者有其屋,天下共欢颜"。所以这就要求那些强者对弱者施以援手,给他们最基本的生存权利和生活保障,让每一个生命都获得尊重,体现人类共同命运的相互依存。

不得不承认,社会转型改变了人们曾经赖以生存与习惯了的认同基础,以至社会出现了这样的现象:一些拥有财富的人不懂回报和感恩。但是总有一些东西跨越时间仍然显示出金子般的珍贵和迷人,比如——爱。这是阿里木的与众不同之处,因为爱,他心怀着贫困山区毕节需要帮助的贫困孩子,远远超越了地域、民族的概念。

每一个孩子有书读,每一个人能怀着爱人之心,新疆青年阿里木的和谐理想其实也在我们每个人的手中。这就是阿里木用 6 年的实际行动所告诉我们的。

连续对阿里木报道了几年的《毕节日报》记者黄莉担心报道过多会给他增加压力,所以搁笔几年不写他的事迹,毕节电视台记者高锋也是如此。然而,阿里木还是如既往地继续做着资助贫困学生的善举。

在毕节的郊区有一个茶亭村,这里山高林密,连绵起伏的大山使茶亭村人多地少的现状无法改变。村子里的一对夫妇因病相继去世,遗留下的两个孩子,大的 12 岁,小的才 8 岁,无依无靠,他们只有靠沿街乞讨度日。有一天他们乞讨到阿里木的烤羊肉摊前,他觉得有些奇怪,这么大的孩子不上学,怎么靠要饭过日子?他询问两个孩子为什么,孩子如实相告。阿里木听后即刻带他们吃了饭,然后随两个孩子到了茶亭村他们的家里。

一进孩子的家,阿里木的心就被深深地刺痛了,一无所有的屋子四面透风,地上铺着的草甸就是他们的床,看到这一切,他眼里涌出了泪水。村长是一个干瘦的中年男子,他把两个孩子的情况反映给村长,村长无奈地说,全村都知道他们的状况,但村子里也很贫穷,实在没有办法接济他们……阿里木只好留下 50 元给兄弟俩,在以后的 10 多天里,他为他们联系好了学校,替他们交了学费,买了书本,让他们高高兴兴地走进教室。从此,承担兄弟俩所有的费用就成了阿里木的任务。

2007年5月11日下午,阿里木赶往几十公里以外的大方县理化乡长春小学,他要将身上携带的6000多元捐助给这里的贫穷孩子。他是偶然从毕节学院院长张学力那里听说这里有很多的贫穷孩子,当年院长张学力就是从那里走出来的。

5月,真是山里景色很美的季节。碧空如洗,万里无云,太阳发出耀眼的光芒,连绵的大山逶迤着伸展开去,高低错落有致。山民开垦出的地是东一块西一块,一条条山路从地头伸向山顶,如一根根羊肠般,村庄与村

庄遥遥相望十分清晰,农家的屋顶冒着袅袅炊烟,越往山里走越是景色怡人。贴着土路的河边杨柳依依,水流平缓地弯来绕去,布谷鸟发出悠长的悦耳声,三三两两的农舍有的依山而建,有的落在平坝上,有的建在土丘上……

理化乡长春小学坐落在山坳里,这个学校于1952年创建,距乡政府9公里,占地面积4139平方米,建筑面积1735米。50多年来,经过几次改建,目前有两幢教学楼和教师宿舍、篮球场、升旗台、围墙、厕所、花池、鱼池、蓄水池、绿化带等设施。全校教职员工24人,学生600余人。

阿里木那天到校后,受到了全校师生的夹道欢迎,在捐款时举办了一个简单的仪式,有两个少先队员给他行队礼,礼毕之后,他给31名孩子每人200元,学校给阿里木赠送了一面锦旗。

有的学生家长听说阿里木捐的款是用卖烤羊肉串省吃俭用节约下来的钱时,感动不已,有的家长甚至不忍心收下他双手递过来的钱。

朴实、憨厚的山民硬是送给阿里木一篮子鸡蛋、两只土鸡。

　　2011年1月23日中午,我们由大方县教育局和县委宣传部的两位主任陪同,专程来到理化长春小学。我们坐的丰田车穿过一个一个小村庄,在泥泞的乡间的小道上一路驶过,终于到达这所学校。学校被四面大山环绕着,校长李万先告诉笔者,有的学生每天要翻越几座大山来上学,学校贫穷孩子不少,由于大山的阻隔,这里几乎听不到广播,看不到电视,也看不到报纸,仿佛与世隔绝,连阿里木荣获"中国网事·感动2010"年度网络人物第一名这样的大事,这里竟然没有人知道。

　　已经是高三学生的张跃告诉笔者,他的父母在2005年建水池时因缺氧而双双身亡,4兄妹靠伯伯一家几分薄田维持生计,伯伯家有6个孩子,贫穷的伯伯后来实在没有经济能力支撑10个孩子的家。在他面临辍学时,阿里木及时来到这里,他们4兄妹一下子从阿里木手里得到了800元,使他们得以继续学习。张跃说他那天接钱时,眼泪一下子流了出来。

　　学习成绩不错的张跃今年面临高考,当我们问他考上大学后的费用怎么解决时,他很自信地说要去打工,用赚来的钱上学,长大后一定用知识回报社会和国家。

　　校长李万先还告诉记者,理化全乡有10个村,4400多人,年人均收入3000元,主要经济来源是烤烟,大部分学生的家长外出打工,留守学生很多,而教师们大多也很贫穷,唯一能给贫穷学生的帮助是无偿补课。

　　朱光伦无意间从网上看到一条短短的消息,说一位湖南衡阳残疾小伙杨如辉到大方县达溪镇聚河小学支教一年的事迹。

　　杨如辉对达溪镇聚河小学的了解来自一名叫张宁发的网友在博客上的一篇短文,因为张宁在大方县支教过,她把聚河小学仔细描写了一番,总之两个字——贫穷。这篇短文被杨如辉的两个正上大学的侄女看到了,两个侄女用压岁钱凑了1000元,支持杨如辉到远在1000多公里之外的聚河小学支教。

　　杨如辉来得非常辛苦,非常地不容易,走得惊心动魄。他的右手和右脚在小的时候因医疗原因丧失功能,后经中医治疗右脚恢复功能,但右手残疾。他在湖南衡阳开了一家电修理店,当他决定要到贵州支教时,母亲反对,热恋的女朋友提出分手。杨如辉还是毅然决然地来了。第一次在上下山时,有个男老师看到他行动不便,要背他爬山,杨如辉拒绝了。他想如果掉下山谷是自己的事,让其他老师背着掉下去,聚河小学就少了一名老师,他硬是坚持用了 3 个多小时爬过了大山,走进了聚河小学。

让杨如辉吃惊的是这里的学生竟然还不知道红领巾是什么,也没有见过五星红旗。为此他专程去了一趟县城买红领巾、五星红旗和铅笔,就是去县城的那天在返回的路上,他在山上摔倒了,幸亏被一块巨大的石头挡住了,否则他将永远长眠于山谷里。

一年后,杨如辉带的钱用尽,他只好返回湖南筹钱,又几次来到聚河小学,给贫困学生资助,买学习用品和学习资料,还计划捐钱设立奖学金呢。

2011 年 2 月 28 日,记者与杨如辉通电话,他说他几天之后又要去聚河小学了,并再三嘱咐笔者,对他的行为不要写成文字,他想做一个平凡的人,做些自然的事,而对于阿里木的善举之事他却赞不绝口。

朱光伦深深地感动了。

同时,网上还报道了聚河小学 60% 以上的学生没有背过书包的事。

有着新闻敏锐性的朱光伦专程去采访了一次杨如辉,回到毕节后写了一篇题文《湖南残疾青年不远千里走进贵州大山支教》的文章。后来一次与阿里木聊天中无意说起了这件事,阿里木二话没说,很快就买了 181 个书包准备到聚河小学捐赠给没有书包的学生。

"这是一次最难忘的捐赠。"朱兴伦说。

2007 年 11 月初的一天,朱兴伦和阿里木前往大方县,从大方县城又转车到了达溪镇,达溪镇镇政府知道他们的来意后,专门派了一辆吉普车送他们去聚河小学。这辆吉普车已经很破旧了,行驶在坑坑洼洼的路面上非常颠簸,一个多小时后路就没有了,只见层层叠叠的高山和淡紫色的岚烟。

天出奇地蓝,几许白云在湛蓝的天空飘逸。

没有路的山很难走,他们在附近老乡家借了一匹马,181 个书包由马匹驮着,阿里木双手牵着缰绳开始了艰难的登山。

这座山极陡峭,有六七十度,基本属垂直状态,他们只好四肢并进地

135

爬着前行。路很窄，只有 30 厘米宽，随意弯曲，爬着爬着就没有路了。路的一边是幽深的山谷，天上云波诡秘，山上石沙路滑，仿佛没有尽头。他们小心翼翼地爬着，生怕一不小心跌入山谷中。阿里木开始是用双手牵着马缰绳，由于山路狭窄，马匹驮着书包不好转弯，随时都有掉下山谷摔死的可能。他就用双手死死拽住马尾巴走，有几次马匹险些掉下山谷。

他们浑身都出汗了，衣服湿透了，两个多小时后，终于到了山脚，离山脚还有 200 米的一个拐弯处，远远地传来了学生们的声音。学生们在山路两边排成长长的队伍，手里举着三角小彩旗在欢迎他们的到来。学生们已经知道，今天他们可以领到书包了。

看到这种场面，阿里木神情凝重，激动得连话都说不出来。

对于这次的捐赠书包，朱光伦有过这样的描述：

大方县达溪镇聚河村是一个边远山村，几十年来一直不通车，也不通电。村民们大多散居在被山群包围的土墙茅草房里，这里的许多孩子每天要爬很多座山，淌很多条河，才能来到聚河边那几间破旧而阴暗的教室里上课。

新中国成立以来，没有一个正式老师到这里来上过课，曾经有几次准备把正式老师分配到这里，可这些老师爬到山顶看到山脚以后没有下山就直接回去了。这里的老师是由当地有点文化的村民来当的。

聚河小学有 6 个年级 6 个班，每个年级 1 个班。两层结构、共 5 间教室的"教学楼"不足 200 平方米，最小的一间教室只有 8 平方米，学生们都挤成了一团。由于年久失修，房顶到处都在漏雨，楼板多处也已断裂，走在上面不时发出吱吱的响声，让人心里打颤。用竹条和泥巴夹成的墙壁大多垮塌，每间教室都很阴暗潮湿，为了增加亮光，老师们只得在教室的墙壁上挖洞透些光进来。

经过两个多小时的艰难跋涉，我们终于到达了被群山包围的河谷底下的聚河小学，聚河小学校长颜享奇已经在山脚下迎接我们。看到衣衫褴褛的孩子们和破烂不堪的教室后，阿里木的眼睛湿润了，他满脸沉重地把181个书包一个一个地递到孩子们手中。

"虽然我只是一个卖烤羊肉串的，今后我还会尽力帮助这里的孩子完成学业。"阿里木当即表示。

之后，他们用一根高高的竹竿和一根绳子，把一面鲜艳的五星红旗升上湛蓝的天空，飘扬的红旗在太阳和蓝天映衬下显得格外夺目。

"这是我一生中见过的最简单、最难忘、最隆重的升旗仪式。"几年过去了，朱光伦还记得那天的情景。

阿里木跋山涉水到聚河小学给孩子们捐赠书包的事，使学校领导深受感动，校领导原准备请当地电视台对阿里木此行进行宣传报道，却被阿里木婉言谢绝了。

在离开聚河小学的时候，太阳的光线投射在群山上，是那么的辉煌，起伏的山峦因为有了金色的阳光而更加明亮，漫山遍野的树木更加郁郁葱葱，满目青翠。

山脚下，阿里木发现了一间破烂不堪的房子，这间屋子四处漏水，还有几处垮塌了，屋里住着一个80多岁的老人，脸上是刀刻般的褶皱，岁月的沧桑和生活的艰辛从这张脸上反映了出来。他睡的床是从山里砍来的木棍搭成的一个简易床，床上的棉絮已经发黑，床前有一个用土筑成的火炉，还有一个用篾条做成的簸箕，簸箕里有几只碗，另外还有一口铁锅和一口砂锅，所有的家当值不了50元。

老人的老伴及儿子早已去世,只有他一个人孤零零生活着。阿里木忍不住流出了眼泪,把身上仅有的124元全部掏出来给了这位老人,并请校长颜享奇帮助买点油和肉,因为这老人吃饭全靠两家邻居接济。

那天傍晚时分,他们到达了达溪镇,专门给新上任不久的镇党委书记谈了这位老人的境况,希望镇领导帮助这位老人,尤其是对老人的屋子进行修缮。

2008年冬天,南方数省突然出现冰冻天气,雨雪交加后的路面出现凝冻,车轮胎打滑,人行走在路上稍不留意就要摔跤。

贵州有位著名女诗人唐亚平这样写道:

2008年的春天被冰雪包裹

天空冻结了

大地冻结了

大树被冰雪压弯了腰

桐油凝扭曲了地平线

江河因寒冷而抽缩

群山因寒冷而痉挛

停电停水道路阻隔

寒冷犹如深渊

灾难仿佛没有尽头

当晚我们的生活陷入无助

当我们的心灵陷入恐慌

每一个人都在期待奇迹

每个人都在渴望救助

……

那些天,风掀动天空翻动着黑云,雨雪让大地变成了晶莹剔透的滑冰场。

雨雪洒向人们的身上时，阿里木正在去毕节市郊区三板桥办事处灵峰村的路上，他要给这个苗族村寨的两名苗族贫困生捐款去。这个村寨在山顶，由一条简易土路盘旋而上。山顶上云雾缭绕，山峁纷扬着雪花，烟雨雪雾笼罩着大山。

寒风从四面八方涌来，呼啸的寒风犹如呼啸的山洪一样势不可挡地怒吼咆哮。

没有退路可走，只有艰难地向前、向前、向前行进。不一会儿，路面开始凝冻成薄薄冰层，阿里木眺望山下，人们都小心翼翼地沿着公路往市区赶路，望望山上已无行人，他一步一趔趄地继续往山上爬着。越往上坡越陡，路越难走，他还是摔倒了，额头破了，血往外渗，两只手掌在倒地时蹭在了尖利的石头上，被划出了血印，他硬撑着勉强从地上爬起来继续往山上爬。

这时候，天迅速被黑云裹住，山上的树木在黑云里成为一片漆黑的森林，能见度很低，四周有着鬼哭狼嚎般的怪叫声，仿佛树林里藏着无数怪兽在等待着他。在黑暗的山路上，他怀着一腔热血，摸索着向灵峰村走去。

崇山峻岭像看不见岸、看不见礁石的茫茫大海，时而巨浪翻滚、汹涌澎湃，时而水波不兴、平缓温顺。

幽深的山路苍茫凄迷，裸体的山脉被风雪覆盖。

阿里木的络腮胡上、眼睫毛上挂着雨水和白霜，在疲惫中缓缓前行。几个小时后，他终于到达山顶的灵峰村，在雨雪中敲开了高朝刚家有些歪斜的木门。

当看到一脸雨水的阿里木时，全家人都有些发愣，这种天气他能上山来，简直是不要命了。

等他暖和过来从贴胸口袋里掏出几百元时，高朝刚的眼角湿润了，他赶紧让女儿向阿里木磕头谢恩。

冰冻天气持续了很多日子，在那段风雪的日子里，阿里木出不了摊，卖不成羊肉串，提前穿的两万多羊肉串就搁在冰柜里。他心急如焚，身上的钱都已捐助给贫困生，每天只能吃干馕、喝白开水度日。

当雨雪被暖暖的阳光融化，小鸟的啾鸣隐隐传来，宁静的山谷弥漫青

139

春的气息,大地万物终于复苏,碧绿如苗,秀木耸翠,春暖花开的时候,中国人战胜了恶魔般的冰雪。

阿里木2008年去灵峰村的这条路我们很想体会一次。

2011年1月22日,是个星期六,我们在三板桥办事处领导的带领下前往灵峰村。那天天气阴冷,天上飘着雨丝和雪花,空气中到处弥漫着白色的雾气。

据当地媒体报道:1月17日,毕节地区气温骤降,第二次大范围凝冻天气再度袭来,从凌晨零点起,短短半个小时,贵毕公路毕节段全段凝冻,辖区内所有公路包括城区道路上结上了一层厚厚的冰。

毕节市野角乡大水村兴坡路口一辆满载21吨汽油的油罐车因路面凝冻车轮打滑,冲向路边一民房,事发后,由于驾驶员处置不当致使油罐破裂发生汽油泄漏,危及周围36户居民。地区消防官兵在海拔近2000米的风雪高地25个小时成功排除险情。

那段日子几乎天天有冰冻方面的报道,但无论是来自气象部门的报告还是媒体的报道,均认为今年的冰冻比起2008年的那种大范围冻雨要小得多。

尽管这样,我们在缓坡上走得小心翼翼,只走了几百米就让冰冻的路面滑得走不了路,只好原路返回。

可想而知,2008年那场史无前例的冰冻,阿里木竟然能走上高原之上的灵峰村,他要战胜多么大的困难,要有多么大的毅力和勇气。

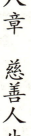

第八章 慈善人生别样红

阿里木从小就有一个强烈的愿望:那就是要振兴他们那个衰败的家,一定要通过自己的努力,让全家人过上富裕而美好的生活。因此,他一直在朝着这个方向努力。他认为这是一种责任,这种责任意识一直让他心潮澎湃。

当他决定从和静县乃门莫墩乡走向广阔的天地时,家里人和周围朋友没有一个不反对他的,都说一个少数民族跑到汉族聚居的内地是混不出什么名堂的。

阿里木没有听从家人和朋友劝阻,他走出茫茫的大草原、走出辽阔的大戈壁,走向古城长安、走向祖国的大西南……

几年里,他挨饿受冻,流浪要饭,吃尽了苦头,甚至像早年的朱元璋和韩信一样,受尽了白眼和胯下之辱,但也未能动摇他渴望振兴家庭的坚定信念和责任意识。

在毕节落脚后,他陆续将兄弟姐妹接到毕节市谋生,后来连村里远方亲戚和朋友也来到毕节市投靠他。

最初大家相安无事，随着阿里木与社会接触的不断加深和朋友圈子的不断扩大，他的责任意识已不仅仅局限于振兴家庭，而是要对社会对国家尽责。

这种由"小我"发展变化成"大我"的时候，与家人的矛盾就日益凸显出来。

2007年10月25日，阿里木无意间得知这年考上贵州大学外国语学院的一些毕节籍的学生因家庭贫困生活面临困难。他坐了200多公里的长途汽车，风尘仆仆地赶往省会贵阳，把1万元捐给贵州大学外国语学院。

他的这一举动令学院师生感动不已，学院以阿里木的名义设立了"阿里木助学基金"。

在当晚举行的隆重的颁奖晚会上，毕节籍的杨梅、杨海、张丽等20名新生每人拿到了500元的"阿里木助学基金"。

杨梅含着热泪说："这500元让我的心里沉甸甸的，这是阿里木大哥用一串串羊肉串挣来的血汗钱啊。"

阿里木在毕节早已成了名副其实的社会名人，当地人甚至套用了一句所有人都知道的话——有困难找阿里木。

2007年夏天，一位从重庆来到毕节的女孩见网友，年轻帅气的网恋男子口若悬河，涉世未深的女孩对其倾慕有加，当即答应随网恋男友去他家。两人来到毕节郊区，网恋男子的家其实是间出租屋，透门而入的寒风令人生畏。女孩从聊天中得知，网恋男友根本不是网聊中所说的名牌大学新闻系学生，而是一名常年奔波在外的打工仔的时候，被骗的感觉使她愤怒不已。

几天里，女孩所带的几千元钱全被网恋男友骗吃骗喝花光了，一怒之下她与网恋男友分手，可这时女孩已身无分文，连回重庆的路费也没有了。正走投无路时，想起来以前在网上看到有一位叫阿里木的人专门做好事、善事，何不去找阿里木帮帮忙？这还真让女孩找对了。阿里木把女孩带到银辉酒店住下，请女孩吃饭，第二天给女孩买上返回重庆的火车票，又给了她500元,并叮嘱女孩回去好好读书,不要再出来瞎跑,省得父母惦记操心。

女孩感动地说:"阿里木大哥,我一辈子都忘不了你。"

类似这样事,阿里木做过太多太多。

家人知道后,都骂他是个天下最大的傻子。

家里人甚至怀疑他是不是"脑子进水了"。

"有钱怎么不给家里人,他们跟你不沾亲不带故,有什么关系?"

"你看看,你自己要什么没什么,还到处给别人钱,简直是个神经病。"

一天,阿里木路过一个垃圾箱,习以为常的他又在垃圾箱里翻腾,结果发现一个鞋盒子,打开一看,一双半成新的皮鞋,还是38码,正适合他穿。顿时,他高兴得手舞足蹈,立刻换下那双前半部分已经张开嘴的烂鞋,穿上这双鞋后,却让心细的家里人和黄莉发现了。

"哎,阿里木,你这是从哪里弄了这双皮鞋?"黄莉问。

"在垃圾箱里捡的。"他毫不掩饰地对黄莉实话实说。

"阿里木呀阿里木,你能不能少捐些钱,先把自己照顾好,是不是我们写的文章多了,你有了压力?要是这样,我们宁可不写了。"黄莉说。

这样的话不仅黄莉经常对阿里木说,朱光伦、高锋也经常这样对他说。

"黄姐,资助贫困学生是我的习惯,你们写不写我都会这样做下去的。捡鞋也是我的习惯,这双鞋没有坏,还是名牌金利来,扔了怪可惜的。"

而家里人对阿里木说的话就难听多了。

"你丢人不丢人?!还从垃圾箱里捡鞋穿!你知道不知道你给别人的钱可以买多少双鞋?"

"我们家怎么出了你这么个败家子!"

……

对于家人的指责,阿里木一般采取不吭声的软抵抗态度。

有一天,还在新疆库尔勒的大姐阿孜古丽·哈力克突然给他打电话说:"弟弟,我听家里人说你挣了好多钱,到处给别人捐钱,我现在住在医院里,很缺钱,你能不能给我也寄些来?"

阿里木一听姐姐要钱的口气不对,当即拒绝道:"对不起'姐姐',我没

有钱！"

"没有钱，那你为什么要把钱给别人？难道家里人还不如旁人吗？"

"我给别人钱是有道理的。"

"有什么道理？有钱给别人是什么道理我不明白，你给我寄钱来，要不咱们就断绝姐弟关系。"

"断绝就断绝，要钱一分没有。"他斩钉截铁地说道。

这时，在毕节的家里人开始翻着花样折腾他，隔三差五地跑到他的烤肉摊上以借的名义来拿羊肉串。他要是不给，他们就不让他卖烤羊肉串，他只好忍气吞声地几百串几百串地把羊肉串血本无归地"借"出去。

亲眼见过这一场景的高锋说："简直不像是一家人，只见借羊肉串，没见还过一次。"

高锋还说了这样一件事情，阿里木有两年与他二哥租的房子是邻居，一天，一个朋友去找阿里木，结果敲错了门，他二哥很生气地说："你们找错人了，我不是雷锋阿里木。"

阿里木出名之后，毕节凡是去吃羊肉串的人都是冲着他的烤羊肉摊去。看到他的摊子生意火爆，家里人和在毕节卖烤羊肉串的新疆人都打起了名人招牌，一律在摊位上写着：阿里木烤羊肉。知道真相的人看到后都付之一笑，还是在真阿里木的摊位上吃，不知道的人却稀里糊涂吃了不知道是哪家的羊肉串。

阿里木后来接受《新疆经济报》记者于兮采访时这样祖露心迹：

我开始将我的责任心投向贫困生，投向社会上需要帮助的人之后，我的责任心也经历了由小到大、由浅薄到深刻的认识过程。在毕节生活了这么多年，我付出了一点点爱心，或者说对这个社会尽了一点点责任，可是这座城市却给了我那么多回报。我认为，如果每一个社会成员都能自觉、认真地履行对国家、社会和他人的责任，那么，社会的各项工作就会更加良好地、有序地进行，符合历史必然性的道德关系和良好的社会秩序也就会得到巩固和发展。进一步来说，如果每个公民都把国家的兴旺和社会的发展当做自己的责任，在内心深处构筑高度的社会责任心，这样社会责任心就会成为促进社会向前发展的强大动力。反之，如果人们都奉行极端个人主义，对自己的行为不负责任，甚至为了个人私欲不惜蔑视和践踏社会道德规范，损害国家、社会和他人利益，其结果必然导致社会合力的削弱，促使人心涣散、社会风气败坏、违法犯罪活动猖獗，甚至会导致社会混乱和国家的分崩离析。

他还说，那些年，我将家里的兄弟姐妹接过来做生意，因为他们对我的不理解产生了一些隔阂，我们家庭内部也发生了不团结现象，我很痛心。以前我们很穷，经常连衣服、鞋子都买不起，可是兄弟姐妹们在一起非常快乐，后来生活条件好多了，可是为了金钱常常又产生矛盾，家庭关系变得复杂，缺少了很多快乐。

家里唯一能够理解他资助贫困学生行为的是小妹妹帕提古丽·哈力克和妹夫司马义·买买提。

这对夫妻于 2002 年春光明媚的季节到的毕节，他们把大儿子留在了库尔勒的司马义·买买提的父母家里，带着 4 岁的小儿子和阿里木在毕节一起卖烤羊肉串，一起吃住。

小妹妹帕提古丽·哈力克是几个兄弟姐妹里与阿里木感情最深的。

"我哥哥从小就最疼我，他参加工作的第一个月的工资全部给我买了衣服和鞋子，当时我感动得哭了。"

我们到库尔勒市、和静县采访时没有见到她。2010 年 11 月 15 日，她不幸触上高压电，正在兰州军区乌鲁木齐空军医院治疗，等我们回到乌鲁木齐后，她已出院返回了库尔勒市。2011 年 3 月 2 日我们终于找到了她，他们夫妻是在乌鲁木齐南郊客运站的一家清真餐馆里接受我们采访的。

帕提古丽·哈力克说："我们家里人当时不理解我哥哥为什么要把挣

的钱捐给别人,只有我理解,因为他从小就爱帮助别人。"

"在毕节成为名人后,哥哥要去贵阳领奖,我们看到他穿的衣服太破旧了,建议他买一身好衣服。他去了一家服装店,试了多次就是舍不得买,后来是我们掏了 300 元帮他买下了一件白色西服。"

夫妻俩还给笔者说了阿里木在毕节捐助贫困生的许多故事。

"由于我的公公婆婆身体不太好,大儿子又在新疆,我们在毕节生活了 3 年又回到了库尔勒。"帕提古丽·哈力克继续说,"我们知道哥哥后来帮助了更多的人,我们很支持他,经常打电话鼓励他的行为。"

2008 年 5 月 12 日,四川汶川,8 级强震猝然袭来,大地颤抖,山河移位,满目疮痍,生离死别……西南处,国有殇。这是新中国成立以来破坏性最强、波及范围最大的一次地震。遇难 69229 人,受伤 374643 人,失踪 17923 人,多处房屋倒塌。这次汶川地震造成的直接经济损失 8451 亿元人民币。

从电视里看到惨不忍睹的场面,阿里木马上掏出仅有的 1500 元捐给了灾区。

2009 年 7 月 5 日, 美丽边城乌鲁木齐发生极少数民族分裂分子在二道桥、人民广场、解放路、新华南路、外环路、团结路等处猖狂地打砸抢烧,导致车辆房屋被摧毁,无辜群众受伤乃至死亡。

听到这件事后,阿里木陷入沉思,他非常痛恨那些民族分裂分子,又很同情那些无辜被打死的群众。他直接给新疆维吾尔自治区民政厅汇了 5000 元,让其安慰那些亡者家属。

对于"7·5"事件,他有着非常深刻的认识:

这件事时常让我反思, 一个家庭不团结都能让每个家庭成员像折了翅的鹰,无法高飞发展,扩大到一个国家,如果每个民族都不团结,那么这个国家就没有希望,每个民族也没有希望。我经常看历史类的电视节目,从那些介绍中,我发现,我们国家各民族在历经数千年的迁徙、贸易、婚嫁、交融中,已经形成了你中有我、我中有你、交错杂居、共生互补的格局。

特别是在新疆，党和政府每年都组织少数民族各阶层人士到内地参观学习，解决他们生产生活中的实际困难，大力培养少数民族干部，争取和团结民族、宗教各界人士，有效地疏通和改善了民族关系，增进了民族之间的信任和团结，增强了各民族对祖国的认同和热爱。为了帮助少数民族实现平等权利和自治权利，党和国家还采取措施，消除历史遗留的民族歧视的一切有形痕迹，建立民族区域自治制度，使之能自己管理本民族内部的事务。这一切越来越让我意识到，在我们每个人的人生里，有一种理念必须要树立，那就是"汉族离不开少数民族、少数民族离不开汉族、各少数民族之间也相互离不开"。只有牢固树立这个理念，才能促进自己与其他各族人民和衷共济、和睦相处、和谐发展。

毕节地区有700多万人，少数民族占28%。如果说大家都不团结，你不睬我，我不理你，哪里有发展？就像我，如果只注意和自己本民族人之间的团结，而不是注意与其他不同民族之间的团结，我哪里能走到今天，能在毕节生根发芽？

没有出来闯荡时，我的眼光也很狭隘，也只想着待在家乡的土地上休养生息，那时我觉得我们民族的文化等各个方面都是非常优秀的，我没必要有太多想法。事实上我这种观念是非常错误的。出来后，我去过北京、云南、河南等地，发现祖国太大了，各种各样的民族、各种各样的文化错综交杂，融合成一个五彩斑斓的世界，这让人既激动又感慨。

我发现，任何一种文化都不可能与世隔绝，都需要从其他文化中汲取养分。以什么样的态度对待外来文化，考验着一个民族的文化自信。不论是个体还是单个民族，越是自信，就越能够以积极的态度对待外来文化，越能够在同外来文化的互动交流中得到丰富和发展。广泛吸纳、融汇一切外来优秀文化成果，是推动个体发展以及民族繁荣昌盛的必然要求。就像我，经常同毕节当地的彝族、苗族、布依族等民族的百姓在一起交流学习，交朋友，我就发现，人必须要有开放包容的胸怀。各个民族文化多元多样、各有所长，每一种文化都以各自的方式为祖国文明作出贡献，都是人类共同的精神财富。如果我到这里自我封闭、排斥别人的文化或习俗，我肯定会失去生存和发展的活力与土壤。

147

　　在这个地球上，有那么多种族、民族的人在一起生活，就说明这个地球是大家的，谁也不能欺负谁，谁也别想欺负谁。大家必须要和睦相处，共同创造美好的明天。我当初流落街头时，是一个汉族人给了我 100 元，我才得以活下去。当时我心里感触很深。我在想，他是一个汉族人，他都没有民族概念，视我为落难的兄弟，我有什么理由把"民族"两个字计较和区分得那么清楚呢？如果说，以前我心里还有狭隘的民族主义观念，那么经过这件事后，心里渐渐淡化了这种观念，取而代之的是一种感恩，是一种回报，是一种视不同民族的人为兄弟姐妹的感觉。我的心里就是这样想的，也是努力朝着这个方向去做的。我在毕节市赚了一点钱，就帮助当地的贫困孩子，我帮助的这些人中，既有汉族，也有苗族、侗族等其他民族孩子，我觉得，大家都处在祖国的怀抱里，也许有信仰的差别，可共同的母亲是祖国，我们的命运与祖国息息相关，所以我们都是一家人，很多事不需要区分得那么清楚。

　　这种自发、自悟、自省的行为，包罗了他对人生富含哲理性、深邃性、普泛性要义的最佳诠释。

　　2010 年 4 月 14 日 8 点 50 分，青海省玉树藏族自治州发生了 7.1 级地震，这次地震主要发生在玉树的州府所在地——玉树县结古镇，当时居民房屋 90%都已倒塌，受灾 24 万人，其中 2698 人遇难，11744 人受伤，失踪 417 人。

　　玉树县位于青藏高原东部，地处玉树藏族自治州东部，东和东南与西藏自治区接壤，西南与囊谦县为邻，西和杂多县毗连。

　　玉树地震让中国震惊，也震惊了世界。

　　公共服务设施严重损毁，部分公路沉陷，桥梁坍塌，供电、供水、通信设施遭受破坏，玉树处于瘫痪状态。

　　党中央、国务院紧急部署救灾工作，国务院总理温家宝亲临现场看望受灾群众。

　　一时间，全国社会各界积极支援。解放军战士、武警官兵、志愿者、各省组织的救援人员迅速前往灾区进行搜救工作，上演了一幕幕可歌可泣的英雄壮举。

日本、韩国、法国、美国、挪威等许多国家通过相关渠道向中国提供捐物、捐款。

由中宣部、民政部、国家广电总局、中国红十字会、中华慈善总会等单位联合主办的"情系玉树·大爱无疆——抗震救灾大型募捐活动特别节目"4月20日晚在中央电视台一号演播大厅举行。

在玉树发生地震之后，全国人民纷纷解囊，向灾区捐款捐物。

在玉树地震后的第三天，阿里木踏上了去灾区玉树的路程。

在贵阳机场安检时，他的行李超宽超重，工作人员打开一看，行军床、被褥、棉衣、锅、碗、瓢、盆、穿羊肉串的竹签，生活用品，一应俱全，整整两大包行李。

他既不像是参军，也不像是搬家，工作人员疑惑地看着阿里木。得知他是去灾区当志愿者救灾，工作人员很快给他办理了相关手续。

从贵阳直飞西宁的机票太贵，他就买了打折到北京的机票。在首都机场转机时，他遇到了一位西宁当地人黄永清，俩人越聊越投机，商量一同去玉树灾区，支个帐篷为医护人员和灾区群众做饭。

走出西宁机场，按照分工，黄永清负责准备车，阿里木负责购买羊肉和蔬菜，他一下子买了8000多元的东西。傍晚，俩人拉着满满一车东西从西宁向玉树出发。一路上记不清翻了多少座山，阿里木强忍着头痛欲裂，呕吐了好几次，400多公里路，他们走了20多个小时，路上靠聊天打发寂寞。

原来黄永清也当过兵，复员后落户西宁市，现在西宁市某税务局工作。在北京出差时得到玉树地震的消息后，心急火燎地往西宁赶，为的是到单位请假后赶快去玉树救灾。

终于到了玉树。雨水天气，高原反应，缺吃缺喝，黄永清身体撑不住了，建议把东西捐给灾区后返回。

阿里木却说："你回去吧，我还能挺住，可以在这里做些力所能及的事。"送走黄永清，看到废墟前的救援大军，他灵机一动——找组织！于是，他拿着身份证和退伍证，找到解放军第二炮兵部队抗震救灾指挥部，请求加入组织参加救援，得到批准后，他成了该部队救灾前线的一位"编

外"战士。

在抗震救灾的日子里,废墟下搜救,进村入户,发放物资,搭建帐篷,抢运伤员,哪里有二炮官兵的行动,哪里就有阿里木在行动、阿里木在拼命的身影。

在下拉秀乡当卡村的搜救中,他嫌担架运送伤员费人费时,索性背起伤员来回奔跑。一个上午好几个来回,汗水湿透棉衣他仍不休息。晚上回到营区后也顾不上休息,他又抢着帮炊事班做菜,包羊肉包子,架起烤箱为官兵们烤羊肉串,帮防疫人员消毒,阿里木的眼里全是活……

在救助帐篷村,满脸胡子的阿里木很快与当地群众拉近了距离,唠家常,说笑话,介绍新疆风土人情,宣传党的民族宗教政策,分析灾后重建美景,鼓励群众要相信政府,支持政府,受到了当地政府和群众的称赞。

10多天后,当阿里木从玉树灾区返回贵州在西宁中途转机时,他被抗震办的同志接到市区里,领导说什么也不让他当天离开西宁,西宁市政府及一些部门给了他贵宾般的礼遇,这让他十分感动。

第九章 异国恋情烟云散

男大当婚,女大当嫁,阿里木的婚姻一直被许多人牵挂着。其实,阿里木有过一次短暂的婚姻。

说起短暂,严格来说是一天的婚姻。

那是 1995 年春天,梨花盛开的时候。

白色的梨花缀满枝头,粉红的桃花耀眼摇曳,沙枣花的香味四溢在田野,柳叶在轻轻吟唱,春鸟在树间翻飞,连绵起伏的沙海充满了生命的激情。

有人说,春天是一首优美的绝句,嵌进了青青草原。

有人说,春天是一首美丽的诗行,赞美着蓝天白云。

妩媚浪漫的爱情之花从阿里木的脚下向远处铺展,一直铺展到遥远的天边。

努尔古丽是南疆且末人,丰满、漂亮,让阿里木一见倾心。

在阿訇主持完婚礼的当天,他万万没有想到,他的新娘会丢下他当着众多亲朋好友的面,与一个自称是努尔古丽表哥的人跳了一曲又一曲舞蹈,更使他始料不及

的是努尔古丽跳舞时狂放、大胆，还对她所谓的表哥含情脉脉、暗送秋波。他认为这样的女人不像是和他一块过日子的人，更难做到和他生同衾死同穴，一怒之下，阿里木当众宣布离婚。这恐怕是世上少见的婚礼场面。

任凭新娘百般解释、哭诉和新娘家人的劝阻，他毅然决然地离开了那个让他充满渴望和不愉快的新娘家，当天回到了和静乃门莫墩乡的家里。

看到他独自一人回来，家人都很诧异，所有人的脸上写满了疑问，他把情况一说，全家人都支持他——这个婚离得好。

憧憬美好爱情之梦被努尔古丽的舞步踏成碎片，他把苦涩的痛苦埋进心底。

阿里木骨子里就是一个有着传统思想的人，他说努尔古丽不是一个贤妻良母，幸亏发现得早，否则他在日后的生活里会有述说不完的无限痛苦。

离婚的手续几个月之后才办下来，没有走进新婚洞房的他已经不能算是没有结过婚的人了，这为他日后再婚埋下了一颗苦涩的果子。

回到贵州的阿里木再无心思寻找爱情了，只是专心卖他的烤羊肉串，尽心去资助贫困学生。

2004 年 12 月 24 日，高锋半个小时的纪录片《我叫阿里木》在中央电视台西部频道播出后，阿里木的平静生活随之又泛起了阵阵涟漪。

"当时真是火得不行。"高锋说，"阿里木一下子出名了，不是在我们毕节，是在全国。"

节目播出的第二天，高锋的手机响个不停，他一看区号是从北京打来的，他心里想，北京没有朋友，这是谁呢？一接是个女的声音传了进来："高锋呀，我找你找得太苦了。我从中央电视台问你的电话，他们不告诉我，是我苦苦央求才给了我。你拍的阿里木这部片子太感人了，这种人现在社会上太少了，看完后我都哭了。我现在就想立刻见到他。你一定要帮我联系到阿里木，我一定要去毕节。"

高锋想，她可能也只是说说而已。

这个叫吴慧珍的女人果然第二天下午又打来了电话，她说她已到贵阳，问高锋毕节怎么走。

高锋听完电话一下愣住了,这时候他赶紧给阿里木打电话说明情况。

阿里木的回答让高锋心里的一块石头落了地。

"人家从那么远的北京来,我们应该热情些。"

担心阿里木拒绝见吴慧珍的高锋立刻想到这又是一条新闻,他马上给黄莉打电话。

一行人在毕节当时最好的南桥宾馆等着吴慧珍。

当吴慧珍从出租车里款款走下来时,冬日的夕阳披洒在她那一袭红色的套装上,反射出一片灿烂辉煌。

吴慧珍雍容华贵,热情大方,她笑吟吟地走向阿里木,主动伸出右手握住了阿里木的手。

"您好!"

一副敦实的身板,一脸浓黑的胡子,一双炯炯有神的大眼,一双有力的大手。

看到真实的阿里木,吴慧珍的心为之一动,她又把脸转向高锋。

"你就是高锋吧?"

"是的。"高锋也和吴慧珍握了握手。

他们又把黄莉介绍给吴慧珍。

吴慧珍在房间里洗漱一番之后,随高锋一行人到一家饭店吃饭。

贵州省境内多山,地势险峻,多为高寒山区。为了驱寒,贵州人喜欢吃火锅。这里的火锅很有特点,烧煤的炉子上安放着一块铁板,铁板有圆的也有方的,众人可以围着火炉吃火锅,锅里的菜既不会凉,而吃饭的人也不会感到冷,吃着吃着还要脱去毛衣。我们在毕节采访时,最喜欢吃当地的火锅。当地火锅里的食物与全国其他地方大致相同,但也有所不同,有专门的鹅肉火锅、鸡肉火锅、狗肉火锅,还有各种各样的蔬菜火锅,也有吃完肉再添菜的。在吃火锅时,请客的主人都喜欢点几个当地的一种大白萝卜,它们个个都大大的,还鲜嫩嫩的。这种萝卜是其他地方都生长不出来的,只有毕节有,连贵阳的菜市场里也买不到,问了几次毕节人,他们也说不清为什么贵阳买不到。现在的物资流通这么发达,我们怀疑是它的产量少的原因,要不就是不值得商贩做这种生意。这种大白萝卜可以生吃也可

以放在火锅里煮着吃，其实生吃更爽，清脆，发甜，还能清口，几次路过菜市场我们打探，一元钱一斤，大些的萝卜一个都在一斤以上，很少见到个小的。我们谁都想着回乌鲁木齐时带几个回家，但都没有带成。这种萝卜给我们留下了极深的印象，于是给毕节的朋友开玩笑说，你们去乌鲁木齐时就给我们带大白萝卜就行了。

毕节火锅的安放和吃法让吴慧珍很是惊叹！

晚餐是黄莉坐东，阿里木自然让黄莉说祝酒词，两瓶贵州习酒是高锋带来的。黄莉想吴慧珍是冲着阿里木来的，应该由他说开场白，点到阿里木时他却推辞了，推来推去还是高锋先说话。

"通过阿里木这部纪录片，让我们认识了吴慧珍，她从北京专程来看望阿里木，我们很感动，希望吴慧珍在毕节多玩几天，来，大家干杯！"

然后阿里木、黄莉都举杯说了些欢迎吴慧珍到来的客气话。

吴慧珍不知是被熊熊燃烧的火炉烤热了呢，还是被他们的热情所感染，她白皙的脸上红红的，眼角有些潮湿，动情地说："今天能够和大家坐在一起，首先要感谢高锋的纪录片让我知道了毕节，知道了阿里木，同时我为阿里木在毕节所做的资助贫困学生的事而感动。一位维吾尔族青年在陌生的毕节落脚，靠卖羊肉串为生，还能资助那么多贫困学生，这是很多有钱人都做不到的事。不瞒你们，这个片子播了两次我都看了，看一次掉一次泪，想来看看阿里木的想法就特别强烈。我今天实现了这个愿望，还得到了你们的热情款待，我干了这杯酒。"

说完，她一仰脖子将满满一杯酒喝了下去。

热烈的气氛是互相感染的，高锋、黄莉、阿里木又一次次地站起来说话喝酒，这个欢迎晚餐进行到很晚很晚。

吴慧珍从北京带来了很多东西。

她给阿里木带来了两套西装，两双皮鞋，两件衬衣，还有围巾、手套、皮带、香烟和茶叶。

当她把这些东西送给阿里木时，他再三推辞说不能接受这么贵重的东西,吴慧珍则说:"我从电视上看到你穿的鞋是捡来的,心里很难受,你把挣来的钱都给了贫困学生,自己却没有一件像样的东西,你就收下吧。"

吴慧珍决定来毕节后,立刻订了机票并开上车到东方广场、新光天地、世贸天街选购东西。这一切都是在几个小时之内办妥的。

听了吴慧珍的话,阿里木没有再说什么,就接受了她的馈赠。

他们拿着东西一起去了阿里木的出租屋,屋内的简陋和寒酸还是让她暗暗吃了一惊,虽然她已经从高锋的纪录片里看到过这个场景。

"不好意思,房子里很乱,没有坐的地方。"阿里木对吴慧珍说。他的心里希望吴慧珍放下东西就离开。

吴慧珍在屋子里环视了一遍,什么也没有说,挽起袖子开始收拾屋子,阿里木拦也拦不住。

从整理零乱的物品到拖地,拆洗衣服、被褥,吴慧珍整整忙了半天。经过她的收拾,屋子里一下整洁亮堂了,阿里木不好意思地笑了。

一天,吴慧珍让阿里木带着她到了几所学校,把她从北京带来的学习工具、课外读物、学习资料、衣服分别给了几所学校的贫困学生,同时,将带来的 6 万元现金也分别捐给了学校。

吴慧珍随着阿里木去周勇家,她给周勇带了衣服和学习工具。她看到周勇瘦小的身子,忍不住流下眼泪。她把周勇直接带回宾馆,让他洗澡换衣服,又把周勇的衣服也洗了。

一条不宽的路蜿蜒直抵山顶,两边阡陌纵横交错,四周的山上落满了雪,浓雾笼罩着天空。下着雪的路上泥泞难行,山头树上挂满了冰花,阿里木和吴慧珍在寒风里走向三板桥办事处灵峰村。

这样的天气,阿里木心里放不下苗族高朝刚家。

站在用山草和野毛竹搭就的屋前,吴慧珍感慨万千,他们走进屋内,看到了两个瘦小的孩子,一个女孩一个男孩,他们齐声喊:"阿里木叔叔。"

"叫吴阿姨。"阿里木对两个孩子说。

"吴阿姨好。"两个孩子很听话。

吴慧珍用手依次抚摸了两个孩子的头,然后从随身带的包里拿出两

155

套衣服、学习工具、课外读物、北京绿豆糕和两袋大白兔奶糖。绿豆糕和大白兔奶糖让两个孩子的眼睛都直了,他们没有见过这些东西。

高锋和黄莉也给这两个孩子送了些礼物。

孩子的家里实在拿不出招待客人的东西,只有一碗白开水。高朝刚为了表达感激之情,拿起刀要杀家里唯一的一只老母鸡来招待客人,阿里木硬是把刀夺了下来。

不知什么时候,趁阿里木不注意的时候,高朝刚还是把那只老母鸡给杀了。

阿里木很生气,他知道这只鸡正处在下蛋的旺盛期,攒上几十个鸡蛋还能卖点钱,这一杀掉,家里一点儿收入都没有了。

既然鸡已杀掉,也已做好,高朝刚就招呼大家吃饭,吴慧珍看着这么贫穷的家,哪里还吃得下去? 在一次又一次招呼下,甚至鸡肉给夹到碗里了,她才勉强吃了几块。

临走,吴慧珍把事先装有一个 2000 元的信封悄悄放下了。

对于吴慧珍这几天的捐赠过程,高锋和黄莉始终都在现场。高锋在毕节电视台上发了几条消息,黄莉则写了一篇题为《我从北京来看您》的大通讯。

从灵峰村回到毕节的这天晚上,阿里木、吴慧珍、高锋、黄莉 4 个人又选择了一家农家土火锅。

在高朝刚家,高锋和黄莉象征性地一人夹了块鸡肉就放下了筷子,高锋忙着取画面,黄莉则一直与两个孩子交流。

这一天他们几乎没有吃饭,下山时高锋建议一起聚聚,吴慧珍对土火锅"情有独钟",就这样,他们又围在了火炉旁。

几杯酒下肚,吴慧珍便把几天来在毕节的感受说了一番:"毕节人善良、热情,但由于山高村密,土地贫瘠,制约了这里的经济发展迟缓,贫穷的人就自然要多些,改变贫困生活的根本还在于当地政府出台好的政策和老百姓自身的努力。"

高锋和黄莉毕竟是记者出身,对于当地政府多年来的一直在改变这种落后面貌上所倾注的努力是清楚的。

1985 年 7 月，时任共青团中央书记的胡锦涛同志调任中共贵州省委书记，在上任后的第三天就来到毕节地区。当时的毕节地区生产总值是 23.4 亿元，财政收入 3.2 亿元，农民人均纯收入 184 元，人均粮食 192 公斤，所属的 8 个县中有 6 个县属国家级贫困县，贫困人口达到 345 万，占总人口的 65.4%，森林覆盖率只有百分 14.94%，土地垦殖率达到 46.2%，水土流失率高达 62.3%，计划生育率仅 36.8%，文盲、半文盲率高达 48%。毕节地区陷入"越穷越生—越生越垦—越垦越荒—越荒越穷"的恶性循环怪圈中。当时的毕节地区在全国改革开放轰轰烈烈进行几年之后仍然存在着触目惊心的贫困。1985 年新华社《国内动态清样》报道了毕节地区赫章县河镇乡海雀村 11 家农户家家断炊、断盐 3 个月，终年不见油、4 口之家只有 3 只碗的情况。

胡锦涛书记沉思着，他提出了正确处理人与自然、人与经济社会的关系，在处理经济与生态的关系上，提出要"采取强有力措施，全面规划，综合治理，把生态建设与经济开发紧密结合起来，做到'以人为本、和谐发展、良性循环'"。指出"一个贫困，一个生态恶化"是严重困扰贵州省经济社会发展的两大突出问题，要"尽快停止人为的生态破坏，并逐步走向生态的良性循环"，为此，"要实现自然经济向商品经济的转变"，"要实现由救济扶贫向开发扶贫的转变"，"要实现生态恶性循环向良性循环的转变"。

千里乌蒙，路在何方？胡锦涛书记以政治家胸怀和小学生的姿态，求助党中央、国务院，问津于各民主党派、中央、全国工商联和专家、学者。

在他跋山涉水的调查研究中，治穷韬略逐渐形成："实践告诉我们，在同样政策条件下，贫困地区与发达地区在经济社会发展上存在着效益上的差距，其结果将是地区间差距的扩大，如果不清醒地看到这一点，并相应采取有力措施的话，贫困地区将会更加落后。""毕节地区是'开发扶贫、生态建设'的试验区，这是毕节地区所决定的"。"不可能，也不应该照抄照搬沿海开放地区的做法和模式"。沿海开放地区根据自身条件搞的是外向型经济，是谋划经济起飞，而毕节地区亟须解决贫困落后、生态恶化、人口膨胀的问题。

刚刚上任的胡锦涛书记在与省里的领导干部见面会上，出乎意料地

给在座的黔官员们讲述了一个国际友人的故事：

　　故事的主人公叫柏格里，是一位富有人情味和执著敬业精神的英国传教士。1904 年，柏格里不远万里，来到贵州省威宁县石门坎，开始他的传教生涯。石门坎是一个荒僻落后的苗族聚居乡。柏格里吸收一批苗族信徒之后，利用教会的投资，在这里盖了教堂、学校，在教学徒英语的同时，自己也学会了苗语。随后他与自己的教徒一道创制了苗语文字，并用这套苗文翻译了圣经《新约全书》，编写了小学课本。几年下来，他将一个无人问津的苗乡僻壤变成了一个海内外闻名遐迩的中国内地教区。柏格里凭着自己那股锲而不舍的坚韧毅力，办成了别人想都不敢想的事情，使外界的新鲜事物在苗乡扎下了根。在柏格里的引导和支持下，世世代代没有读过书的苗族子弟，后来有两人获得博士学位，20 多人成为学者、教师、医生……然而，柏格里却没有看到这一天的到来。1915 年 9 月，石门坎地区暴发伤寒，许多群众迁出石门坎，柏格里留下来照顾染病的教徒和学生，自己也染上伤寒，死在自己从事多年的牧师任上。信徒们将柏格里的骨骸安葬在石门坎，将他的名字刻在心里。

　　胡锦涛书记声情并茂的叙述和故事的结局，使在场的每一个干部都很受感动。胡锦涛不厌其烦地大讲 70 年前柏格里故事的目的，首先向贵州干部亮明自己的心迹，决心同大家一起，为了贵州山区的治穷致富，志在攻坚克难，甘愿鞠躬尽瘁，死而后已。同时号召身为人民公仆的共产党人，更要迎难而上，艰苦奋斗，带领群众在困境中闯出一条发展的新路来。

　　1988 年 1 月，胡锦涛书记正式提出了建立"毕节开发扶贫、生态建设试验区"的构想，通过对过去工作的反思，提出了用灵活的梯度政策来弥补日益扩大的效益差距，探索我省经济社会发展新路子的问题。也就是说，要以改革统揽全局，坚持从贵州实际出发，坚持生产力标准，采取一切有利于消灭贫困落后的特殊措施，探索解决贫困和生态恶化的新途径。"

　　在这里，胡锦涛书记引领毕节的党政军民抓住"三大主题"，着力向贫困宣战，一举解决了 300 多万人的贫穷问题，为以人为本的科学发展观的形成奠定了基础。

　　在一个承载梦想和希冀的高原上点燃了希望之光。

之后，中央、各民主党派、全国工商联和国家 19 个部委组成的参与支持，使毕节一些重大项目得到了及时审批立项和开工建设。重要的项目有：总投资 3350.65 万元的毕节市倒天河水库大坝加高加固工程，总投资 1000 万元的毕节市观音桥办事处塘房村"高寒山区农业技术研究与集成示范"项目，毕节市煤化工工程，引资 1300 万元的大方县凤山乡老屋基煤矿，总投资 3200 万元的大方县油杉河 80 公里旅游公路项目，总投资 1800 万元的大方县地下水开发项目，总投资 1000 万元的黔西县新仁乡仁慕至化屋 14 公里的油路工程，总投资 9000 余万元的金沙县胜天水库，总投资 1000 万元的织金洞天谷山庄项目（引资项目），总投入 1000 万元的织金县"洋码图书"项目，总投资 88.18 亿元的纳雍火电一厂、二厂项目，总投资超过 3000 万元的纳雍"农业综合开发试点县"项目，内昆铁路威宁北站建设规模由两股道增为四股道项目，总投资 3352.3 万元的赫章县"山区综合发展"项目，总投资 2300 万元的赫章锌厂二期、三期工程等。同时立项建成了金沙电厂、黔北电厂、洪家渡水电站、索风营水电站、引子渡水电站、黔西电厂、大方电厂等大型水电、火电项目，实施了联合国世界粮食计划署援助的《中国 3356》项目、"长防"工程、"长治"工程、国家生态环境建设重点示范工程、西部大开发退耕还林还草工程、天然林保护工程及山水林田路综合治理工程等。

这些重大项目的审批立项和开工建设，给毕节地区的经济腾飞起到了强有力的作用。

党和国家领导人胡锦涛、江泽民、吴帮国、温家宝、贾庆林等多次深入毕节地区进行考察和高度关注，并给予许多支持。

22 年来，毕节试验区领导换了一茬又一茬，班子换了一届又一届，但广大干部群众始终如一地牢牢把握改革试验主题，坚持不懈地破解经济贫困、生态恶化、人口膨胀三大难题，初步迎来了人口、资源、环境协调发展的可喜局面。

目前，山青了起来，森林覆盖率每年增一个百分点；水绿了起来，湖泊清净鱼儿欢跃；人富了起来，农民年人均收入增长了 16 倍。

现在的毕节，山上树木葱茂，山腰瓜果飘香，山脚包谷累累，农田稻穗金黄。

现任贵州省委书记栗战书却认为,经过 22 年的艰苦奋斗,开发扶贫、生态建设这两项核心工作虽然取得了巨大成绩,但要从根本上实现脱贫致富和生态恢复,仍需作长期艰苦不懈的努力。

可以说,栗战书的话有一定的事实根据,这就是吴慧珍所看到的贫困现象。

"这些年来,我们这里已经变化很大了。"黄莉说。

吴慧珍把话慢慢又转到了这里的山水风光,她赞叹这里的自然景色很美。

毕节,是山的国度,这里山海苍莽,峡深流急,气势磅礴,风光壮丽。毕节是名洞之乡、鸟的世界、花的海洋、湖的长廊。"溶洞之王"织金洞、"高原明珠"草海、"天然花园"百里杜鹃、"岩溶百科全书"九洞天……

这是多么美的一幅自然画卷啊!

毕节地区文化源远流长,古彝文化悠久厚重,民族民间文化多姿多彩,还发现了各个历史时期不同类型的物质文化遗存 1000 多处,收集文物藏品 1500 余件,非物质文化遗产 500 余个,革命旧址 3 个。这是吴慧珍不太了解的。

外面夜色已经很浓,他们喝着酒聊得兴致也浓。

"阿里木,跟我去北京发展吧。"吴慧珍突然话峰一转,"你想继续烤羊肉串也可以,不想干了,干别的也行,我给你投资。"

几个人都沉默不说话,尤其是高锋和黄莉这个时候不能谈自己的想法。

吴慧珍用期待的目光看着阿里木。

原来吴慧珍在北京打拼了 10 多年,已经拥有 1 个滑雪场、2 家游泳馆、3 家饭店。

"你考虑考虑吧。"吴慧珍对阿里木说。

"不用考虑了,我不去,我在北京待过,它给我留下太多的创伤。"他果断地说道。

"那时候你是一个人,现在不一样了,有我呢,我们一起干事。"吴慧珍继续说,"高锋、黄莉你们说对不对?"

高锋说："这让阿里木自己决定吧，这毕竟不是个小事情。"

黄莉则干脆不说话。

"北京毕竟市场大，南来北往的人多。你要喜欢卖烤肉，就放在我饭店门口；若不干了，就帮我管理管理滑雪场、游泳馆、饭店，任你选。"吴慧珍不甘心地说道。

"我不会去北京的，再劝也没用。"阿里木任凭吴慧珍说什么就是不答应。

"没关系，我可以耐心等你的回话。"

翌日，阿里木又出摊卖烤羊肉串了，吴慧珍帮他一起卖。阿里木几天没有出摊，来吃烤肉的人还真不少。

"阿里木，这几天干什么去了？烤肉也不卖了。"有人大声问。

"来朋友了。"他回答。

有人就好奇地多看了两眼吴慧珍，阿里木也不作介绍，别人就不好问。吴慧珍就默默地帮着，说帮，其实她什么也不会，穿羊肉不会，烤羊肉就更不会了。

"帅哥、靓女吃烤串串肉啦。"

"哎，帅哥，几天不见咋越来越帅了。"

阿里木亮起了他特有的嗓音，手里却不停地忙乎着，孜然、辣椒面、咸盐撒在肉上，而一双眼睛却不停地注视着来来往往的人。

火星溅出炉子，差点烫着吴慧珍，他提醒她："离炉子远点。"

傍晚，天蒙蒙黑时，炉子里的火苗照射着周围一片红红火火。吴慧珍跟了一天，感觉浑身散了架似的，她想一直这么站着也是一种功夫。

俩人收摊后，径直去了阿里木的租房内。高锋和黄莉这天都去县上采访了。吴慧珍决定与阿里木好好聊聊，争取把这个男人带到北京去。

拖着疲倦身子的吴慧珍不让阿里木动手，她洗好米，熬上稀饭，然后和他面对面地坐着。

阿里木，今天可以给你讲讲我的经历了。我是东北绥芬河人，从我们家的房子窗口望出去，可以看到江对岸的俄罗斯领土。

小时候我家里也很穷，父母都是农民，身体还不好，后来我在哈尔滨

上了大学，毕业后留在一个区政府机关工作。每天重复一种工作，拿那么点工资，就老想出去闯闯。正好我的男朋友想去北京，我和他搭伴去了。北京的消费让人害怕，为了省钱，我们合租了一间地下室，先在一家广告公司打工，挣的钱还不够交房租和吃饭钱呢。慢慢地我们贷了些款，就自己小打小闹地干。几年之后，我的男朋友车祸身亡，我一个人硬挺着把业务转向实体，先从小饭店做起，慢慢扩大后又搞起滑雪场、游泳馆。

这些年我拼命做生意，没有时间考虑个人问题。从中央电视台看到关于你的报道之后，我很感动。这些年来，你省吃俭用还要资助贫困学生，证明你的心是善良的，这样的男人靠得住。没有别的意思，我不要求你很快和我结婚，我只想让你去北京我们一块儿干，你还可以对我慢慢了解，不成夫妻可以成朋友。

一番诚恳的话语，一番心迹的表露，阿里木能无动于衷吗？内心没有掀起波澜？他的内心有着矛盾，跟她去北京，还是一种寄人篱下的生活，她的生意都做得这么大了，自己去了还能干什么？管理工作也不是那么容易做的。到她的饭店门口卖烤肉，还不如在毕节卖烤肉呢，这里的人都认可他的羊肉串，再去北京摆摊纯属瞎折腾。面对眼前内心充满激情和渴望的这个女人，他实在不知道该说什么好。

沉思一会儿后，阿里木不得不说话了："吴慧珍，很感动你对我的表白，我觉得你是一个很好的人，但是我和你不可能成一家人。你是汉族，我是穆斯林，以后的生活会很不方便的。北京我就更不想去了，那个地方让我伤心了。"

"阿里木，穆斯林和汉族不能在一起不是理由，我可以按穆斯林的生活习俗适应你，只要有了感情，什么都不是障碍。你要是不想去北京，我可以到毕节来。"吴慧珍说得非常诚恳。

"哎呀，你千万别一时冲动坏了你的生意。到毕节来你失去了那种人文环境，怎么发展你的生意？不像我，只是小本生意。"

"只要你答应我，我把北京的公司迁过来有什么不行呢？"

"这样吧，你也认真考虑考虑，让我也认真考虑考虑。"他为了缓解吴慧珍冲动的情绪，使了个缓兵之计。

第二天他就给高锋和黄莉一个劲儿地打电话,问他们采访回来没有。高锋和黄莉不是一个单位的, 下去采访没在一起, 黄莉于昨天深夜回来了,但她正忙着处理手头的稿子,阿里木急了:"黄姐,我有急事找你,我要和你见一面啦。"

　　一个小时后,黄莉给他打电话,两人约了在一个茶楼见面。

　　"黄姐,怎么办,吴慧珍想嫁给我。"一落座,气还没有喘匀,他就迫不及待地对黄莉说。

　　"不要着急,慢慢说,那天你不是拒绝了吗?"黄莉不慌不忙地问。

　　阿里木就把昨天吴慧珍说的话给黄莉重复了一遍。

　　"是件麻烦事!"黄莉说,"想着她是崇拜你来看看你,没想到她是有目标的。当然这也不能说人家不好,一个没有结过婚的女人能主动向你表达爱慕之心,已经很不容易,关键是你自己怎么想。"

　　阿里木有些结巴地说:"我,我……我不能同意。"

　　"你要想好了,这是一生的大事,如果你没有想好就认真思考一下,如果你不愿意就抓紧说明白,省的耽误了吴慧珍。"

　　"不是这样的,黄姐,我再三拒绝都不行。"

　　"没有不行的, 你拒绝的时候要坚决,不要老是说出的话给别人留下希望。"

　　"好,好。"

　　两人分手后,阿里木回到了烤肉摊。吴慧珍早已从宾馆来到这里,见他不在,她就一直在这里等着。

　　"你干吗去了?"一见面,吴慧珍轻声问他。

　　"有点事,有点事。"他显得有些惊慌。

　　从吴慧珍由北京到毕节的那天算起,这是第六天了。

　　这天晚上,吴慧珍没有跟阿里木去他的租房内,而是把他叫到了南桥宾馆。

　　"我还是要问你,你想好了没有?"吴慧珍单刀直入。

　　他的心有些发虚,生怕一口拒绝让她难堪、绝望,不坚决拒绝给她留下希望就会给两人都带来麻烦。

163

"吴慧珍,谢谢你对我这么好,我想来想去我们只能是朋友。你也赶紧回北京吧,那么多的生意等着你去处理呢。"他坚定的口气不容置疑。

"你难道一点都不喜欢我?我就让你这么讨厌?"吴慧珍的双眼一直看着他,他内心的防线差点崩溃了,他狠了狠心说:"我不喜欢你。"

瞬间,吴慧珍的眼圈红了,泪水不由自主地流了下来,这泪水不知是委屈还是恋恋不舍,这泪水险些冲垮阿里木的意志防线。吴慧珍走到他的身边,一下子抱住他结实的身板说:"你就这么狠心地让我走?"

"我走了,明天我送你。"

说完,他拉开房间的门走了出去。不知为什么,他的眼泪也流了出来。

他跑到商场,买了一大兜食品、矿泉水、火腿肠,送到宾馆,让楼层服务员送给1516房间的吴慧珍。

他想自己是不是太狠心了,吴慧珍陪着你卖了一天的羊肉串,晚饭没请她吃,她明天真要走了。他这样是不是不近人情?他拿出手机摁了几个键,又压掉了,本想给黄莉打个电话,让她陪陪吴慧珍,突然间想再不要节外生枝了,就把手机装进了口袋。手机响了,一串国歌音乐非常悦耳地传进他的耳朵,一看来电显示正是黄莉。

"阿里木,你在哪里?"

"我刚从宾馆出来。"

"吴慧珍呢?"

"她在宾馆呢,心情不好,我拒绝了她。"

"要不我去陪她说会儿话,是不是你们都没吃饭呢?"黄莉又问。

"黄姐,你这时候去好不好?"他反问黄莉。

"没关系,要不把高锋叫上,我们聚一聚,你拒绝了吴慧珍,她会不会明天真走了。"

"还是算了吧,我们的心情都不好。"

"你要是心情不好就算了,我去宾馆跟她聊聊。"

回到租房内,阿里木用白开水泡了块干馕,吃也吃不下。他想只接触了几天,这个吴慧珍怎么就真喜欢他呢?他有些想不通。

天亮后,他抓紧洗漱了一下,就去宾馆,在总台让服务员给吴慧珍的房间打个内线电话,吴慧珍接了。

"我来送你。"

"这么急着赶我走啊?"吴慧珍说。

"不是这个意思,如果你今天不走,我就卖烤肉去了。"

"算了,我还是走吧。"

她终于下了楼,退了房,他们在宾馆门口跟一个跑长途的司机谈好了价钱,吴慧珍故意不看他,汽车在启动后缓缓驶出宾馆的大门时,她从车门的窗内探出头眼圈红红地凝视着他,就那么紧紧地凝视着他……

他自言自语地说:"麻烦终于结束了。"

岂不知,他的麻烦又来了。

就在吴慧珍刚走不到一个星期,一位重庆姑娘找来了,她比吴慧珍还大胆、泼辣,她直接打听到阿里木的烤肉摊。

这天下午,他的烤肉正卖得起劲呢,突然出现一位脑后扎着"马尾巴"的姑娘,一双水汪汪的大眼睛,皮肤很白。她看着阿里木娴熟地烤着羊肉串,忍不住说:"比看电视片真实多了。"

阿里木以为她是哪个学校的学生来吃烤肉的呢,没在意这位姑娘所说的话。可她一直又不吃烤肉,也不走,觉得很奇怪,他忍不住就问:"美女,你不吃烤肉,也不走,是有什么事吗?"

"我是专门来看你的,我是从重庆来的,叫王媛媛。"姑娘自我介绍。

"你从那么远的地方来看我,真不应该。"他的心缩紧了,这不是害人嘛。

"阿里木大哥,看了你的电视片,我感动得好几天都没睡好觉,所以想一定要来毕节看你。"

"我有什么好看的嘛,看了电视就行了,还跑这么远来。"他有些埋怨。

直到太阳落下,月亮升起来,这个叫王媛媛的姑娘一直在与他聊着天,还时不时地给他递根竹签。从交谈中得知,王媛媛护校毕业已经两三年了,在重庆一家私立医院当护士,来之前对父母说是一个同学帮她在毕节联系了一家正规医院,是来应聘的。就这样,她撒谎后来到这里。当然,她给阿里木没有说这些。

阿里木晚上给王媛媛找了一家比较便宜的宾馆住了进去。

他说:"你明天赶紧回重庆,别让父母着急,我明天去给你买票。"

王媛媛的嘴撅了起来:"我刚来你就让我走,我都工作了,又不是小孩子,我就不走。"

阿里木的头都大了,这时候他心里直怨高锋的那个纪录片太害人了。

"好好好,什么也别说,咱们先吃饭去,有什么事明天再说。"他只有先哄着这个姑娘。

在往宾馆走的路上,阿里木忽然意识到一个问题,他在毕节也是个小有名气的人了,认识他的人很多,得注意自己的形象。

吴慧珍前脚刚走,又来了个王媛媛,虽然他跟她们以前压根就不认识,但她们都是冲着他来的,不管出于什么目的和动机,和她们单独在一起很容易让人说闲话,索性把高锋和黄莉都叫上。高锋接到他的电话很诧异,也很奇怪,很怀疑,难道这个纪录片子有这么大的影响力吗?接二连三有异性来找阿里木。

阿里木把好朋友——毕节地区财政局党组书记李玉平也邀请了来。

考虑到重庆人的饮食喜好,他把吃饭的地点定在了一家火锅店。互相介绍之后,他们就开始闲聊,边聊边等上锅上菜。

"王媛媛,你在电视上看见了阿里木,还专程再来看看他本人?"黄莉问。从年龄上来判断,这个姑娘不会也像吴慧珍一样有想法吧。

"他的事迹确实很让人感动,真实的人和电视上是不一样的。"王媛媛说。

"哎,其实都差不多。"

"怎么会一样呢?见了真人我可以对话、聊天,看电视光是我看他,认识他,他又不会认识我。"王媛媛继续说。

"有道理,有道理。"李玉平打着圆场。

火锅、肉、菜全端上来了,大家互相招呼着,高锋开始倒酒,当把酒瓶子伸到王媛媛跟前,她毫不推辞地示意给她倒酒。这次是李玉平先讲话,他虽然来得晚,但一进门就说由他做东,他们这个"爱心联盟"有一段时间没在一起聚了。最初都是因阿里木而起,主要是围绕周勇展开的,大家都出力了,联系医院、找药、募捐、新闻报道等事宜,包括给贫困学生买学习用品、买食品、买衣服、捐款等。他们几个被称为"爱心联盟"。在不同岗位上的人都有着一个共同的目标，那就是给贫困学生多些温暖、多些爱心。正是因为这些"爱"的红丝带把他们紧紧地系在了一起。

聊着、喝着的气氛既热烈，又豪放。他们是由不同民族组成的好朋友，李玉平、高锋是彝族，黄莉是布依族，阿里木是维吾尔族，王媛媛是汉族，他们在酒精的催化下，更加豪迈。爱唱歌的李玉平带头唱了一首彝族民歌，他的歌声洪亮、雄厚，还带着深情，随着歌声的激昂，他的手势也跟着大幅度地摆动。他用汉语唱了一遍，又用彝语唱了一遍，把喝酒的气氛推向了高潮。王媛媛此时用惊奇和羡慕的眼光看着李玉平。她想这个李玉平是个领导，歌唱得这么好，令她没有想到。她忍不住问："你进行过专门的训练？"

李玉平听后哈哈一笑，乘着酒兴说："歌多多不过彝家，跳舞扭不过彝家，天上的星星能数尽，彝家的歌舞数不完。要问彝家歌舞有多少？请用海斗量一量。"

"彝族生来会唱歌，一唱就是几大箩，唱得太阳落西坡，唱得金星从东来。百灵鸟听歌停了叫，牛羊听了忘吃草，你若爱听彝家歌，请到彝家山寨来。"等李玉平说完歌舞谚语，王媛媛端上满满一杯酒敬给他。

"不行不行，你也得喝！"李玉平赶紧对王媛媛说。

"喝就喝。"王媛媛将手中的酒杯和李玉平的酒杯一碰，两人一仰脖儿将酒倒进了肚里。

这杯酒迅速燃烧了全身，似火一般，王媛媛的情绪更加高涨，她问李玉平："你会跳彝族舞吗？"

李玉平站起来走到饭店的空地上，跳起了"踏歌"舞。这种舞也叫"达踢"、"跳歌"、"左脚"等，是彝族历史传承悠久的一种舞蹈。这种舞蹈的特点是热情奔放，但是一般是以篝火为圆心，跳舞者围成圆圈，领跳人在前吹奏芦笙等乐器，其他人则随后携手搭肩而舞。要求步调整齐成拍，跳时边跳边合拍而歌。由于在屋内地方小，只有李玉平一个人跳了一会儿。

受现场气氛的感染，阿里木跳起了新疆舞蹈。他腰肢扭动，然后动肩，双手做着和面和打馕的动作，一会儿挤眉弄眼，一会儿摇头晃脑，一会儿

167

他又曲膝而舞,下颌向前一伸一伸,做出种种滑稽的动作。这种舞叫做"那孜库姆",因为没有乐器的弹奏声,也没有其他人的配合,阿里木只有自己把舞蹈动作夸张夸大,嘴里哼哼着,用一首歌来配合舞蹈。

> 我要用生命的纽带作为沙塔尔的琴弦,
>
> 它能慰藉不幸者,以其悲怆与凄婉。
>
> 奏起木卡姆表露心曲使人萦回于心,
>
> 若融入爱的遐想即弹奏于她的面前。
>
> 都说木卡姆的鼻祖是《胡赛尼》和《艾介姆》,
>
> 而我却要弹奏《巴雅特》,
>
> 它更动人心弦。
>
> 为把真主赞颂,我连续不断演奏,
>
> 为抚慰伤心之人,我则将《纳勇》乐章速弹。
>
> 麦西来甫,让我痛饮,一醉方休。
>
> 我要一手拿起弹拨儿,一手高擎玉盏。

尽管舞蹈的动作诙谐幽默,歌词的内容听不懂,在座的几位朋友看得还是很高兴。

王媛媛哪见过一个虎背熊腰的五尺男人跳起舞来这么灵巧,歌唱得又是这么的优美动听,她真是被折服了。

夜晚总是短暂的,再美好的筵席也有曲终人散的时候。

这天晚上大家都很尽兴,只有王媛媛意犹未尽。

王媛媛是个毫不掩饰自己感情的人。

阿里木为了吸取吴慧珍的教训,第二天就买好了去重庆的长途车票,兴冲冲地送到王媛媛所住的宾馆房间里。

"我不走,把票退了!"王媛媛用不容商量的口气对他说。

"还是回去吧,你还有工作,咱们也见过面了,以后就是朋友,多多联系就行了。"阿里木用带有哀求的口气说。

"我说不回就不回,你撵不走我!"王媛媛有些生气了。

"你为什么就不回去呢?不要让家里人为你担心,而且你在这影响我的生意。"他也有些生气了。

"你卖你的烤肉，我怎么会影响你呢？"

"你在这里我放心不下。"

"呦！你还是关心我的嘛！明确告诉你，我这次来就不打算回去，我要嫁给你！"

"开什么玩笑？你我年龄悬殊太大，况且我又是维吾尔族！"阿里木的胆都快吓破了。

"不就相差十几岁吗？维吾尔族又怎么啦？只要我愿意就行!"

"胡大呀！你们这是怎么啦？"他差点脱口而出"走了一个又来一个"。

王媛媛后来当着黄莉和高锋的面也是这么说的，她说她一定要嫁给阿里木。

他简直要疯了，背着王媛媛给高锋埋怨道："知道会带来这么多麻烦，还不如当初不拍了。"

高锋有些内疚地说："这是我们没有想到的事。"

这人也撵不走，阿里木只管卖烤肉去了。

两天里，他没有见到王媛媛，想着她可能已经回重庆了，就长长地舒了一口气。

这口气刚刚舒完，王媛媛竟然又站在了他的面前，他张着惊愕的嘴怎么也合不上。

原来王媛媛是去附近的景区旅游了。

她去了 100 公里之外的织金洞。织金洞在织金县城东北 23 公里处，有"岩溶魂宝"之称，是云贵高原上最为著名的人间仙境。这里是一个神奇的童话世界，千姿百态的钟乳石构成了琳琅满目的奇珍异宝，色彩缤纷，玲珑晶莹；地下湖散至其间，雾气缥缈，洞中有洞，洞洞相连，景观奇伟瑰丽，有"黄山归来不看岳，织金洞外无洞天，琅环胜地瑶池景，始信天宫在人间"的美誉。

王媛媛在织金洞外的景点小摊上给阿里木买了一件背心和一个织金洞的钥匙链。

当她把背心和钥匙链给阿里木时，他拒绝了，王媛媛就把礼物扔到了

169

他的床上。

阿里木不理王媛媛,他要有意冷淡这个姑娘,目的是让她离开毕节,回到现实生活中去。

傍晚,落日的余晖映红了天边。金钟树的上空炊烟袅袅,与黄红相间的天空遥相辉映,贵州高原上的壮观美景让人陶醉。

王媛媛走出周勇家时,给了周勇 200 元。

在路上,王媛媛给高锋打了电话,说有事找他,高锋答应见她。

"高大哥,你能不能帮个忙,让阿里木娶我。"在一家茶楼的散台,王媛媛央求高锋。

高锋心想,这个姑娘也太率真了,这种事怎么能让旁人去做工作呢?

他好言相劝:"老话说,强扭的瓜不甜,你是何苦呢?你这么年轻,而且你们俩在文化习俗上也不同,我劝你还是放弃吧。"

"高大哥,我来之前就想好了,阿里木是个好人,我一定要嫁给他,我相信他会给我幸福的。"王媛媛不管不顾地说。

"这可是件大事,你千万不能一时冲动造成一辈子后悔。"

"你不要说了,你帮不帮吗?"她追问高锋。

"对不起,这个忙我帮不了。"高锋不能给她留有一线希望。

王媛媛气哼哼地走了。

王媛媛决定用柔情感化阿里木,她给他做饭、洗衣服、洗被褥,给他买烟、买酒,可阿里木不接受这一切,尽量避开她。

无奈,王媛媛准备先回去,临走的那天,王媛媛对阿里木说:"阿里木,你等着,我还会回来找你,我不会放弃的。"

王媛媛带着遗憾终于走了。

阿里木后来对高锋说:"高大哥,以后再也不要拍片了,你看带来多少麻烦!"

吴慧珍、王媛媛两人不会想到,阿里木心里一直牵挂着一个人,一个让他一生都难以忘怀的人。

她是个英国姑娘,曾经是毕节学院聘用的外籍英语老师,长得亭亭玉立,一头飘逸的金发,一双碧蓝的大眼睛,凝脂白皙的肌肤。

他们相识于 2002 年的春天。

一天傍晚,外籍教师代门和他的爱人阿曼达来到刘炅的酒吧,他们是刘炅的老朋友,经常光顾酒吧喝酒,这天他们夫妻把凯丝丽也带来了。

阿里木和凯丝丽就这样认识了。

凯丝丽是个性格温柔善良的姑娘,出生于伦敦市,父母都是剑桥大学的著名教授。她是应毕节学院的邀请,签了两年的外聘教学合同。

初次相识的那晚,两人没有过多谈论各自的身世,倒是刘炅给几位外籍教师介绍阿里木的情况多些,知道他流浪多年的生活经历后,他们都很惊讶!凯丝丽的眼睛闪过怜悯的神色,她对他很钦佩。

这天之后,几位外籍教师几乎一周要来两次,他们喝着啤酒,吃着羊肉串。傍晚他们眺望着倒天河的美景,夜风轻轻吹来,感受着惬意的生活,有时候忍不住还要轻轻哼上首苏格兰民歌。

时间长了,阿里木和凯丝丽有时四目相对时,他们的心房都会一颤,彼此都能从眼睛里读懂了含意。但阿里木常常抑制自己的情感,他知道自己的身份、地位无法与凯丝丽相比,毕竟两人之间悬殊太大。

这枚爱情的橄榄枝是凯丝丽先伸向阿里木的。

凯丝丽有一天约阿里木去一家叫"怡春"的茶楼,茶楼在倒天河边。

茶楼正门两旁贴一茶联:"一杯春露暂留客,两腋清风几欲仙。"

门口有面容姣好、身着旗袍的迎宾小姐微笑迎宾入门,清凉怡人的大厅,正面摆放着宽大的曲尺形柜台,正厅当中立一古亭"茶录碑亭",中竖青石磨光大碑,上刻宋代福建仙游籍人蔡襄画像和他的《茶录》全文。蔡襄是北宋名太守、学者、诗人,也是位茶学专家,有"中国第一品茶学专家"的美誉。

正厅右侧的格架龛台里错落着各式精巧的茶具,还有几位客人在学习品茗之道、茶叶分类及概说、茶具认识及运用、养壶乐趣、泡茶技巧、茶与养生之道等知识。迎宾小姐款款地引领他们拾级上到二楼,二楼大厅里一溜菱形窗格、匝地红砖、一色竹器家具衬以水池假山,泉水潺潺,花木扶

171

疏,古朴典雅。

他们走进一个叫"知心厅"的单间,这个单间具有欧陆风情,壁炉、藤椅、茶几、中式茶具。古筝悠扬,茶香缕缕,临窗可以看见清清的河水缓缓流动,河面上,倒影沉碧,让人充满着神秘的遐思。

凯丝丽要了一壶顶级西湖龙井茶、一碟点心、一碟瓜子。一位着古色古香服装的姑娘在布茶道,一会儿,姑娘给他们两位往精致的小杯里倒上茶水。

"姑娘,这里就不麻烦你了。"凯丝丽的汉话说得不错。

"好,有什么需要你们叫我。"姑娘说完退出了小包厢。

"喜欢喝茶吗?"包厢里很安静,看到阿里木局促不安的窘相,凯丝丽打破沉默。

"喜欢,不过我们新疆人最爱喝的是奶茶。"他回答说。

凯丝丽很好奇地问:"什么是奶茶?"

一说起奶茶,阿里木的语言流畅起来:"奶茶是先把茶叶放到壶里煮开后,把熬好的纯鲜牛奶倒进茶壶中,然后放点盐。喝的时候,一定要把茶壶从火上拿开,倒进碗里的奶茶稍凉一些,表层就有一层薄薄的奶皮,这样的奶茶醇香可口,又可以解渴,喝醉酒的人喝奶茶可以解酒。"

凯丝丽听着很好奇,她说:"你说得这么好喝,我也很想喝了。"

阿里木很兴奋地说:"好!哪天我煮给你喝。"

"太好了,我一定要喝上醇香的奶茶。"

"不过,这里的牛奶没有我们草原上的牛奶好。"

"有机会我跟你去新疆喝草原上的奶茶。"

"真的很想跟我去新疆玩玩?"

"真的!一言为定。"

一说起新疆,阿里木眉飞色舞:"我们新疆很大,是个很美丽的地方。"

凯丝丽说:"我看过一个风光片,新疆美得像一幅油画。"

说完两人端起杯,喝起茶水。

"我们还有一种煮茶方法,也很好喝。"阿里木继续给凯丝丽介绍,"是煮一种茯茶,把茶叶煮开,放进生姜、茴香、菖蒲、薄荷、红枣、一枝蒿、方块糖,这种茶又香又甜。"

凯丝丽惊讶地说:"你们新疆的茶文化真是丰富。"

他们聊了很久很久,茶水续了无数次,夜幕在漫不经心的时候滑落,血色的黄昏被感情的热流渐渐点燃。

他们在暮色里并肩走着,这是一个月色之夜,凉风习习吹来,树影婆娑,倒天河水充满了生命的激情。漫步在灯火阑珊的河畔,春的气息让他们感到沁人心脾。

云雾缭绕碧峦的清晨,阿里木和凯丝丽出发了。这是 5 月的一个早晨,他们相约着要去一个令人神往的地方——百里杜鹃大草原。

沿着长江上游的支流乌江南下,在贵州境内鸭池河北岸,有一个被誉为"一枝花"的县——黔西,在黔西县和大方县接壤的连绵山峦中,大朵大朵的杜鹃花争奇斗艳,红的如烈焰升腾,白的似云波翻滚,紫的像落霞飘浮,金黄的像麦田兴波。千姿百态,色彩斑斓,仿佛云霞片片,可谓"杜鹃花似海,满山留异香"。

花海的景色让阿里木和凯丝丽陶醉了。

湛蓝的天空,一望无际的大草原,星星点点的羊群,构成了一幅美丽的画面。凯丝丽穿着一件紫色连衣裙,头戴粉红色遮阳帽,戴了一副茶色太阳镜,显得更加青春活力。阿里木穿了一件凯丝丽给他买的黄色 T 恤衫,头戴一顶小花帽,好一副精神抖擞样。

凯丝丽在万花丛中奔跑着,让阿里木不停地给她拍照,她做着各种姿势,留下了一张张倩影。他们用三脚架做依托,拍了许多张合影。

他们醉倒在这景色迷人的花海里,仰望蓝天白云,闻着阵阵飘来的花香,听着百灵在歌唱,溪水在轻轻吟唱……

阿里木从包里拿出啤酒、面包、饮料、火腿肠。

"阿里木,你的家乡也有这么美吧!"凯丝丽边吃着面包边问。

"比这里美多了。"他自豪地说。

"那么你一定要带我去新疆。"

"一定,一定。"

"来,为了新疆之行碰杯!"

"干杯。"

"为了我们的爱情,干杯!"凯丝丽说完了,阿里木不敢接话。

"为什么不跟我干杯?"凯丝丽问他。

"不,我们之间不可能。"他赶紧说,"我一个卖烤肉的和一个大学教师恋爱,别人会笑话你的。"

凯丝丽说:"这有什么可笑话的,我喜欢你有一颗金子般的心。我就是喜欢你,别人爱说什么就说什么。"

"这不现实,你的合同期一到就得回国。"

"可以续签,我也可以和其他学院签合同,不行你跟我去英国。"

"这不可能,英国我是不会去的。"

"不去可以,我留下来。"

阿里木沉默了,天地之间只听得见他们的心跳在一个节奏点上敲响,凯丝丽将头靠在了他的肩上。

夕阳西下的天边一片红霞,他们在这片红霞下渐渐地、热烈地吻在了一起……

黄昏时分,下起了淅淅沥沥的小雨,凯丝丽一下课就急匆匆穿过毕节学院的林荫小径朝阿里木的出租房走去。

她走进房子后,看到他坐在床沿上一动不动,显然已经坐了很长时间。

"还没吃饭吧?"凯丝丽问他,不等他回话,凯丝丽又说:"走,吃饭去!"

"不去!"他很果断地说。

"为什么?"

"不想去!"

凯丝丽上前拉他,他还是不动,她就轻轻地拥抱着他说:"听话,吃饭去,我已经饿了。"

他们选择了一家饭店,点了几个菜,要了一瓶白酒,边喝边聊了起来。

"今天周勇特意跑到学院告诉我,说你把身上仅有的 200 元送给了别人。"

他点了点头。

"你资助别人,我不反对,这也正是我喜欢你的地方,可你为什么不留点饭钱呢?"她有些埋怨地说道。

"那个人太可怜了,是个老头,在垃圾箱里找吃的,他告诉我他两天没有吃饭了。看到他这样子,我就想起了我自己也是这样过来的。"他说着说着,眼角流出了泪水。

"好了,好了。我理解你的心情,"她说,"先吃饭吧!"并伸出一只手抚摸着阿里木的手。

吃完饭,凯丝丽去付账,他无地自容地说:"每次都是你掏钱。"

"这有什么,我们之间还分得那么清吗?"她反问道。

走出饭店后,发现雨下得更大了,有些凉意,凯丝丽紧挨着阿里木的身子,他紧拥着她慢慢地走着,然后忍不住亲吻着她,她也紧紧地抱着他。在雨中,他们互相动情地吻着,不一会儿,她不由自主地呻吟起来……

一段不长的路,他们走走停停,走了很久很久……

深夜,阿里木送凯丝丽回学院,分别时,凯丝丽给了他 1000 元,他说什么也不要,凯丝丽生气了,一会儿伤心地哭了。

"不拿钱,你吃什么?我不能天天看着你饿肚子吧!你的身体垮了怎么办?"

阿里木被眼前这个姑娘的柔情打动了。他想,自己作为一个男人,以后一定要让她生活得幸福。

就在他们爱情的火焰日益熊熊燃烧的时候,一场灾难降临到了人间。

2003 年,一场人类的灾难先从非洲开始,然后蔓延到欧洲、亚洲。

"非典"这个人类的克星到处肆虐,一场人与疾病的抗争开始了。这个时期,人人谈非色变,仿佛世界的末日到来。

凯丝丽不仅经历着一场要与"非典"抗争,她还要与远在英国的父母和英国政府抗争,英国政府和凯丝丽的父母要求她必须限期回国。

起初,她采取拖延的办法,然而,天天催命似的电话不断。这件事,她不能不对阿里木如实相告了。

告诉他这件事,对凯丝丽来说是非常为难的事。她本想约阿里木去茶

第九章 异国恋情烟云散

楼谈这件事,自已又否定了去那里。那里环境幽静,太清净了,反而不好说,索性去饭店喝白酒,麻醉之后可以一泻千里。

在吃饭时,阿里木已经看出了凯丝丽有心事,他等着她自己说出来,她却一直不说,喝酒的频率却比以往都快,他担心地说:"喝慢点,这样很快会醉的。"

她依然什么话都不说,一个劲儿地跟阿里木碰杯。他害怕她会马上醉倒,一把夺过了她的酒杯。

凯丝丽满脸泪水,终于吞吞吐吐地说出了要被迫回国的事。

阿里木惊呆了,他凝视着凯丝丽,难道这个美丽的姑娘真的要很快离他而去吗?难道这个柔情似水的姑娘就这样离开热土高原吗?他仿佛穿行在茫茫雪原上,穿行在高高的冰山峡谷里,心里有团熊熊烈火燃烧着他,血脉里流淌着滚烫的血液要迸发了,生生不息的生命将随她而去、而泯灭、而飘落……

这是个伤感的夜晚。

他的血液在猛烈撞击着他的心灵,他第一次真正感受到了刻骨铭心的疼痛。

阿里木端起一大杯酒喝干了,站起来走到凯丝丽身边,猛地把她拉起来,紧紧拥入自己的怀里,流着泪说:"我不让你走!"

凯丝丽在他的怀里也大哭不止。

他们就这样说着、哭着,哭着、说着,很晚才离开饭店,在漆黑的夜色里紧紧拥抱在一起,不断地厮磨与亲吻……

"今晚我要到你那里去,要让你抚摸我的身体,让你的生命在我这里孕育和延续。"凯丝丽对他说。

"这不行,你一个姑娘回国后,有了身孕怎么说得清,不能这么做!"

"有了你的孩子,我就可以堂堂正正地嫁给你了。"她坚持道。

"我要娶你,但不能做未婚先孕的事,我不能伤害你,这也不是一个真正男人做的事。"

凯丝丽的两片嘴唇热烈地吻着阿里木。

他俩残酷的分手日子终于来到。

阿里木送凯丝丽到贵阳机场。"非典"时期，公共场所几乎很少有人，贵阳机场也是寥寥无几。凯丝丽领上登机牌后，没有急于进安检口，她和阿里木在大厅里说着悄悄话，他们意识到，两人这一生恐怕再也见不到了，想到这种残酷的现实，忍不住就流泪。看到阿里木左边的衣服邻角有些往上翘，善良的姑娘帮他整理了一下。

大厅的扩音器里响起了甜美柔软的声音，通知旅客去北京的登机时间到了，凯丝丽不得不一步三回头地挪向安检口。安检口仿佛成了他们两人阴阳两界的关口，凯丝丽这时猛地转身飞奔到阿里木面前，双手捧起他的脸，在众人的注视下，不管不顾地给了他一个长长的吻，之后，快步走进安检口。很快，飞机巨大的轰鸣声传来，随着这轰鸣声飞机腾空而起，已经站在候机门外的阿里木仰视着那架越飞越高的飞机，他的心就像被掏空了，被揉碎了一样难受。

凯丝丽走后，阿里木失魂落魄。很长很长的一段时间里，他整天神魂颠倒，觉得生命对于他已毫无意义。

一天，他听了这样一首歌：

在这个陪着枫叶飘落的晚秋 / 才知道你不是一生的所有 / 蓦然又回首是牵强的笑容

那多少往事飘散在风中 / 怎么说相爱却又注定要分手 / 怎么能让我相信那是一场梦

情缘去难留 我抬头望天空 / 想起你说爱我到永久

心中藏着多少爱和愁 / 想要再次握住你的手 / 温暖你走后冷冷的清秋 / 相逢也只是在梦中

怎么说相爱却注定要分手 / 怎么能让我们相信那是一场梦 / 情缘去难留 我抬头望天空 / 想起你说爱我到永久

看着你远走 / 让泪往心里流 / 为了你已付出我所有

阿里木深深地被这首歌打动了,这首歌表述的就是他的心迹。这首由毛宁演唱的《晚秋》曾一度风靡大江南北,词作者是在歌坛小有名气的苏拉。没想到的是多年后他认识了贵州人民广播电台文艺部编导杨旭,知道了这位歌坛才女竟然与杨旭是贵州省凯里市一中的同班同学。一次,已经定居深圳的苏拉来贵州采风,特意绕道贵阳看望杨旭,正好阿里木也在,他面对《晚秋》的词作者苏拉有些激动不已,问苏拉怎么创作出这么好的歌词来。苏拉就给他讲了一段朋友刻骨铭心的感情经历:她的朋友和恋人在秋天的雨夜痛哭分手。因此,她为朋友创作了这首歌词,讲的就是这样一个凄美的爱情故事。《晚秋》是为失去爱的人而写,谁不曾失去过爱呢?不同只在于失去的时间或地点吧,也许是晚秋,一棵枫叶飘零的树下;也许是寒冬,一个万分熟悉的路口;也许是热烈的夏天,清凉的咖啡店;也许是充满希望的早春,曾经约会的花园……

《晚秋》是心灵的倾诉。

这首歌,让阿里木有着强烈的共鸣。从此,他的那扇爱情之门关上了,紧闭了。

时间长了,朋友们还是常常关心他的婚姻情况,他就用幽默的话搪塞过去:“这里的姑娘很漂亮,可惜成本太高,我娶不起。她们穿的衣服,提的包都要名牌,我无法投资。”

凯丝丽,这个让他无法忘却的初恋姑娘一直在他的心房里若隐若现,他的脑海里怎么也挥之不去。

他常常坐在倒天河旁,听潺潺的流水声好像如泣如诉的小提琴曲,舒缓而忧伤。

在那遥远的地方有位好姑娘……他的思绪常常被带到那遥远的地方,爱相连,情不断。

在忧伤的岁月里,如血如泪的诗篇一泻千里,缠绵的河水在诉说着一个忧伤的故事。

歌词作者苏拉通过杨旭,把她的新作《人间烟火》的碟子送给阿里木。

在被你遗忘的角落／与我同眠的是寂寞／春天已来过／思念仍被冰雪封锁

曾是我生命中的花朵／这一季是否为我灿烂过／风沉默不说／树叶无声地坠落

爱似人间烟火点亮了我／曾经我们深爱过／如果一切是错我不怕错／就让心痛跟随我

我给你所有我能爱你的／你给我所有想忘了的／谁欠了谁的／曾经我们都是真的

我怀念那时天空的颜色／我祈祷现在你正快乐着／纵然那已是／与我无关的快乐

爱是人间烟火无法掠过／就让心痛跟随我

这首歌让他体味了什么叫撕心裂肺的情绪纠结和斩不断、理还乱的感情折磨,忧郁浸透了他的灵魂。

2010 年 4 月 16 日傍晚,又是一个百里杜鹃花盛开的季节,凯丝丽披着霞光站在了阿里木的烤肉摊前。她还是那么美丽动人,只是两只手牵了一双儿女,女儿 6 岁,儿子 2 岁。

站在这个烤肉摊前,真是感慨万千! 7 年前,凯丝丽回到了英国,在家庭的压力下很快嫁了一名比她大 15 岁的电气工程师,生了两个孩子。闲暇时,她常常想起毕节的山山水水,想起难以忘怀的阿里木。尤其夜深人静时, 这种思念折磨着她难以入眠, 她一直想去看看他的念头愈来愈强烈。半年前,凯丝丽离了婚,后移居香港,这次她就是从香港辗转过来的。

来之前,她多次犹豫给不给阿里木通知一声,后来还是决定要突然出现在他的面前。

结果阿里木不在,这时她赶紧给他打电话,接到她的电话,阿里木的心中又一次掀起巨大的波浪,惊喜、兴奋写满在他的脸上。欣喜之余,他继续往贵阳走,他要去玉树抗震救灾,这个行动已经让他义无反顾,到那里比见凯丝丽更重要。他告诉她,在毕节多玩几天,等着他回来。聪明的凯丝丽已经感觉到,7 年前的浪漫爱情已悄然封存在心里, 只能成为一生中的美好回忆,缠缠绵绵的甜蜜生活不会再现。几天之后,她带着两个孩子,惆怅地踏上了返回香港的路途。

第十章 助学带动爱心热

　　2007 年的春节，对于阿里木来说是个让他欣喜的春节。那几天，他把烤肉摊支到了毕节市广场边上，尽管天气有些寒冷，但来广场游玩的人不少，有看文艺演出的、有赏花的、有散步的。

　　人多了，吃烤肉的人也就自然多了。

　　站在烤箱边的阿里木，虽然让烟熏得睁不开眼，腿脚冻得麻木，他的心里却很开心。大年初一他卖了 800 多串羊肉，大年初二卖了 900 多串，大年初三卖了近千串，最多的一天卖了 1500 多串。那两天，周勇的母亲穿羊肉都快穿不过来了，周勇和妹妹周香天天去帮忙，生意火得很啊！

　　由于那几天站立时间太长，阿里木的双脚冻坏了，他舍不得去医院花钱治疗，致使右脚落下了有些瘸拐的毛病。

　　春节之后不久，天气渐渐转暖，大地复苏，树木抽芽，春光明媚，毕节学院的莘莘学子的新学期又开始了，按照约定，阿里木怀揣 5000 元，又一次走进了学院大门。

捐助的仪式很隆重，用学院党委副书记汤宇华的话说："这是一个数额最小，含金量最高的助学金。"

毕节学院每年有 40 万的"光华奖学金"、40 万的"秀山助学金"，每年还有 700 万的国家奖学金，曾经也有过卫生部经济专家肖庆伦为替爱人的姑妈——俞思梅女士完成生前一个夙愿，给贫困地区捐款 100 万，这个 100 万就给了毕节学院。

相比之下，阿里木的 5000 元却是相形见绌了，而毕节学院却不这么认为：他这 5000 元给得太多了，他是靠卖一串一串的烤羊肉赚来的 5000 元，因此毕节学院不接受他更多资助的钱，但是毕节学院给予阿里木的礼遇规格超过了任何一个捐赠者。

学院在他 2006 年第一次资助时就出台了一个《阿里木助学金管理办法、阿里木助学金申请审批办法》。

申请、审批办法如下：

"阿里木贫困学生助学金"发放办法（试行）

阿里木先生系新疆人，多年来在毕节以卖羊肉串维持生活，为帮助我校家庭经济困难的学生顺利完成学业，阿里木先生决定捐助 5000 元人民币。为鼓励阿里木先生的善举，学校决定配套 5000 元，在我校设立"阿里木贫困学生助学金"。为确保助学金的发放做到公平、公正、公开，结合我校实际，特制定本办法。

一、申请条件

1.在我校接受全日制普通高等教育的本科、专科（高职）学生。

2.热爱祖国，品行端正，诚实守信，遵纪守法。

3.学习态度端正，刻苦努力。

4.生活勤俭节约，无不良消费。

5.积极参加学校教育教学活动。

6.家庭经济困难。

二、申请及审批

1.学生本人向所在系提出书面申请。

2.班主任主持召开班会,根据申请学生在校生活消费情况及日常表现进行公开推评。

3.各教学系根据班级提名,进行综合审查,并将审查结果在全系范围内公示3个工作日,公示无异议后报学生工作处审核。

4.助学金的申请审批坚持"公开、公平、公正"的原则。学生个人对助学金评审结果有异议者,可在系初评结果公布之日起3个工作日内,向本系提出意见,系应在3个工作日内向学生作出答复。

5.学生工作处会同相关部门对各系上报的材料进行汇总、审核,并把初审名单在校园内公示5个工作日。

6.学生工作处将初审名单报学校"学生资助评审委员会"审批。

7.学生在申报助学金时,严禁各种弄虚作假行为,一经发现,取消在校期间申请贫困生资助的资格,学校收回已发放的助学金。各系应本着德、智、体、美全面发展的要求,对学生的思想品德、学习成绩等方面进行综合考察,严格把关。

三、助学金名额及金额

1.资助20名贫困学生,每人资助金额为500元。

2.名额分配。各系获资助学生名额依据下列公式分配:

各教学系获助学金学生名额＝学校确定受资助名额×各教学系应参评的学生数

全院应参评的学生总数按"四舍五入"计取整数。

四、本办法由毕节学院学生资助中心负责解释

五、本办法自2006年10月9日起执行

毕节学院学生资助中心

2006年10月7日

虽然"阿里木贫困学生助学金"资金有限,但毕节学院实行的是收支两条线,阿里木资助的钱打入学院计财处转到国库,然后再从国库转到计财处。

由贫困学生自己提出申请,班级、系、学院三级审查之后进行公示。同时还给阿里木发函，告知他捐款的资助对象是谁，学院的宗旨是要涵盖 10 多个系的学生，目的是要教育更多的学生，让那些家庭经济困难的品学兼优学生能够得到阿里木助学金，如同国家励志助学金一样。

颁发助学金的那天，上千名学生在锣鼓声中整齐列队地走进学院几百平方米的演播大厅，他们唱的雄壮的国歌在大厅内荡气回肠。望着胸戴大红花、坐在主席台上正中间的阿里木时，学生的歌唱得更加嘹亮、高昂……

歌声停下之后，场内鸦雀无声，上千双眼睛齐刷刷地看着阿里木时，他不免有

毕节学院 2010 年奖助学金统计表

序号	月份	获奖受助人数	名称	金额(万元)	备注
1	1-12	13	国家奖学金	10.4	
2	1-12	223	国家励志奖学金	111.5	
3	1-12	304	先华奖学金	36.8	
4	1-12	592	毕节学院奖学金	106.25	
5	1-12	25	堤米体育奖学金	1.04	
6	1-12	21	余韵的特殊教育奖学金		
奖学金金额合计			此部分金额按方块估算值（266.39万元）		
1	1-12	400	地山助学金	40	
2	1-12	2579	国家助学金	646.1	
3	1-12	20	硬行成才计划助学金	6	
4	1-12	20	阿里木助学金	1	
5	1-12	43	移动V网助学金		
6	1-12		特困学生教材费补助		
7	1-12	30	阳光助千工程	3.6	油区
助学金金额合计			合计(按估算与实计算额)：744.7万元		
生源地助学贷款发放			贷款金额按估算方式估计录金额度：1452.77万元/3209人		
勤工助学			全部劳务投放按顶定录估参加人数：13.5677万元		

些紧张，主持会议的毕节学院党委副书记汤宇华向同学们简单介绍之后，就由他谈资助的原因和目的。阿里木从他的出生地谈起，谈到上学、当兵、复员、工作、辞职、流浪，一直到毕节落户，这么多年来，经历了风风雨雨、沟沟坎坎，最大的感触是一个人没有文化不行，一个国家一个民族没有教育更不行。教育能让一个人从无知变得聪慧，从碌碌无为变成事业有成。一个人接受教育的目的就是为了让自己更加完善，这种完善包括思想、学识、能力、人格、素质等。由人构成了社会关系总和的一个国家、一个民族，抓好教育，这个国家和民族就会大有希望，就会立于不败之地。

"因此，我特别愿意用我的双手挣来的一点点钱，资助你们当中家庭有困难的学生，让他们完成学业，成为对国家有用的人。"

阿里木朴素的语言，赢得了阵阵掌声。

用汤宇华的话说，利用这种发放形式，给学生们上一堂生动的德育课，是对学生进行人生观、世界观、价值观教育的一个平台，让阿里木跟学生们见一面，比我们上十堂课都管用。

有一位记者说，阿里木资助贫困学生富有更为深刻的内涵，一方面是以传递知识为标志的学校教育，另一方面是以传递精神为核心的品质教

第十章 助学带动爱心热

育。前者自不用多言,后者在道德普遍缺失的
当下,更有重要意义。

汤宇华则说,阿里木成为一个参照和标
杆,每个人只要努力和勤劳都可以达到这个
标杆。学生们在他的感召下懂得了自我救助,
不再随便动用阿里木的辛苦钱,把钱留给最
需要帮助的孩子。一旦良知被唤醒的学生,就
会产生自己也不知道的能量,主动求知,健康
成长,既对自己负责,又对他人充满爱心。在
这种教育中长大的学生,是知识和人格的同
时拥有者,是能适应社会并按照公序良俗的标准去创造财富和文明的人,
这才是教育的成功。从这个角度来说,阿里木是最合格、最具人格感召力
的教育家。

潘昌福就是被这种在具有人格感召力精神的鼓舞下,拒绝了"阿里木
助学金"的第一个学生。

潘昌福是黔西南州普安县雪浦乡南界河村人,家中有父母、一个哥哥
和两个妹妹,只比他大两岁的哥哥也在上学,山区人多地少的自然恶劣环
境,使潘昌福一出生就注定生活在贫困的家庭里。从他记事起,看到的都
是岩石裸露、耕地匮乏、土壤贫瘠,"巴掌宽尺把长、能种一行是一行"、"要
吃包谷子,婆娘坐月子;要吃大米饭,等到下辈子"。

可以说,潘昌福一直是伴随着吞糠咽菜长大的,一直在茅草房里生活
着走进了大学的校门……

潘昌福的学习一直很优异,但家庭的贫困使他多次想放弃上学,对知
识的渴求又迫使他不忍心就这样半途而废。没有文化的父母硬咬着牙起
早贪黑地干活,无疑是想让两个儿子一直把学上下去。

潘昌福记得,他上高一下半学期时,要交 800 元学费,而他的哥哥这
一年考上了大学,要交 2000 元学费。2800 元,对于城市一个双职工家庭来
说是不算什么,但对于潘昌福的父母来说,简直是一笔要命的钱。一筹莫
展的潘昌福父亲,只好把家中唯一的一头猪卖了,然后是东借西挪,终于

让两个儿子圆了上学之梦。

进了学校的大门，但平常的基本花费又成了问题，潘昌福却幸运地第一次得到了学校提供的国家助学金，这是他2007年考入毕节学院体育教育系之后的事。他上大二时，原本想继续向学校申请助学金，阿里木出现了。

他们俩意外地于2008年6月在一家雄辉健身会所认识了。一天下午，作为体育系的学生潘昌福照例与平时一样，每天要来锻炼锻炼。刚一进健身房，就听到了操着新疆味很浓的普通话，往里一看，一个壮实的大胡子正在做杠铃卧推，潘昌福看他的动作不是很灵巧，担心他有闪失，就上前保护了一下。阿里木做完杠铃卧推之后，对潘昌福说："谢谢你朋友，我叫阿里木，你叫什么名字？你还在上学吗？"

待潘昌福回答一切之后，生性喜欢交朋友的阿里木说："我们交个朋友吧。"

潘昌福欣然同意了。

其实潘昌福从入学的那一天起，就听毕节学院的学生们谈论过阿里木资助学生的事。没想到，今天会在这里与他相识并聊得很投机。

阿里木对潘昌福说，他之所以选择这家健身会所，目的有两个，一是锻炼身体，二是可以免费洗澡。他说他算过一笔账，健身会所的年费是780元，而洗一次澡却要20元钱，每个星期洗4次就赚回来了。说完，他还哈哈大笑。

潘昌福被他逗笑了，感到他真是天生做生意的料，这笔账算得确实划得来。

2009年9月4日的下午，秋色很美，金黄色的树叶在微风中摇曳，蓝天、白云、河水映衬出一片初秋景象。

潘昌福在暑假结束刚开学的第二天就来到了阿里木的烤肉摊上。

一见面，两人都很高兴，互相询问分别了一个多月的情况，然后，阿里木让潘昌福吃了几串羊肉。

吃着焦黄、嫩香的羊肉串，看着忙碌的阿里木，潘昌福主动上前帮忙，炭火不时星星点点地溅到身上，有些烫人，但潘昌福不顾这些，满头大汗

地切肉穿肉。

阿里木顺便问潘昌福:"周末忙不忙?"

"不忙。"

"不忙的话,和我一起烤羊肉串吧。"

"好啊!"

一个月后,阿里木给潘昌福工钱,被拒绝了,潘昌福再三声明只帮忙不收费。

寒假时,潘昌福索性直接搬到了阿里木的租房内,帮他卖了一个寒假的烤肉。

就在他们认识的这一年,毕节学院将要再次发放"阿里木贫困学生助学金",潘昌福所在的班级和系里都认为他符合条件,希望他申请,连阿里木都对他这样说。

这一次,潘昌福毫不犹豫地拒绝了。

与阿里木接触一段时间后,潘昌福对他有了一个更深刻的全面认识:穿着15元钱买来的衣服,鞋是从垃圾箱里捡来的,几乎每天是白开水加馕就是一顿饭,水果是买廉价处理的。他对自己的吝啬程度简直让人无法理解,对陌生人的慷慨捐助,同样也让人无法理解。

一次,潘昌福在他的烤肉摊前帮忙卖羊肉串,突然来了个小姑娘,说家里困难,他什么都不说,一数钱不够整数,就向潘昌福借了一点,凑够100元钱硬塞给了小姑娘。小姑娘一走,他就给一个朋友打电话,说几年前帮助过的小姑娘来看他了,已经长高了,他高兴地给对方说了好多话。

打完电话,潘昌福问他:"这个小姑娘叫什么名字?父母是干什么的?家住哪里?"

阿里木回答得很干脆:"不知道。"

"你帮助过的人你都不知道啊?"潘昌福吃惊了。

"知道那么多干什么,要图回报就不用帮助别人了。"

几天之后,一位年近九旬的老人蹬着三轮车拉人挣钱,由于找不开零钱,到阿里木的烤肉摊上来换零钱。阿里木悄悄对潘昌福说,多给他找些钱,他很不容易。

老人走后,他对潘昌福说:"看到没有,这么大年纪了还在努力工作,说明人只要勤奋就能生存,就能生活得更好。"

这句话,深深地震撼了潘昌福。他想,不要去和年近九旬的老人比了,就是和阿里木比,他都觉得很惭愧,一个文化水平不是很高的人能够从新疆一路打拼到贵州,我一个在校大学生还能再伸手要助学金吗?

很快,潘昌福与雄辉健身会所签订了合同,兼任了会所的业余健美教练,月薪 800 元。从此,他结束了依靠助学金的历史。

2011 年 1 月 18 日上午,潘昌福在毕节腾龙凯悦酒店 1409 房间接受了记者的采访。

这位长得精瘦的小伙子曾获得过贵州省健美比赛第一名。即将毕业的潘昌福在贵州体育界小有名气,已经有几家单位跟他商谈过,毕业后去那里工作,其中包括贵州省体育学院和贵州省体委,但是他还没有想好去哪一家单位。

潘昌福告诉记者,与阿里木的两年多交往,让他懂得了许多道理,首先是如何做人,怎样选择人生观和价值观,怎样回报社会,也明白了"勿以善小而不为"的古训。不管你在什么环境下,有没有社会地位,只要你付出,都能做出不平凡的事。

阿里木曾经说过:"小鸟有了翅膀,就能飞翔,我有一双手,走到哪儿都可以给他人带来快乐与幸福。"

他凭着心中一份执著的慈爱,并以信仰的名义践行着这一份无私的慈爱。

阿里木经常对他说:"把字写在石头上,可以保存到永远;把字写到沙子上,只能保存一时;把钱花在该花的地方,才是物有所值。"

"这些年来,我帮助别人的同时,自己也感到特别幸福。虽然我经济上仍是一个穷人,不过跟大多数人比起来,我有吃有穿有住的地方,已经很满足了,但是在精神上我是个富人,所以我会一直做下去的。"

阿里木的这种向善活动,不自觉地提升了一种追求自身社会价值、追求崇高道德感的意识,于是,这变成了他人生的一种快乐,变成了一种精

神的缩影。

他的慈善之心跨越了地域的界限,跨越了民族的界限,他的慈善之心昭示着爱心是没有界限的,善良是没有界限的。

只要拥有一颗慈善之心,我们就能让贫穷变富裕;只要拥有一颗慈善之心,我们就能让愚昧变文明;只要拥有一颗慈爱之心,我们就能让和谐之花开遍神州大地;只要拥有一颗慈善之心,我们就能穿越天与地、山与水、人与人的阻隔,构建一个和谐美满的人间天堂。

善良的心是太阳,阿里木这颗太阳带给了贫困中的人深深的温暖;善良的心是露水,阿里木这滴露水带给了那些等待着滋润的心灵无限的生机;善良的心是春风,阿里木这股春风让一座城市一个民族的慈善之花更加绚烂。

让我们在善良这颗太阳的光辉普照之下,手捧一颗慈爱之心,坚守一种信念,坚守一种信仰,坚守一个人一座城市的良心,发扬中华民族的慈悲之心,发扬中华民族的和谐之美,让爱的花朵绽开在世界的每一个角落。

潘昌福用美文赞美着阿里木:在爱之花开放的地方,生命便能欣欣向荣;爱之雨水浸润的土地,生命的树木便能生机勃勃。阿里木用一颗赤诚的爱心编织起贫困孩子美丽的梦,阿里木用一颗执著的心撑起最朴实也最沉甸甸的慈善事业,同时也让许多人开始重新思考生活的意义。从新疆到贵州,近乎崇拜般尊重知识文化的阿里木始终坚持着一个朴素的信念:"国家和人民需要你的时候,能站出来的,都是英雄。"

潘昌福说,我要以阿里木为榜样,做一个无名英雄。

一次,在向道德模范人物阿里木学习的报告会上,潘昌福站在讲台上,用一首诗结束了他的报告,他在诗中这样写道:

爱站立的地方可以开满鲜花,

爱走过的地方有花香的味道。

让我们在心底种植一棵慈爱之树,

我们贫困的时候有爱的帮扶,

我们悲痛的时候有爱的慰藉。

在爱的面前,我们是兄弟姐妹、是手足同胞,

让我们手拉手心连心、同呼吸共命运，

因为我们同是一家人，

让我们以爱的名义谱写一曲爱的赞歌，

礼赞这个充满爱与和谐的美好国度。

在毕节学院，阿里木成为全校师生的道德标杆，一些贫困学生渐渐开始拒绝申请"阿里木贫困学生助学金"、"秀山助学金"等。

互相帮助已经蔚然成风，爱的接力棒在学院内外传递。

校医杨秀兰给贫困学生捐了5000元，同时又买了一些羽绒服送给没有棉衣穿的学生。起初，学生们还不知道这些钱是杨秀兰自己从工资里"抠"出来的，后来在学校的再三"明察暗访"下才了解到真相。受到资助的和得到羽绒服的学生们前去感谢杨秀兰，她很平淡地说，只要你们好好学习，这是最好的感谢！

退休副教授杨建昌的子女全在国外定居生活，他本人的退休费在本地也算是高的，由于一生节俭惯了，从不大手大脚地乱花钱，有时菜涨价了，他也要唠叨半天。玉树地震捐款时，他毫不犹豫地捐了几千元。知道哪个学生遇到困难了，慷慨解囊从不含糊。他说，一个卖烤羊肉串的都能扶贫济困，我一个退休教授还没有这点觉悟吗？

学院党委副书记汤宇华发现很多学生有病不看，了解到是他们没钱买药打针，他对学校医务室规定，凡是贫困学生来看病的一律免费，所花费用由学校资助中心统一解决。从此，很多贫困生都能有病得到及时医治。

学校有一个由45人组成的大学生社团，社团又分了若干个分社。譬如有预防艾滋病的、交通安全的、特殊教育的、扶贫助残的等，专门是服务社会的。一次，社团拿了一批娃哈哈饮料去市场推销，一下子赚了5000多元，他们专程到阿里木资助多次的三板桥办事处灵峰小学苗族村寨里将5000多元全部捐了。

这个社团与灵峰小学已经有两年多的联系，大学生给这里的孩子无偿来上课，而且都是在自己下课后坐公共汽车，然后步行上山给学生们上课，上完后再连夜下山的。

学校有一个贫困生，父亲患有癌症，学校为了照顾他，让他业余时间

第十章　助学带动爱心热

打扫卫生,每月给400元工资,每月发工资那天,他父亲拿走300元,只给他留下100元生活费。就是在这种贫困条件下,打扫卫生时,他捡了200元,立即交到了学校资助中心,他这种拾金不昧的高尚精神,感动了学校领导和全体师生。

一个从广西考到毕节的学生,到学校报到时,一路上走山路,坐拖拉机、长途汽车,整整走了十多天。到校时已身无分文,他靠勤工俭学解决基本生活问题,同时还带领了很多同学跟他一块儿勤工俭学。每到周末,他们就到敬老院、孤儿院去照顾老人、辅导小孩,并用勤工俭学挣来的钱帮助老人和孩子。

值得让毕节学院骄傲的是:贵州感动高校十大人物排在第一的是本院学生陈忠、郭勇两人。

贫困生陈忠是一位靠坐轮椅读完4年大学的残疾人,学校为了照顾他,特意将他的父亲安排在学校当临时工,既解决他的学费,又可让他父亲能够照顾他。

陈忠和郭勇入学时,俩人成绩仅一分之差排在全班倒数第一、第二。他们经过4年的发奋努力,互相鼓励成为全班的前三名,两人在校期间,都入了党。陈忠通过了工程师专业技术资格考试,郭勇通过了高级工程师专业技术资格考试,并被留校任教。

在贵州省感动高校的十大人物颁奖晚会上,他们被称之为"双子星座",成为晚会上最为瞩目的人物。

毕节市搞"两创一建"活动——创全省卫生城市、创全省文明城市、建设山水园林宜居城市,需要200个志愿者上街维持交通秩序。

毕节学院的通知一贴出,竟然有2000多人报名,高涨的热情让学校领导无法取舍。

由于毕节学院这方面工作成绩突出,年年都受到团中央、教育部、贵州省团委、贵州省教育厅表彰为青年志愿者社会实践活动先进单位。同时，还获得过国家有关部委表彰的扶残助残先进集体、国防教育先进集体、大学生入伍预征工作先进集体称号。

这3个先进集体称号中，汤宇华最引以为豪的是"扶残助残先进集体"。他说，不仅国家主席胡锦涛、总理温家宝接见了出席授奖单位的代表，而且毕节学院在贵州省高校里是第一个成立特殊教育本科学院的。国际上著名的哈佛大学都没有设立这样的学院，这个学院主要是关注妇女、儿童的身心健康问题。

还有让汤宇华骄傲的是："我们是在中国所有的大学当中最先宣布的零欠费大学，这一年正好是阿里木第一次给我们学校资助5000元的2006年，有哪一所大学敢说这种话？"

"由于阿里木精神的注入，我们每一届毕业的学生，没有一个人摔盆砸碗的，都是和谐、文明、平安离校。可以说，我们的校风越来越好，学风越来越浓，这要感谢阿里木。"汤宇华继续说，"我一直从事德育工作，认识到有一种责任，就是我们国家大学的使命，从整个国家的前途来说，大学生在社会生活中占的比例越来越大。他们的综合素质，这包括心理健康水平、社会生活的建设性，对国家、对社会乃至对人类的责任感，对社会文明、进步、和谐、平等等一系列的价值追求，是高等教育的主要任务。但是这些年在教育中盲目追求增长性，就是看一些指标，看办学规模，看学生就业率，这是个很大的误区。有些大学甚至看学生的造福榜，看学生挣钱多少，并且不择手段地提高各种收费标准，这些实际上都违背了我们中高等教育的初衷。所以我感到高校培养的学生不仅要成器、成才，关键还要成人，要成为我们这个社会的主流群体，就是对我们整个社会的进步、和谐、国家的强大起到中流砥柱的作用。这就是我们高等学校教育面临的一个问题。传统的教育方式，在物欲横流的市场经济中，似乎变成了说教和教条，现实和理想之间在学生心理上似乎有很大的差距，这导致我们的德育工作显得比较苍白、单调，对学生的说服力不够。再加上这些80后、90后的学生，是在信息时代长大的，有他们自己的观念。对他们来说，他们更看重的是现实生活的引导力。我们在做德育工作的时候，就从身边的人、身边的事

191

寻找典型形象,寻找为人处世的标杆。"

"因此,我每学期的第一节德育课一定要讲阿里木的事迹,目的就是要提倡这种精神。"汤宇华继续说,"阿里木的精神追求远远超过了金钱的价值。这种精神,就是情系大众,胸怀天下,勇于担当。阿里木是一个平凡的阿里木,但是阿里木绝对不是一个平庸的阿里木。对整个社会、生活乃至对国家、未来都充满了希望。"

汤宇华充满着激情和富有哲理性地高度概括阿里木的善举行为:"阿里木是幸福的阿里木,因为阿里木认为他人生的价值得到了实现,他以他卑微的身份推动了整个毕节、贵州乃至中国的社会生活,所以他感到很幸福,他的这种幸福不是因为他的获得,而是因为他的付出。"

正在记者撰写这部书的时候,偶尔看到了《新疆广播电视报》4月14日3版转载《解放日报》一篇题为《机场"刺母"案引发的思索》的文章,文中这样写道:

4月1日,顾女士到浦东机场接从日本留学放假返沪的儿子,两人见面不久,顾女士被连刺9刀倒在血泊中,险些丧命。刺伤她的正是她的亲生儿子。

据媒体报道,这位赴日留学生汪某的每年开销为30至40万元,基本由父母承担。对于行凶原因,汪某称,母亲表示不会再给他钱,但母亲矢口否认曾与儿子因寄钱的问题发生争执。

20多岁的成年人,还不断向父母要钱,正常吗?章先生的女儿和汪某同龄,即将赴美攻读硕士,学费不菲,章先生总是安慰女儿"不用担心钱的事"。"家里只有一个孩子,所以在生活上不希望孩子吃苦,总想给孩子提供最好的条件,我想这位留学生母亲同样如此。"章先生说。但章先生也担心,一些孩子将向父母要钱视为"理所当然",这样才会发生"刺母"这种极端事件。

"在物质上无条件地满足孩子是一种溺爱,会害了孩子。"章先生反思道。

虽然家长有责任督促子女早日独立,但要做到不"啃老",恐怕也需要子女们主动。小章说,她曾赴法国交换学习过半年,深深懂得独立的重要——"光是依赖父母,回国怎么找得到工作?找到也很难真正走得长远"。

"现在的孩子,有时候真冷漠、自私,对他好是白好。"听说"刺母"惨案,马女士虽觉震惊,亦有感触。她的儿子上大二了,小时候母子无话不说,现在话越来越少。更让马女士伤心的是,一次她生病在家,儿子不闻不问在外玩得痛快,回家之后一句安慰的话也没有,直接进房间把门一关。

　　对此,"85后"小军认为,孩子的冷漠一方面是对父母权威的一种反抗,另一方面,他也反思道:"因为心里总觉得父母是无条件疼爱我们的,所以伤害他们的时候就没有了顾忌。"

　　复旦大学心理健康教育中心主任刘明波认为,这个案例足以提醒父母:溺爱换不来爱的回报,反而可能是伤害。刘明波说,现在独生子女的早年经历中,没有了与兄弟姐妹相互照顾、忍让的经验,如果教育太过功利,过度关注分数,缺乏情感与人格的养成,"他们怎么会知道如何去爱人呢?"刘明波也认为,不能把责任100%推在父母身上,"孩子在青春期就开始具备自我教育与反思的能力,人的发展并不是宿命的,可以自我寻求资源去纠正自己人性上的缺失。身为成年人,这才是最重要的。"

　　……

　　"85后"小钱,昨晚与妈妈就"刺母"案讨论了一晚上,得出结论:培养孩子的独立人格是避免此类悲剧的关键。

　　对此,教育专家表示,"刺母"悲剧的发生,一个显而易见的原因是"平时孩子需要什么,父母全都及时满足",导致孩子没有在情绪情感上建立一种"延迟满足感",从而缺乏意志力,遇到得不到的东西,不能通过自身努力达到目标,而迁怒于包括父母在内的他人,最终导致悲剧发生。同时,一些家长平时忙于工作赚钱,形成了用物质满足来替代精神满足的教养模式,这对孩子的身心成长十分不利。"刺母"悲剧是极端案例,但"啃老不养老"等问题的出现,十分需要引起注意。

　　因此,父母需要做的是早点放手,孩子能做的就让他做,让孩子生活简单点,不要将单一的成功模式强加于孩子。有的家长很愿意做孩子的一根"拐棍",他们认为,我什么都替孩子干了就是爱孩子,孩子还小,等长大了自然就会了……其实错了!家长当拐棍的根本目的,是帮孩子尽快"丢掉拐

棍",学会独立,而不是永远当孩子的"拐棍"。作为年轻的一代,在成年了之后,也应该意识到,自己没有资格再拄着"拐棍",就算父母愿意,"啃老"也很可耻。独立的人格,是要在生活和打拼中经历风雨才能成熟的。

汪某向母亲刺出的刀,深深刺痛了一向视"百善孝为先"的国人心。有网友建议:要在青少年中重建"孝道"。

对于这一点,上海市教育科学研究院研究员吴增强也表示认同,并表示:"现在有些学校开设的感恩教育课,实际效果也并不大。"虽然"刺母"案是个案,但从中折射出的传统道德教育缺失,在他接触的一些孩子中,确有不同程度的存在。

吴增强认为,思想品德的教育不同于知识技能,更重要的方法在于间接感染,"对于孩子感恩、'孝道'的培养,首先在于教师、家长,在生活中一点一滴地言传身教。"

需要重视的是,"传统'孝道'讲究的是服从,这在追求个性自由、人人平等的现代社会,早已行不通。"如果不问青红皂白,要求孩子完全服从父母,这样的"孝道",反而可能引起孩子的不满与反叛。对此,吴增强说:"这也决定了我们现在不能单单呼吁'孝道'的回归,只有取其精华,古为今用,并尊重每个孩子的个性,这样的教育才能真正入脑,真正入心。"

"刺母"案让人触目惊心,同时也给许多家庭敲响了警钟。在此,转引这个案件的目的恰恰为了证明毕节学院对学生的教育是多么的煞费苦心。在这个以多数为贫困学生构成的学院里,能够以阿里木的"情系大众"为标杆,对学生进行多年的道德教育,并获得成功,不能不说是毕节学院的明智之举!

"位卑未敢忘国忧"。

没有受过高等教育的阿里木未必能够理解这句话的含义,但他懂得通过他的资助对学生会起到一定的教育作用,他的这种行为远远胜过有些为人父为人母的家长。

其实阿里木的善举行为不仅让毕节学院的全体师生感动,也感动了许许多多的毕节人。

2006年12月25日这一天,西方人的节日——圣诞节。毕节腾龙凯悦酒店十多层高的大楼也挂上了庆祝圣诞节的条幅，圣诞树上闪烁着无数个彩灯，圣诞老人身着红色的棉袄、头戴着帽子在宾馆的大厅里迎接着一个个走进宾馆的客人。阿里木、汤宇华应酒店总经理的邀请，也来到了这里。筵席开始前，酒店总经理对全体员工和嘉宾们说："今天我们荣幸地邀请到了卖烤羊肉串的阿里木，让我们以热烈的掌声迎接他的到来。"话音刚落，能容纳100多人的大厅里响起了热烈的掌声，知道他事迹的人们以敬佩的眼光看着他。

接着这位总经理把阿里木几年来资助贫困学生的事迹一一作了介绍，在场的人们都被他的事迹感动了，有人倡议在场的人要向阿里木学习，给贫困学生捐款，倡议得到了全场的响应，当晚共捐款8800元。

阿里木的善举在毕节起到了辐射作用。

阿里木最初捐出去的500元，是通过毕节地区妇联干部徐青敏的帮助下找到赵敏的。

那天的捐款同样深深打动了徐青敏。她没有想到，一个卖烤羊肉串的，居然为了能够把500元捐出去，四处寻找贫困学生。她帮他圆了这个梦。

徐青敏在毕节学院找了一个在校生辅导女儿徐菡的学习，这位学生叫罗响明，家在黔西南的农村，家里非常贫困，他自己一直靠辅导学生维持生活。自从他走进徐青敏家后，他们彼此结下了不解之缘。徐青敏每月给罗响明的辅导费是300元。罗响明辅导徐菡认真负责，让徐青敏很满意，后来徐菡当了兵。按说女儿一走，徐青敏就不用给他辅导费了，但她想到了阿里木用自己微薄的收入资助贫困学生，我为什么就做不到呢？所以为了帮助罗响明能够完成学业，徐青敏继续给罗响明每个月300元。起初罗响明拒绝，徐青敏就对他说，只要你好好学习，阿姨权当是资助你。她把

阿里木的事情讲给罗响明听,罗响明也被感动了,他对徐青敏说:"阿姨,等我大学毕业工作后,我也要像你和阿里木学习,去资助贫困学生。"后来罗响明毕业后到毕节郊区的沙拉溪第二中学当了一名老师,果然没有食言,他做着力所能及的资助贫困学生的工作。

徐青敏资助罗响明直到大学毕业,她又继续做着资助山区贫困学生的事。

她说:"爱心应该是人的一种本性,有多大力量就用多大力量去帮助那些需要帮助的人。"

一家理发店的理发员李秀娟,听说阿里木的事迹后,用微薄的收入资助了两个贫困学生,就这样,还总感到自己的能力太有限了,又把家里闲置的新被褥和几套新衣服捐给了山区的农民。

2009年的春天,全国农民工大返潮,无数的农民工回到家乡后,有些农民工对工作挑三拣四,工资低了不愿干,工资高的活又找不到,一些农民就开始铤而走险干违法的事。

毕节地区外出务工的农民有150多万人,在大返潮中,很多农民工返回了毕节,有个别农民工干起了偷鸡摸狗的事,给毕节地区的社会治安造成了不稳定因素,毕节地区的领导为此大伤脑筋。

就在这个时候,《毕节日报》迅速作出决定:要引导农民工定好位,去靠自己的双手去挣钱。发表了一系列的专题报道,报道的总标题为《梦重新开始的地方》,还写了一个题语"路在脚下,梦在手中"。告诉所有的农民工,一切要靠自己,不要和社会讲条件。其中第一组报道是以阿里木为引子,在2009年的2月5日的报纸上发表了《手上的春天》,稿子是黄莉写的,她这样写道:

农历牛年在满天盛开的璀璨和希望中来临,在2009年去往春天的这趟车上,每一颗心愿都指向幸福、安康、和美。就在这沸腾欢乐的天幕下,一些人一直奔波忙碌,像倔强的蜗牛向着他们卑微的梦想努力,因为,真正的春天,是心里的春天,也是——手上的春天

阿里木的串串情感线

这个春节，在毕节街头卖了6年多羊肉串的新疆人阿里木一如既往地忙碌，生意、社交、公益活动几不误。

大年三十的前一天，他扛着两袋大米去看望了他资助的贫困学生赵丹和周勇家庭，并给孩子们发了压岁钱。

节假日是阿里木的串串最好卖的时候，春节长假他理当不会放过，到了大年三十，他的冰柜里已经存下来2万来支穿好的串串，这些都是阿里木的雇员——周勇的母亲加班加点赶出来的。按5分钱一串的工钱算，这批货让周勇的母亲从阿里木那里挣了1000多元。

阿里木对这个家庭的帮助细水长流地持续了6年，其中包括雇佣周勇的母亲穿串串，这个家庭的每一个人都把他当成了自己的亲人。大年三十这一天，周勇家请阿里木到家里过年，他拒绝了："我是吃清真的，不方便。"从江西和湖北来的两个徒弟回家了，一个人过年的阿里木来不及感叹孤独，因为那晚他被贺岁短信"强力轰炸"得晕头转向，180多条来自全国各地的温暖问候让阿里木很"虚荣"，也很幸福。

大年初一一大早，阿里木就迫不及待地上街摆摊做生意了，"真是卖得相当得好！"阿里木"豪迈"地比划了一个手势。第一天他就卖出2000多串羊肉串，到了初六，存在冰柜里的串串见底了，阿里木电话急招周勇的母亲速来帮忙，周勇的妹妹于是和母亲一同来帮忙，第二天，周勇也赶来帮忙了。

周勇，曾经6次挣扎在死亡线上的肾病少年，如今已长成一个大小伙子，他与妹妹周香不但学习努力上进，而且非常懂事，常常替父母分担劳作。初八，这是毕节认干亲的风俗。从《毕节日报》上看到阿里木与周勇的故事后，一位姓陈的钟表修理工加入了帮助周勇的爱心阵营，曾连续几年给周勇免费送药，与这个勇敢的孩子结下了深厚的感情，缘来如山，陈先生索性就把他认成了干儿子。

春节期间，阿里木收到了一些朋友送来的年货，有鸡有蛋，一位在新疆库尔勒工作的大方籍人还送了他几大包豆腐干，热心肠的阿里木又转

197

送了一些给别人，"吃不了，大家吃！"阿里木说。

挑着麻辣脆到毕节"赶春节"

"我姓鲁，鲁迅的鲁。"黔西县太平乡的鲁老汉腊月二十就到了毕节城，随他来的还有几百斤黔西特色小吃麻辣脆、水盐菜和大头菜干丝，鲁老汉到毕节"赶春节"来了。

半个多月来，他挑着担子在毕节城走街串巷叫卖麻辣脆，生意如预想中地好，一天收入100多元。他的麻辣脆，经过一定的改良，把传统的大片改成了小长条，吃起来方便多了，味道还是那个味道，但不会出现嘴角糊满辣椒的尴尬吃相。大头菜干丝比较费时费力又"不榨秤"，鲁老汉就事先声明："这个比较贵，20元一斤，但和腊肉蒸就涨得很。"

鲁老汉有亲戚在毕节，此次过来，用毕节话说就是：一打春二拜年，两件事一起做了。他算了一下，他带来的货不到大年十五就可以卖完了，此次"赶春节"，收入有4000多元，回家后，春耕季节接着就来了。

关不了门的羊肉粉店

毕节城有家羊肉粉店，店主是水城人。小店开了七八年，生意一直不错。

春节之前，"就好这一口羊肉粉"的老顾客就不断地询问粉店春节是否开张，勤快的老板一家原本就没打算歇业过年，但还是采取了上午营业中午关门的折中办法。

谁知，大年初一从清早一直到深夜，吃羊肉粉的人竟然比往日还多。"关不了门啊，好多还是专门过来吃的。"老板说，羊肠羊肝等早上就卖完了，两三百斤米粉就只够撑一天。

粉店服务员的铃声时不时地鸣唱起来，是Beyond的《真的爱你》，声音很大，每次总有顾客不自觉抬头看他，确实是提神的音乐。

再累也要说声"新春快乐"

老吉是个钟点工，她有5个孩子，其中2个在打工，3个在读书，有一个孩子患了脑萎缩。这个家所有的负担和开支，都从她那双整日整年泡在清洁剂和洗衣粉里的手中产生。

老吉做清洁钟点工已经快10年了，固定的雇主有10多家，她的小灵通号一直被雇主们存在手机里，有一个雇主存的名字是"卫生老吉"。这个春节她仍然像往常一样，直到大年三十晚上才拖着疲软的身子从雇主家步行 50 分钟回到郊外的家。家里，还有一顿年夜饭等着她去做，这天，她为两家人做清洁，早上 6 点就开工了。

进入 2 月，老吉的清洁日程就排到了大年三十。春节前后，是她最忙的时候，有时候甚至一天做三家人的清洁，创造过凌晨两点回家的纪录。这个时节也是她收入颇丰的季节，一月下来，有三四千元。雇主们常常付给她比往常更多工钱，有的还送一些东西给她和她的孩子。

大年初二，老吉又出工了，她陆续接到了雇主的预约电话，日程安排到了大年十五。有的与她就过节多聊了几句，问她在外地打工的孩子回家过年没有，休息好没有；有的雇主在电话里向她说"新春快乐！"，每逢这个时候，老吉的声音就顿了一顿，尔后略微生涩地回复"新春快乐"，然后不好意思笑了。

是啊，再累也要说一声"新春快乐"，给他们，给我们，给所有通过勤劳的双手倔强地靠近春天的人们……

这篇文章一见报，很多农民工纷纷涌向阿里木的烤羊肉摊，他们要看看这个在异乡闯荡出一片天地，而且还在帮助别人的人。他们和他交谈打工的体会，有的还和他合影留念。阿里木对这些农民工说，一定不要给政府找麻烦，要靠自己的双手去创造生活。许多农民工听了他的话后，不嫌活累工资低的工作，先后都找到了不同的工作，阿里木精神对社会的稳定起到了一定的作用。

阳春三月，漫天百里的杜鹃，在蓝天白云下尽情怒放，它们竞相争艳，在百里内连成一片花海。花里花廊、漫步云台、醉九牛、数花峰、画眉岭、对嘴岩、百里杜鹃湖、百里杜鹃大草原、米底河、千年花王、御赐银杏、众多景点五彩纷呈，千姿百态。

山峰是百里杜鹃大草原的一道亮丽风景。整个草原上散落着几十座大小不一的独具魅力的山峰：双乳峰坚挺而丰满；阿鲁峰则充满神秘色彩，传说是彝族圣祖支嘎阿鲁所化；双龟神峰形似两只相思的巨龟，伸颈相望而不能团聚；八卦峰由 8 座相邻散布的孤峰形成，形象逼真……

高远的天空，清澈见底的湖水，还有夕阳下的余晖，构成了高原下最美丽壮观的风景。

每年的3月，毕节地区都要在这被称之为"地球彩带，世界花园"的草原上，举行贵州国际百里杜鹃花节。

这也正是阿里木大显身手的时候。

2009年的杜鹃花节，他带着潘昌福来到这里卖烤羊肉串，生意着实火爆！

草原的天空宽广、湛蓝，草原的风温柔、清爽，那一眼望不到头的绿色草原一直铺向天边。

这里的山水养育了多姿多彩的少数民族风情，彝族的"搓子舞"，苗族的"滚山珠"，舞姿矫健，风格古朴，令人称绝。

杜鹃花节期间，大草原更加热闹非凡，只见彝族姑娘和小伙子们手牵着手，跳着热情奔放的舞蹈，一边狂欢一边喝着咂酒。

睿智的阿里木，在烤肉架上打出了"阿里木——百里杜鹃羊肉串直通车"与草原上的热闹景象构成了一道别样的风景。

来赏花的无数游人都要来阿里木的烤肉摊品尝羊肉串，阿里木喜悦的心情溢于言表，他忙得不亦乐乎，忙得满头大汗，心里却是甜丝丝的。

太阳西沉，草原被照耀得金碧辉煌，《神鼓》《敬酒舞》，祭花神、火把节、苗族高架芦笙舞、跳花坡等，让你感到这里民族文化的丰富与灿烂。酒和舞、唱和跳，永远是大草原上的主旋律。

"万颗明珠一瓮放，君主至此也低头；五龙抱住擎天柱，吸得吴江水倒流。"传说这是太平天国翼王石达开曾为躲避清军的追剿，在这大草原上屯兵休整，与彝族同胞共饮咂酒时，即兴写下的一首著名诗句。

今天，在石达开与彝族同胞曾经共舞饮酒的地方，阿里木却在这里施展着他的烤羊肉串技术。羊肉串香飘百里，当年的石达开是无论如何也想不到的。

若是当年石达开能够吃上焦黄鲜嫩的羊肉串，恐怕他能把酒喝得更加雄壮豪迈！

无疑，这里的每一朵小花会向你诉说逝去的岁月，每一株小草会向你吐露心曲，每一座山峰也都会向你展示历史的故事。

在大草原这个令人神往的地方，阿里木将起早贪黑一个月、省吃俭用赚来的 20000 多元全部捐给了贫困学生。

毕节——这块红色的土地上，有多少次击鼓鸣锣般的喧声震天，曾经感动过古老的中国大地。

然而，一段辉煌悲壮的历史曾经一度被湮没。毕节本土作家罗建明、李东升创作的长篇小说《磅礴乌蒙》再现了一段历史，而为《磅礴乌蒙》作序的戴明贤这样写道：

说起红军长征，人们往往只知道 1935 年中央红军从瑞金到陕北，途中开遵义会议，打"四渡赤水"战役，爬雪山过草地，与陕北红军会师吴起镇这些著名的历史事件，而不太清楚同时进行长征的还有鄂豫皖的红四方面军，以及次年秋湘西的第二方面军也开始长征。1936 年 10 月，中央红军与二、四方面军在甘肃会宁会师，从而彻底粉碎了国民党数十万军队的围追堵截，胜利结束了两万五千里长征，这才是这一伟大历史进程的全貌。

《磅礴乌蒙》是反映红二方面军长征的力作，就反映红二方面军创建以黔西北为中心的川滇黔省根据地而言，则是绝无仅有的。

贺龙、任弼时、萧克、王震领导的红二、六军团由湖南入黔西北，他们来到位踞川滇黔三省要冲的毕节山城，认为是创建革命根据地的理想选址。乃在此宣布成立中华苏维埃人民共和国川滇黔省革命委员会，在今毕节地区的 7 个县中组建基层政权 95 个，组建 3000 余人的贵州抗日救国军，动员各族青年 5000 多人参加了红军。各界群众为红军贡献了军装 2 万余套，大米 10 万斤。到红军撤离毕节时，贵州抗日救国军第二支队集体改编为六军团十六师五十二军团，北上长征。红军走后，在长征途中党中央唯一批准组建的省级党组织贵州省工委领导下，开展对蒋介石的武装斗争，历尽艰险，屡建奇功，坚持到国共合作全面抗战时期，以八百壮士编为独立团，加入新编九十九师，奔赴苏浙战场。后来"皖南事件"爆发，这支人民军队的领导人阮俊臣、赵文海也牺牲在蒋介石的屠刀之下……

红二、六军团的长征，知者已经较少，贵州抗日救国军这一支毕节地方人民武装艰苦卓绝的战斗历史，知道的人就更寥寥无几了。现在，长篇

小说《磅礴乌蒙》正面再现这段历史，可谓"填补空白"的重大尝试。

……

为此有人这样描写：这里载着无数次征杀，每一次征杀便有无数个英雄的故事，每一个故事便是一首血写的壮歌。

在长征时期的乌蒙山战斗中，林青、钱壮飞、夏曦……便是战场上的英雄们。每一次与数倍于自己的反动派充满野性的拼杀，便是他们生命的画笔，无数次涂抹绘成了不朽的生命。林青等一批革命先辈们用他们的青春和生命，书写了一部黔西北红色史。

当英雄们在战场上仰天长啸，当阵前的反动派兵卒在摇旗呐喊，当混乱的搏杀声响彻乌蒙山间，他们便忘记了一切，甚至忘记了生命的存在。那是意义和信念一同灌注了手中的小米加步枪，仇恨、肉体与血交织在一起。霎时间，血贯瞳仁，即使两腮已破，手足已断，仍高呼"共产党万岁"！正是这样，无数个林青在黔西北的土地上流尽了鲜血。躯体倒下了，而生命却仍然存在。他们的生命是永恒的，他们是火把，是我们心中永远不灭的火把；是太阳，是一轮永恒不灭的太阳。

青山几度黄绿，大雁几度南归。长征战斗遗址依然存在，江涛依旧。车逝的流水仍在奔腾，汹涌澎湃，激荡着黔西北红色历史的船。那些悲壮的故事，那些血写的壮歌，那些充满着野性的拼杀和顽强的抵抗，都在生命中沉淀。往事在往事中飘逝，历史在历史中消失。

站在遗址面前，抬头仰望天空，天边一丝流云，被夕阳映着，红红的，显出异样的风采，我知道，那是黔西北英雄们血的河！

今天，依然在这片有先烈们流过血、献出生命的红色土地上，又一次掀起撼天动地的壮举！

这就是阿里木，他感动了红色高原土地上的人民。

因为阿里木在慈善事业上的坚持和执著，他在弱势的生活里奉献的那些点点微光，在 8 年之后，汇聚成了耀眼的光芒，迸发出了洞穿人心的震撼力量。因为他不是来自坐拥亿万资产的富豪，而是来自一个曾经居无定所的，至今还穿着垃圾箱里捡来的皮鞋，每天起早贪黑卖烤肉的个体小贩。

第十一章 好人最终有好报

2010 年 12 月 13 日，新华社在全国范围内发起"中国网事·感动 2010"年度网络人物评选活动拉开序幕。

很快，新疆籍维吾尔族青年——在贵州省毕节市的阿里木的先进事迹连同照片被上传到了网上，一个靠卖烤羊肉串为生的"小人物"竟然登上了大雅之堂。

其实在这之前，他在贵州已是小有名气：

2008 年 8 月，阿里木获选"联通杯"2007 年贵州都市十大年度人物；2010 年 9 月，荣获"第二届贵州省道德模范"，贵州卫视、搜狐、新浪等媒体同步直播了这场隆重的表彰颁奖典礼，选票位列第二名的阿里木与其他获选的道德模范接受表彰，并受到贵州省委、省政府主要领导的亲切接见。

网上在不停地跳跃着数字，阿里木的选票一直在飙升。《毕节日报》社专门在网站上给他做了专页拉票，在新疆维吾尔自治区书记张春贤还没有给他"顶票"的时

候,他们已经给他拉票一个星期了。前两次评贵州省道德模范人物时,《毕节日报》社还把一期社会周刊的第一版撤了,专门给他上版面拉票。

在毕节学院,专门设置了投票提示,学生们动员亲戚朋友,发动所有能发动的力量为阿里木投票;在毕节党政机关,相关部门也组织了为阿里木投票的活动;甚至有学校组织学生到闹市区发放宣传单,向路人介绍阿里木为贵州、为毕节作出的贡献,希望大家能为他投上一票。

毕节学院相关领导介绍说,前些年,阿里木被评选为"贵州十大年度人物"时,毕节当地也是这样一呼百应,自发地为他投票。大家没有多余的想法,就是觉得阿里木太朴实了、太感人了,社会应该弘扬这样的人物,弘扬这样的正气。

贵州、遵义、六盘水、凯里、都匀、大方、赫章……

红色土地上的人们都在为阿里木投上神圣的一票。

2010 年 12 月 28 日, 新疆维吾尔自治区党委书记张春贤在自治区党委人大工作会议上说:"下面我要为一个人拉个票,在贵州有个卖烤羊肉串的新疆人叫阿里木。阿里木去了那里之后,有一个好心人借给他 100

元，他就靠这 100 元干了 8 年。用 8 年时间卖了羊肉串 30 万串，赚了 10 万多元，全部回报社会，我为之动容！他是新疆各族人民的一员，是新疆人民的好巴郎！我顶阿里木兄弟一票。"

"这里面说明好几个问题，一个说明我们各民族人民很勤奋、敢拼搏，另外懂得感恩，很有爱心。我们要在全国树立新疆的美好形象，共同维护我们的美好家园，共同关心我们的各族兄弟。"

接着他又说："新年在即，谨向在内地经商、求学、打工等各族新疆儿女送去新年的祝福和问候。向所有给予新疆儿女厚爱、关心、帮助的全国人民致以深深的谢意。"

有人说，张春贤书记的一番话，不仅表达了对阿里木的无限崇敬，更显示了一个普通的新疆人在自治区党委书记心目中的位置，如春风，似春雨，在人们的心中激起阵阵涟漪，让人感慨万千。

在会上，张春贤书记倡议：与会人员发动大家给阿里木投一票，这是代表我们新疆人的一票。

当天，天山网一位记者连线阿里木，告诉了他这一消息。

"感谢张书记对我的支持，感谢新疆广大同胞支持我，这个荣誉是我们新疆各族人民的。"

张春贤书记的这一票，可谓是在火上又添了一把柴，让阿里木的排名迅速飙升。

第二天，其排名升至第五名。

由此，阿里木的事迹传遍了天山南北。

在乌鲁木齐市家住喀什东路五建家属院区的贺祖娴老人说，她让 12 岁的孙子在电脑上帮着投票了，"张书记喊阿里木是'兄弟'，这个称呼让人心里真温暖。"

的哥苏荣华在跑车中从收音机里听到了这件事，他在北京路放下一个客人，跑到一家网吧央求老板帮忙投一票，并表示给付费，网吧里的老板一听是给阿里木投票，不但没有收费，还热情地帮忙操作投了一票。

退休工人项新民受聘北京路一家大型超市做电路维修工，从《乌鲁木齐晚报》上看到消息后，立即跑到经理办公室，投了阿里木一票。

华凌市场工作人员史建新,一早从《都市消费晨报》上看到这条报道后,找到市场内专售电脑生意的老板,帮忙投下庄严的一票。

兵团劳动力鉴定中心主任程刚,不但自己投了一票,要求他手下的干部们都投了一票,并且说:"这是一种源自心中的感动,源于身为新疆一分子的骄傲。"

兵团组织部职称处处长殷新彩在处里的大会上给大家讲了阿里木的故事,她动情地说:"阿里木是我们新疆的儿子娃娃,他的善举像冬日里的阳光,温暖了贫困学生的心,我们一定要像阿里木一样,把关心人的工作融入每一位干部职工的心里。"

新疆第一工人疗养院干部方晓静得知消息后,不但自己投了一票,并动员家人亲戚朋友都投票,她说:"新疆人在内地的形象不算太好,一次我出差,一个内地人在我面前列举了一些负面实例,尽管我一一驳斥,但心里总是不舒服,阿里木让我们新疆人有了脸面。"

在库车县热斯坦古力巴格社区,片区民警吾布尔坎吉来到这里上班后,第一件事,就是为他心中的偶像阿里木大哥投票。

阿勒泰市公安消防中队由于可以上网的电脑很少,官兵们12月31日便一同约定,来到离部队不远的一家网吧给阿里木投票。

29日中午,在乌鲁木齐南湖工作的阿依贾玛丽在公交车站的阅报栏里看到了《张春贤:我顶阿里木兄弟一票》这篇新闻稿后,立即打开电脑,上网给他投了一票。那两天,阿依贾玛丽逢人就说阿里木的故事,为阿里木拉票。

和阿依贾玛丽一样,克拉玛依市第三小学的老师迪娜热在网上看到这则新闻后,也成了阿里木的"粉丝"。她利用课间休息时间把阿里木的故事讲给了班里的学生:"我们一直在给学生们讲民族团结,通过阿里木的故事让孩子们学会无私奉献,学会关爱他人。"

在阿里木的故事传遍神州大地的同时,他的家乡和静县沸腾了。12月29日,县委通过短信平台,向全县各族人民发出了号召,为阿里木投票。同一天,县委发出了学习阿里木的活动通知,号召全县人民向阿里木学习。

县委宣传部通过电视台、网站、报纸等媒体大力宣传阿里木的先进事迹,并开设专栏、有奖征文活动。

"阿里木是我们全县的骄傲。"县委书记汪江华说,"阿里木除了为我们树立一个助人为乐、无私奉献的榜样外,他下岗后不等不靠,对家乡的青年人来说,也起到了一个自力更生、自谋职业的表率作用。"

"对社会作出贡献的人不能吃亏。"汪江华说。他带领县上四套班子领导专门慰问了阿里木的母亲托乎提汗·纳斯尔,并送上27100元慰问金。同时,解决了托乎提汗·纳斯尔的廉租房、低保问题、医疗问题和养老统筹问题。还解决了阿里木侄女帕孜丽亚的工作问题。

2011年2月13日上午,记者来到和静县城天富花园2号楼2单元101室,尽管室外寒风阵阵、滴水成冰,但屋内却暖意融融,50平方米的屋子收拾得窗明几净,阿里木69岁的母亲住在明亮的廉租房内,心情显得格外愉快。

"如今,我不仅住着廉租房,每月还有240元最低生活保障金,县里花了27100元给我买了养老保险金。"托乎提汗·纳斯尔满脸写着幸福微笑,并让孙女帕孜丽亚不停地给我们续着奶茶。

"阿里木在贵州毕节刚开始给别人钱的时候,我反对过他,我们全家人都反对过他,只有小女儿帕提古丽·哈力克和小女婿司马义·买买提支持他。我觉得他一个人在外面应该好好照顾自己、照顾好家人就行了。"托乎提汗·纳斯尔为自己当初的劝阻感到愧疚。

老人回忆说,一次,她去毕节市,看到儿子租住的房子里就一张床,窗户上没有玻璃,用一张塑料布糊着,就问他:"天天卖烤肉串,你挣的钱哪里去了?房子没有,屋里什么家具都没有,这怎么叫过日子呢?"

住了一段时间后,托乎提汗·纳斯尔悄悄发现了儿子有了钱就给了别人,她忍不住地指责道:"为什么挣了钱去给别人?"看到他脸被晒得黑黑的,她的心里难受,不理解。托乎提汗·纳斯尔继续说,儿子说那些贫困学生更需要钱,他们很苦,很想上学,就像当年他自己一样。

"当时我怎么也说不过他,现在觉得很惭愧。"

"孩子做了好事,我真的很高兴。"托乎提汗·纳斯尔激动地说,"阿里

木用实际行动让我和很多人明白了人应该不能光为自己活着的道理。”

“作为母亲，我应该作出榜样去帮助困难的人，教我的孩子们怜惜需要帮助的人，也要教育我别的孩子们向自己的亲兄弟学习，做个有爱心的人。”

在和静县委和政府的关怀下，托乎提汗·纳斯尔已过上无忧无虑的日子，她说：“作为阿里木的母亲，我要支持他的慈善事业，让他尽力报答社会。”

老人不但为阿里木投上了一票，并动员全家人给儿子都投了一票。“阿里木做了这么多好事，我们没有理由不支持。”托乎提汗·纳斯尔说。

12 月 30 日 22 时，阿里木的得票数上升到第三名。

在 2010 年的岁末，逶迤的天山在舞蹈，塔里木河在轻轻吟唱……

在乌鲁木齐、在巴音郭楞蒙古自治州、在克孜勒苏柯尔克孜自治州、在伊犁哈萨克自治州、在石河子、在和田、在吐鲁番……大家都在谈论一个人，他就是阿里木，并纷纷通过互联网、微博、手机等多种渠道，关注、投票、留言，表达感动，形成一股“顶起心中草根英雄”的热潮。

在张春贤书记 12 月 28 日力挺阿里木之后的短短时间内，新疆人民广播电台、新疆电视台、《新疆日报》、《新疆经济报》、天山网、亚心网、《乌鲁木齐晚报》、《都市消费晨报》及新华社新疆分社、中央人民广播电台驻疆记者站、《人民日报》驻疆记者站等众多媒体纷纷投入这一道德典型人物的报道前期准备工作，有许多媒体从网上搜索材料或通过电话连线做报道。最早的恐怕要数新疆人民广播电台记者徐杰和张辉这对年轻夫妇做的《新疆“烤肉男”阿里木的爱心之旅》的录音专稿了。“中国网事·感动 2010”年度网络人物评选活动启动后没两天，这对夫妇从网上无意间看到了这个消息，敏锐的新闻感使他们捕捉到这是一条好新闻，就立即着手做了这篇专稿。

不到现场报道不出好新闻，不与阿里木面对面接触，采访不到第一手素材，这是新疆人民广播电台领导一贯倡导的新闻工作作风和要求深入一线的新闻职业道德。为此，新疆人民广播电台党委迅速作出决定，派记

者去贵州毕节采访。党委书记史林杰、台长徐樟梅调兵遣将，说花多大代价也要去毕节采访阿里木。

两位领导最初都是从新闻记者干起的，虽然多年前都已成为领导，对新闻事业的孜孜追求和新闻的敏锐性，使他们的新闻策划非常有见地。新疆人民广播电台在派出 961 新闻广播精明能干的贺飞、哈米提之后，马上召集会议，集思广益形成几套报道方案：一是用维吾尔、汉两种语言各写一个广播剧。二是撰写一部长篇纪实报告文学书。三是从 2011 年 1 月 23 日起，每天在新广早新闻播出一篇《阿里木精神大家谈》征文。四是组织一批画家当场作画拍卖，所得款项给阿里木在毕节买房子。

这一系列的策划方案让许多媒体同行折服，经常有人对我们说："这种全方位的报道确实是智慧型的领导才能够作出的决策。"

报道方案一经形成，新疆人民广播电台即给新疆广播电影电视局党组汇报，党组书记安思国——这位记者出身的领导，有着同样的想法，并指示新疆电视台也要有报道方案。两台报道阿里木的方案不但形成，而且立即付诸实施。

贺飞、哈米提是 2010 年 12 月 28 日 19 点快下班的时间才接到这一重要的采访任务。

任务来得太突然。作为记者，会常常接到突然的任务，但这次有所不同的是，一是由自治区党委书记"顶一票"的人，任务艰巨。二是路途遥远，对那个地方又陌生，这无疑就给采访工作增加了难度。

订机票，从网上搜索有关资料，收拾行囊……

第二天，也就是 2010 年 12 月 29 日中午，他们从乌鲁木齐国际机场起飞，经过 5 个多小时的飞行，到达贵阳已经是当地时间吃过晚饭的时候了，又连夜乘汽车赶赴毕节。从贵阳到毕节 230 多公里的路，相对于新疆来说 230 多公里真不算远，可在贵州就不一样了。高原上山路多、弯道多、

桥洞多,又赶上继 2008 年之后的又一次凝冻冰面路,漆黑的夜里汽车行驶起来就更困难了。

曾经有一位民进中央的干部形象地比喻过去毕节的路:"蛇形的路,摇篮的车,英勇的司机,不要命的干部。"

经过长途奔波,贺飞、哈米提终于在 30 日凌晨 3 点左右到达毕节,见到了令新疆人和贵州人都备感自豪的维吾尔族兄弟阿里木。

一夜未睡的阿里木在蒙蒙细雨中站在宾馆门口,一直等着贺飞和哈米提的到来。

"我一眼就认出他了。他头戴绿色维吾尔族小花帽,身穿黑色呢子大衣,还有那个让人印象深刻的胡子。"哈米提后来说。

当他们把一条羊腿、一箱馕及两根马肠子送给阿里木时,他的眼角湿润了。看着家乡的物品,他连声道谢!

当他得知两根上好的马肠子是贺飞临出发前两天,一位昌吉朋友送给她的,她自己都没有舍得吃专门给他带来了,他深深地感受到了来自家乡人对他的深情厚谊。

贺飞和哈米提放下行李跟随阿里木来到他居住的房子,"他的房子真的是很简陋,可以说是家徒四壁,只有一张木床,一张桌子,一个灶,一口锅,一个沙发,沙发的海绵已经破皮而出。"哈米提回忆道。

阿里木房子里有电脑,这让哈米提深感意外:"他汉语不错,在网上看新闻,还上 QQ。"

原来,在没有电脑之前,阿里木收了羊肉摊后,每天回到房间要么就一直坐着,要么就琢磨着怎么多赚些钱给贫困学生。后来一位远在乌鲁木齐的朋友建议他买台电脑,申请一个 QQ 号,晚上寂寞的时候可以和大家聊聊天。自从有了这台电脑,让他知道了许多天下大事,包括哪个地方受灾了,哪个地方武装冲突了,尤其从这里了解到贵州山区的一些贫困学生情况。他有时在网上和黄莉聊着聊着会突然终止聊天,然后告诉黄莉哪个地方需要去帮助了。用黄莉的话说,这台电脑让他去资助贫困学生和受灾地区又多了一条渠道。

阿里木告诉哈米提:"我需要关注我身边发生的事情,不能因为自己的文化水平低就放弃学习。"

　　贺飞和哈米提不顾旅途的劳累，马上投入采访，连夜写出了《感谢张书记，荣誉属于新疆各族人民》的录音特写。

　　因为电台的值班编辑一直在等他们的稿子，在 2010 年的岁末，播出了这篇录音特写。贺飞和哈米提是第一个到达毕节的新疆媒体记者，也是新疆第一个从现场发回报道的记者。

　　几天之后，他们又发回七八千字的录音专题《新疆好巴郎阿里木》。

　　就在贺飞和哈米提到达毕节的第二天，传来了阿里木的票数一路扶摇直上的消息。所有关心阿里木的人都在关注最后的时刻，许许多多的人守在电脑前，紧紧盯着屏幕。

　　在新年钟声敲响的时刻，"中国网事·感动 2010"年度网络人物评选结果揭晓：阿里木以绝对优势票数位列第一名荣冠。

　　贺飞和哈米提看到了《毕节日报》的报道：

"中国网事·感动 2010"年度网络人物评选，
阿里木以 24 万多张选票排名全国第一

　　本报讯 2010 年 12 月 31 日，本报在一版报眼处刊登于《新疆维吾尔自治区党委书记张春贤力挺阿里木——毕节媒体和网民踊跃为阿里木投票》的消息，当日 24 时，是 2010 年最后一天的最后一刻，阿里木没有任何悬念地以绝对优势得到了广大网民的认可，排在第一位。在整个活动投票期间，阿里木共获得了 245050 张选票，高出第二名 148169 票的所得票数的 21.31%。

　　"为阿里木投票！"近段时间已经成为毕节和新疆网民的共同意愿。2010 年 12 月 18 日，毕节论坛中出现了《大家一起来为阿里木投票吧》的帖子，吸引了广大毕节网民跟帖并给他投票。在里面，一位名叫 small spring 的网友用简洁明了的话语形容了阿里木："这哥们够爷们。"2010 年 12 月 28 日，新疆维吾尔自治区党委书记张春贤网上为阿里木投票，毕节媒体和网民更是踊跃为阿里木拉票，很快形成了效应，每一位被阿里木

感动的人都支持阿里木。中央电视台、新华网、新浪网、《中国日报》、《中国民族报》、《新疆日报》、新疆电视台、贵州电视台等几十家媒体对阿里木9年来在毕节的善举做了大量报道，其中许多媒体还专门设立专题进行宣传，使得阿里木的票数开始节节攀升，仅31日这天就比30日增加了近10倍。阿里木顺利地获得了"中国网事·感动2010"年度网络人物评选第一名。

新疆沸腾了，贵州沸腾了，全国沸腾了。

许多人奔走相告，许多人欣喜若狂，仿佛是自己成了"中国网事·感动2010"年度网络人物的第一名。

不！他们是为阿里木能够排在第一名而骄傲和自豪，他们为阿里木能够排在第一名而欢欣鼓舞。

这项桂冠，他受之无愧！

与此同时，"蝴蝶效应"辐射面在不断扩大、扩大……

何谓"蝴蝶效应"？美国气象学家洛伦芝说，一只亚马逊河流域的蝴蝶扇动翅膀，可能会掀起密西西比河的一场风暴。他将这种现象称为"蝴蝶效应"，意即一个非常微小的事情，可能经过时间的演化，会产生轰动效应，引起结果的极大差异，带来实难预料的改变。

30多万串烤肉，串起的是一条爱心之路，放射出的精神光芒是无法估量的。在社会价值日益多元化的今天，人们的精神世界更需要一种光辉的力量来指引、来参照。因此，8年捐资助学的阿里木，在毕节、在贵州、在新疆乃至在全国产生轰动，已是必然；能感动中国，也是在意料之中。因为千百年来生生不息追求真善美的执著表达，是弘扬社会主义核心价值观的生动实践。

阿里木所有的慈善举动，最终只化为一种精神指向，那就是：人间的爱心潮可以奔行传递得更远更广，我们所有的人，都可以在力所能及的范围内关照他人，幸福自我。

《新疆经济报》记者于兮说：爱心之蝶，翩翩起舞，就会有一树一树的花开。那是爱，那是暖，那是希望！

记者知道，阿里木在"中国网事·感动 2010"年度网络人物评选中排名第一引发的"蝴蝶效应"，已向外辐射扩散，它能走得很远很远。

　　中广网乌鲁木齐 1 月 1 日消息　新华社主办的"中国网事·感动 2010"年度网络人物评选活动于 2010 年 12 月 31 日揭晓，阿里木以最高得票夺冠，这一消息让大江南北关注阿里木、喜爱阿里木的人都为之振奋。在 2010 年的最后一天，阿里木成为人们热议的人物。

　　新疆北大仓农业科技开发有限公司董事长宋林对这一结果感到欣喜。"阿里木让我又是敬佩又是惭愧。"他说。宋林是黑龙江人，来新疆从事农业科技开发已经 20 年了，这些年来，他本人和企业也做了不少帮助困难群体的事。"但和阿里木所作所为相比很渺小，阿里木的每一分钱都是通过卖烤肉辛辛苦苦挣来的，他的每一次付出都是对自己信念的坚持，值得所有人崇敬。"阿里木是在贵州的新疆人，宋林是在新疆的黑龙江人，他和阿里木有着同样的感受——就是同时拥有与自己血脉相连的家乡和第二故乡，对第二故乡不仅有认同感，还有强烈的融入感。他对记者说，社会在大发展，人们已经告别了过去那种地域观念，大江南北都是祖国的大好河山。

　　上海青狮工贸有限公司总经理林青认为，阿里木为在内地发展的新疆人树立了一个非常棒的榜样，他没有做轰轰烈烈的大事业，但那些点点滴滴透露出的是普通百姓的人生境界，令人发自内心地感动和骄傲。林青是从克拉玛依市到内地发展事业的，已经在上海生活奋斗了 15 年，一直在经营新疆土特产，她精选的新疆地产果品很受当地人欢迎。"不少内地人对新疆了解甚少，所以我们在内地的新疆人都喜欢向大家介绍新疆，阿里木的故事就是宣传新疆最好的素材。"林青说，她也一直想通过一定的形式向社会表达关爱，她对上海的交通很熟悉，想开通一个免费咨询电话，为来上海办事、求医的新疆父老乡亲提供咨询。阿里木的故事触动了她，她表示要尽快实现这一心愿。

　　"他的故事深深打动了我，我相信也同样深深打动了其他人。"新疆维吾尔自治区人大代表、中国联通新疆分公司运行维护部副经理崔春宇说。阿里木一直记得困难时别人对他的帮助，他自己生活很简朴，却在尽力帮

助那些更需要帮助的人,这种"人人为我、我为人人"的精神是中华民族大家庭的优良传统,阿里木继承发扬了它。

作为一位满族人大代表,崔春宇说:"阿里木已经融入贵州,他有很多汉族和其他少数民族的兄弟姐妹。在新疆的满族人口虽然并不多,但我们在这个多民族的大家庭中其乐融融,和其他各民族兄弟姐妹不分彼此。"

阿勒泰市委常委、副市长江华是一名援疆干部,几天来他一直和周围的人热议阿里木的故事。2008年来到新疆之后,他就把自己当成了地道的新疆人。他自豪地说:"阿里木是我们新疆的骄傲,我已经投了他一票。"他说,阿里木知恩图报,回馈社会,关注教育,关注下一代,让人十分感佩。"教育是中华民族振兴的基石,为这个更要力挺阿里木。"江华也和其他援疆干部一起资助着当地的少数民族贫困生。

青岛六十六中〇九级新疆三班苏巴提·玉素甫已经读完预科,开始高一的课程。他很喜欢自己的内高班生活——老师和同学对他都很好,既学到了知识,又开阔了眼界。31日下午,他通过QQ和记者交流时说:"阿里木叔叔自己不富裕,却把卖烤羊肉赚来的钱用来扶贫,做慈善,让人从内心感到社会的和谐。阿里木叔叔是了不起的新疆人,我为他自豪!"

新年伊始36岁的古丽努尔许下了一个心愿:"这一年,我要资助10个贫困但成绩要优异的孩子上学,以后每年会再增加3个资助名额。我要像阿里木一样,用行动把温暖带给更多的人。"

古丽努尔是乌鲁木齐市八户梁社区的居民,经营着一家化妆品公司。1月2日,她主动找到社区,希望社区帮助她实现这个心愿。

"比起有钱人来说,我不算有钱,可我能吃饱穿暖,多余的钱就想帮助有困难的人。最近我看了有关阿里木的报道,想向他学习。"古丽努尔说。

古丽努尔说,她16岁就开始自己养活自己,摆过地摊,做过餐厅服务员,开过电脑培训班,创业初期吃了很多苦,得到了邻居、朋友的倾情相助。她也能体会一些贫困孩子的心理:"有些孩子会因家庭条件不好而自卑,有些就会抱怨社会和父母,我想如果给他们一点温暖,他们就会得到鼓励,长大后也会帮助别人,温暖会再次传递。"

考虑到自己不好寻找贫困学生,她委托社区寻找。八户梁社区书记齐树忠说，古丽努尔在 2010 年的肉孜节就给 15 位低保户送去了米、面、油等。"这次她又要资助 10 名贫困生。新年听到如此温暖的心愿，很给力。"齐树忠说，社区已经找到了 4 名贫困生，其中 3 名维吾尔族，1 名回族。

"我将每年资助 10 个孩子每人 2000 元，一个季度 500 元，他们必须在家长带领下取钱。如果连续两个学期成绩不及格，我会考虑另换人资助。"古丽努尔说。

古丽努尔公司的员工帕提古丽说，老板生活很节俭，"她的房子才 60 多平方米，吃饭也不讲究。可她身边的人遇到困难，她总是出手相助，上个月还为困难朋友付了暖气费。"

据了解，古丽努尔曾在开电脑学习班时，就主动为困难学员减免学费，现在阿克苏开了一家电脑工作室的卡德尔就是受益者之一。

2002 年时，卡德尔在古丽努尔电脑学习班学电脑，已经交了 3 个月学费，古丽努尔知道他有困难后，免费让这位腿患有残疾的青年多学了半年。

"帮助别人是我的动力。我希望有人能加入进来，为更多的人送去温暖。"古丽努尔说。

布尔津县哈萨克族女个体户丽达在县城开了一家小商店，近 10 年来她一直在资助贫困家庭的孩子，被当地人称为"爱心妈妈"。她的善举还带动了周围不少妇女，这位曾获得"全国民族团结进步模范个人"称号的女性，认为和阿里木相比她还相差甚远。她说："阿里木做的生意比我还小，可他胸怀一颗无比博大的爱心，我要向他学习，把爱心洒向更多的人。"

"阿里木的'蝴蝶效应'在不断递增，呈几何数地增长着，变成了毕节、贵州、新疆乃至全中国的爱心慈善的一种带动，阿里木最大的典型意义就在于此。"黄莉说。

"他走出了人类普遍存在的'小我'心理，超越了市场经济社会一般的爱心行动。"《南方周末》的一位文化记者说，"改革开放造就的富人很多，可'为富不仁'者大有人在。阿里木在商业界不是富人，他多年如一日地帮助比他困难的人，而受助者又是与他没有任何血缘关系、老乡关系、民族关系的人，能超越这个高度正契合了中华民族的大爱无疆。我们不一定都能做到像阿里木那样，拿出所有的钱来资助困难群体，但一定要谨记跨越

民族界限甚至国家界限的无疆大爱。"

"蝴蝶效应"之所以令人着迷、令人激动、令人深省,不但在于其大胆的想象和迷人的美学色彩,更在于其深刻的科学内涵和内在的哲学魅力。根据相关理论,"蝴蝶效应"是必然的。我们人类的社会体系,内部也是诸多因素交相制约,错综复杂,其相应的"蝴蝶效应"也是在所必然的,并且它常常能以小的代价换得大的收获。

贺飞和哈米提在毕节采访的 10 多天里,已经感受到了毕节人对新疆人的浓浓情意。

"在毕节,随便向一个人提起来自新疆卖烤羊肉串的阿里木,人们都熟悉得好像是自己的朋友,就连我们,也因为是来自阿里木家乡的记者而受到特殊的待遇,打出租车,司机不收钱;在餐厅吃饭,餐厅不收钱。人们都在说'阿里木是个好人'。"贺飞如实说。

在采访中, 笔者听到了很多毕节市民这样的描述:"他跟我们大人小孩都合得来,大家都喜欢他。因为他对我们这边的人帮助很大,我们从心里面很钦佩他。"

"一串烤羊肉串才挣 3 毛钱,要卖多少串才能有十几万去资助贫困生?"

"阿里木是一个非常了不起的人。"

"他也是毕节的'开心果',从小的到老的都认识他,知道他,他的品质非常高尚,这种人在社会上已经不多见了。"

阿里木经过这么多年爱心善举的累加,他已在潜移默化中形成一部当地的精神史诗。这部精神史诗辐射出"蝴蝶效应"。运用马列主义的辩论思维来看,这就是量变与质变的关系。"蝴蝶效应"在贵州大地上处处涌动。

《新疆经济报》记者于今到贵州采访时,也感受到了普通人身上的阿里木精神。她于 2011 年 1 月 1 日抵达贵阳龙洞堡国际机场,打车前往市区,当出租车司机得知她是从新疆来采访阿里木事迹时,这位操着浓重贵州口音的师傅说什么也不要于今的车费。"那么远来的阿里木都能帮助人,我也传递一份爱心吧。"他说。这种情况在笔者后来几天的采访中经常发生。

更多的社会人士受"阿里木精神"感染,向"阿里木贫困学生助学金"

注入资金：做牛肉干生意、开矿的老板，省内的、省外的，汉族的、少数民族的，纷纷伸出援助之手，甚至台湾嘉隆实业有限公司董事长朱英龙先生，都在毕节学院设立了80万元助学金，还出资建了学院图书馆等设施。

朱光伦

"蝴蝶效应"的爱心同样涌向阿里木自己。

许多被他救助过的毕节学院学生，往往利用周末和寒暑假的时间，主动到他的烤肉摊上和出租屋里帮忙。

多年来，毕节市民有个口号，去阿里木的摊子吃烤肉就是支持阿里木，这是间接向阿里木献出爱心，把"阿里木精神"弘扬下去，把这种"蝴蝶效应"传递下去。

"阿里木身上体现出的精神和光芒，足以让很多人惭愧。这么多年来，一直坚持，爱心不断，阿里木了不起，贵州、新疆乃至全中国，需要阿里木精神。"朱光伦很激动。

毕节地委宣传部常务副部长唐光星说："他的这种精神对于今天我们构建和谐社会，发扬中国这种优秀的文化传统来说，就是互相关心，互相帮助，互相体贴，共同去创造追求我们的美好未来、美好生活这样一种精神愿望，这恰恰是我们现在社会更加需要的一种精神力量。"

"阿里木身上体现了道德的光芒、榜样的力量和价值的升华。"毕节地委宣传部副部长何植林说，"阿里木勇于承担社会责任的伟大义举和高尚情操值得我们学习，我们要让阿里木精神在毕节大地遍地开花。"

而汤宇华则在总结阿里木的精神元素和研究它的精神内核。

是啊，一滴水可以反射出太阳的光辉，一个人可以反映一个时代的进程，阿里木用光华璀璨的大爱大美，向外界传递出一种感动、一种震撼，他为众多心灵注入感动。

就在阿里木的故事深深感动中国大地的时候，一首写给他的歌曲《爱有多大，世界就有多大》开始传唱，由新疆唱到贵州，唱响全国。

这是由新疆维吾尔自治区文化厅一文作词，全国人大代表、中国音协

副主席、新疆音协主席、新疆艺术剧院常务副院长、国家一级作曲家努斯勒提·瓦吉丁作曲，新疆音乐家协会理事、乌鲁木齐市音乐家协会副主席、武警新疆兵团指挥部政治部文工团团长、著名青年作曲家石明任音乐监制，新疆著名青年歌手、武警新疆兵团指挥部政治部文工团独唱演员冰淇、赵辉军演唱，可谓是云集了新疆最强的音乐阵容。

"一天，我们正吃饭，说起了报纸上刊登的一则消息——张春贤书记为阿里木投票，大家聊了起来。阿里木一个普普通通的少数民族有那么高的思想境界，做了那么多朴实感人的事，确实令人感动。我和一文一拍即合，他写词，我谱曲。中午吃完饭不一会儿，他就把词拿来了，我一个晚上没睡就谱好了曲子，第二天早晨这首歌曲就拿去制作。"努斯勒提·瓦吉丁告诉《新疆日报》记者玛依古丽·艾。

献给阿里木的歌曲《爱有多大，世界就有多大》打破了很多常规——新年第一天，许多人放弃了休息，新疆文艺工作者总动员，各文艺团体紧密合作，只用了一天半时间就制作好了这首歌。参与的每个人都主动放弃休息，不计较个人得失。大家都觉得阿里木代表的是我们新疆人，我们为此自豪，阿里木精神感动和激励了我们。

石明激动地告诉记者："努斯勒提·瓦吉丁院长写完后就交给我们，让我赶紧制作，因为我们之前一起搞过《一家人》、《又一个春天》等作品。现在阿里木的事迹家喻户晓，在"中国网事·感动2010"排名已经是第一了。他的事迹感动了很多人，我们文艺工作者也应该及时地把这件事情反映出来，让大家了解到，新疆的文艺工作者也在为新疆的发展尽自己的一份力。"

这首歌在网上传开后，点击率节节攀升。一位网友听完这首歌在网上留言："一如年轻时的天山歌神王洛宾正是被那美丽的藏族少女抽了一皮鞭儿，才写出了传世佳作《在那遥远的地方》，阿里木那广博无私的爱让作者写出了今天的《爱有多大，世界就有多大》。希望这首歌能像天山雄鹰一般飞遍大江南北，希望阿里木的事迹能带动更多的'爱'洒向人间。让世界充满爱……"

一文、努斯勒提·瓦吉丁、石明等这样有着强烈社会责任感的文艺工作者们，正是新疆所有文艺工作者的一个缩影。

努斯勒提·瓦吉丁动情地说："艺术家要有社会责任心，没有一个艺术家能够脱离社会和人民而存在。所以以后我要多创作这样的歌曲，尽自己的责任和使命。"

石明告诉记者："我从事音乐工作二十几年，深知呼唤真心真情的大爱作品的强大社会感召力。所以我们要把握新疆大发展的好时机，创作出更多贴近现实的好作品。"

歌曲《爱有多大，世界就有多大》和阿里木一起，走上了今年新疆电视台春晚的舞台。

歌曲《爱有多大，世界就有多大》这样写道：

> 过年了，天上的雪在下，
>
> 阿里木你在远方还好吗？
>
> 远隔千里还能闻到烤肉的飘香，
>
> 远隔千里你的真情充满着阳光……
>
> 过年了，今晚有点想家，
>
> 家乡的亲人们请别牵挂，
>
> 贵州也是我的家，也是我的家，
>
> 不分你我，真心相助每个上学的娃……
>
> 啊，爱有多大，世界就有多大，
>
> 爱有多大，世界就有多大，
>
> 爱有多大，世界就有多大。

这是一首男女对唱的歌，朴实的歌词，交心的问候，一问一答的形式深情地唱出了新疆各族群众对远在贵州卖烤肉资助当地学生的阿里木的牵挂、喜爱、敬佩之情。这是新疆文艺工作者们用自己的方式向阿里木表达的敬意。

"中国网事·感动 2010"年度网络人物评选阿里木以最高票数夺冠后，

来自官方、媒体、民间的问候、祝贺悉数而至,都是通过他的电话打进来的,他接电话接到手机电池常常没电,手也发软了。对于荣誉,他依然神情淡定,没有显示那种浮躁。

新年第一天,阿里木依旧跟往常一样,在毕节市公园路口烤起了羊肉串。他一边翻转着羊肉串一边大声喊:"哎,朋友们快来吃啊,最好吃的羊肉串!朋友,你要烤得年轻一点的,还是要烤得老一点的?辣子放少一点是你吃亏啊。"听到这样的吆喝声,来吃羊肉串的人都会哈哈大笑。

"哎,阿里木,你都成名人啦,还卖羊肉串?"人群里有人问。

"名人不名人不重要,赚钱吃饭最重要。"

"哎,阿里木,你什么时候去北京领奖?"另一个人问。

"快了,快了。"他愉快地回答。

一对年轻男女吃完了烤肉,他开玩笑说:"朋友,你把烤肉吃完走人,我来买单,不过要把你的女朋友留下。"

人群里爆发出一阵大笑,就连这对男女也被他的幽默逗笑了。

成了"明星"的阿里木吸引了许多新老顾客的眼球。

在沈阳工作了30多年的毕节籍肖映秋女士专门来吃阿里木的烤肉,她边吃边说:"阿里木给我及我的亲人留下了很好的印象,所以我今天一是特地来看看他,二是要吃吃他的烤肉。我还要跟他合个影,留个纪念,回去给我的沈阳朋友介绍介绍,有这么一个新疆人在我的家乡做了很多好事。"

阿里木不但和肖映秋女士合了影,她吃的烤羊肉而且硬是没有收她一分钱。肖映秋女士不干了,说什么也要给羊肉串钱。

他脸一沉:"你看不起我!几串羊肉免单了,你下次从沈阳回来,给我带些特产就相抵了。"

肖映秋女士再无话可说了,只好再三谢谢。

那两天,毕节的记者、贵阳来的记者找上门来,以各种方式"深挖狠掘"他的慈善人生,他说:"给我的荣誉太多太重了,我的心里很不安,这些荣誉是鼓励我以后要努力做得更好。"

"有媒体称我是'好人阿里木',也有的说我是'卖羊肉串的慈善家阿里木'，但我最喜欢的还是那个'卖烤羊肉串串的阿里木'，因为卖烤羊肉串的时候我会感到特别快乐。"

烤肉摊是阿里木赖以为生的经济来源。他说这是他一生最爱的事业。许多记者提出同样一个问题问他，为什么是最爱，他说："你们看这个事业，既让我用很简单的方式赚到了钱，又让我不断结交新老朋友，从这个事业里，我得到了很多很多欢乐。"

当记者们提出要去他的出租屋看看时心里都有一个想法：再不济，他也会是居住在一个亮堂堂的屋子里，有很好的物质供应。当出租车七拐八拐，好不容易从一条狭窄的小路通过，停靠在一栋两层的旧式楼房前。

"他轻车熟路地带领我们上楼进门。说实话，随着那黑洞洞的台阶一级一级上升，我的心却在一点一点下沉。那栋楼真的太陈旧了，仿佛一个古董似的。"于今说起第一次走进阿里木的房子时的感受。

她接着说："你们可以通过我的描述想象这个家给我的感觉：实在太清寂、太简陋、太……屋子里外有大小三间，最大的房间有一个旧式席梦思，床上只铺了一层薄薄的网套，墙角有两把椅子和一个木箱子。外屋也就是阿里木居住的屋子，中间有一个没生火的铁炉子，炉子旁的床上，有阿里木睡觉盖的一床毛毯和一床军用被子，这间屋子里最值钱的就是一台冰柜和一台电脑。外屋则是做饭的地方。"

昏黄的灯光，已经破了的沙发，冰冷的房间，有些零乱的灶台，不知搁置了多久的烤馕，唯一灿烂的就是阿里木的笑容。他麻利地劈柴生火，说要给大家弄点茶喝。我不知是不适应还是别的什么原因，总感觉心里很酸楚，很沉重。说实话，阿里木的物质生活太匮乏了。

在诸多复杂的感触交集下，我的内心更受触动的是，阿里木对这一切浑然不觉。他乐呵呵地收拾杂乱的家什，乐呵呵地让我们都坐下，完全沉浸在迎接故乡亲人的欢乐情感氛围里。我再一次怀疑究竟是我哪里出现了问题，还是他哪里出现了问题，难道他不知道他现在的物质生活层面，有足以让人同情的感觉，难道他由里至外透露出的对自我物质层面匮乏的毫不在意，甚至是满足，均是伪装的？

望着众多媒体围着阿里木问这问那，他一副从容淡定的样子，时不时

还爆发出由衷的笑声，我感到他绝对不是伪装出来的快乐。我的思绪恍惚，不由自主地随着那种缥缈思绪升腾到人生的意义层面。我努力想，为什么阿里木会处在这样一个陋室中，周身都散发着一股强劲的乐观精神。他从哪里得

到这种精神？那又是怎样一种精神？我越想越觉得难以有个出路，愈加觉得在他的精神深处，一定潜伏着我所不能够抵达的迷宫。

许是看出了我的困惑，曲终人散之时，他倒是主动与我提起："小妹，你是不是觉得我很穷？其实我告诉你，我很富有。我不看重那些享受，一张床、一床被子、一个馕足够了，要那么多东西干什么？东西多了人会很累，我注重的是精神上的东西，你将来会明白我的话的。"

其实这是阿里木在毕节 10 年来租的最好最大的房子了，以前租的房子不是没有窗户，就是没有上下水。10 年里，他租过 7 次房。这套房，是他最满意的。

据朱光伦介绍，2008 年夏天，中央电视台七频道的 3 位记者来毕节采访，为了取镜头，要到阿里木的出租屋去。当时他租的房子在水井坡路，房子很小，没有窗户，极其闷热，陪同 3 位记者的朱光伦也傻了。他也是第一次走进阿里木的"家"，其中一位女记者面对着这个"家"，当场失声痛哭，朱光伦也哭了。

用汤宇华的话说，阿里木这么多年来，用捐出去的钱足够买一套房子了，第一次给毕节学院的 5000 元，当时就可以买 10 个平方米的房子，因为当时的毕节，商品房才四五百元一平方米，5 万元可以买 100 平方米的房子。然而，有了钱的阿里木却首先不是想着给自己改善居住条件，而是资助贫困学生。

阿里木还告诉于兮："我在毕节捐资助学的事情在民间传开后，许多人都带着善意来看我。有很多人看到我租住的地方很破，家里也没有什么东西，都为我感到难过。这其中有一些企业界的朋友一定要给我买些价格很贵的家具。我知道他们的好意，他们是想让我过得富有些、舒服些。可是我拒绝了他们的馈赠。我告诉他们，名贵的家具需要人的精心打理，我一是没有时间和精力去打理那些家具，放在那不管会白白糟蹋了好东西，我心里不安。二是我也不需要那些很贵的家具，我家里那些粗笨、丑陋的家什都很耐用，可以用很久，它们没妨碍我，我也没觉得它们有什么不好。当然，我也喜欢很好的物质供应，喜欢享受很好的物质生活，可是经过这么多年的磨砺，我发现人生或者生活还是简单些好。因为我感觉简单就是幸福，就是快乐。人生，不就是渴求幸福和享受幸福的过程吗？

其实，许多金钱、名利和幻化的光环，让生活多了些许浮华和臃肿，少了真实和自由。很多个夜晚，我努力在想这些人生问题，我觉得人生还是要简单些，主要是指物质层面的需求简单些，在精神层面你可以大胆地索求。就是有了这些想法，所以我觉得我一点都不贫穷，都不可怜。我追求朴素，朴素犹如阳光、空气，简单却可贵，滋养人的天性。人生不需要太多的行李，无需过分的装饰。简单就像一棵树，繁花和枝叶皆可落尽，唯有枝干地久天长。也许原本生活是很简单的，后来被人复杂化了，才会让人感觉到不舒服！抱着这样的思想，所以你看我物质生活很清贫，可是我内心里很快乐很满足。说实话，不管怎样，我不想我的生活复杂化，我想要简简单单的生活，简单的人际关系，简单的感情……我希望我的一切都归于简单。我想这并不复杂，做我自己，不影响别人就好了。这就是我的生活方式——尽量简单，拒绝复杂。"

阿里木还说："经常有朋友告诉他，他活得很焦虑。我就问他，你焦虑什么呢？过去的事情你也改变不了，未来的事情还没发生，你更决定不了，你这样焦虑纯属庸人自扰。另外，很多人在社会上陷得太深，要名车，要宽房，要职位，要这个要那个，得不到就失意，心里日益增长的虚荣心和攀比心让他特别焦虑，所以整天睡不着觉。我想这个问题还是一个控制的问题，对生活中的很多欲望多一点控制，焦虑肯定就会少一点。

以前我在北京流浪时，曾在一个地方看到过一副对联：在高处立，着平处坐，向阔处行；存上等心，结中等缘，享下等福。我文化不高，可心里觉得这是很好的话，很好的教益，我一直在默默地思考着其中的道理。我这个人喜欢琢磨，看过了经历过了人世间许多艰难困苦，我就发现，人不要自寻烦恼，要活得快乐。人也不要太贪得无厌，就好比有的人总是在寻找，凡到手的，都不是他要的。有的人从来不寻找，凡到手的，都是他要的。我觉得我越来越趋向于后者，得到一点点，我就很满足很快乐。想当初，我为了挣一点钱，背着烤肉炉子四处闯荡，就想找一块很好的地方经营，可这点愿望因为种种原因都很难实现，我心里很怅惘。现在毕节市接纳了我，我心里充满了感激和幸福。我很满足，能够有一个地方卖烤肉，有一个地方赚些钱，我感到我的人生很充实，很圆满，所以我一点都不焦虑，吃得香睡得着。这些事情也让我时常想到，人这一生，不要总是抱怨，不要想些不着边际的事情，最好踏踏实实地干好眼前的事，从一点一滴做起。这样，你不慌不忙地迎接明天，美好的事情自然而然地就会到来，你也会一天比一天感到幸福的。

我曾经从网上看到一篇文章，说人生在世，要为他人开一朵尊重的花。这篇文章对我很有启发。人在这个世上，不是动物，是有思想有感情的，必须尊重他人，才能赢得他人的尊重，这样活得才体面才有价值。到毕节这么多年，周围各个民族的人也教育了我，因为他们对我很好，善待我，礼遇我，我心里充满了感恩之情。我常想，我该如何回报他们呢？树立一个良好的维吾尔族人形象。首先我想到做善事，之后也要在待人接物等很多方面注意细节，一定要尊重他人。事实上，在毕节生活的近 10 年里，我感觉人与人之间交往的前提是尊重，只有互相尊重，才能营造和谐的氛围。另外，人生在世，一定要善待他人，要时时处处都怀着一颗尊重他人的心；要学会"换位思考"，多为别人考虑，注意自己的一言一行。这样，学会经常为他人喝彩，承认他人的价值，不吝惜自己的称赞，人生才能收获丰硕的果实。"

阿里木对人生富有哲理性的思考，是他对自己人生轨迹的一次检阅，也是他发自心灵的坦诚。

深厚的阅历，似乎已经将他历练成为一个宠辱不惊、满怀感恩的人。

"我就是一个卖烤羊肉串的，做了一点点好事，党和政府却给了我很多荣誉，如果我不感恩，不宽容，不谦让，人人都会讨厌我的。"

乘坐电梯时，他总是谦卑地请人先行；吃饭时，也一定客气有礼；对别人的赞誉，他基本表现出羞涩和聒噪的样子。他努力在和每一个人和睦相处，在上至达官贵人、下至贩夫走卒的交往中，始终保持着一份自己和他人的尊严和宁静。

善良、乐观、勤劳、富有同情心、乐于助人的阿里木是一个精神上富有的人，他以自己的微薄之力撑起了一片天空，也在精神上给予了人们一种力量与支撑。

"他从物质上来说，是没有多少财富的，但是他的精神财富、精神家园是非常富有的，应该是一个富豪。"阿里木的朋友、毕节地区财政局党组书记李玉平说。

阿里木面对荣誉坦然处之的心态，让人们接受了一次精神的洗礼；而放弃金钱、坚守清贫却无怨无悔，让人们感受到了一次心灵的震撼！

他竖起的是一面大爱无疆的旗帜！

感动之下，新华社的一位记者这样写道：

> 过去一年的新闻视野里，
> 我们又见到了草根的容颜。
> 他们是社会朴素的榜样，
> 用感动点燃人性的光焰！
> 这感动，源自血浓于水的骨肉情深，
> 这感动，源自执著坚守的爱岗奉献，
> 这感动，源自面对苦难的不屈不挠，
> 这感动，源自热心公益的大爱无言。
> 这感动，或许因人物的平凡不足以"名垂青史"，
> 这感动，或许因事迹的琐细转瞬成"过眼云烟"。
> 但谁又能否定，正是来自草根的感动，
> 注定将成为寒冬里

慰藉你我心灵的一丝温暖!

今年的贵州,又是一个凝冻的冬天。

然而,贵州人,尤其是毕节人的心里都暖洋洋的。

1月9日,阿里木准备启程赴京参加"中国网事·感动2010"年度网络人颁奖典礼。

行前,毕节的媒体几乎天天在报道。

1月8日,毕节地委委员、地委宣传部长朱江华专程看望了阿里木,为他送去了慰问金。

同日,阿里木决定为自己奢侈一回,置办一身行头。

在毕节市桂花路的卡丹路名牌男装店里,他把衣服试了一次又一次,一看不菲的价格,还是舍不得买,但是他又不忍离去。

一位售货员已经悄悄给老板张学庚打了电话,说是阿里木要买衣服。张学庚嘱咐这位售货员,一定要稳住阿里木,他马上就到。

阿里木正在欲罢不能的时候,张学庚赶来了,"阿里木,要买衣服随便挑。"他热情地招呼阿里木,帮着挑选一套西装,又给选了一双皮鞋、一条领带,共计3980元,并慷慨地说:"送给你了。"阿里木以为自己的耳朵有问题了,怎么可能免费呢? 连陪同去的毕节地委宣传部的宣传干事也不敢相信,张学庚却说:"阿里木在毕节无人不知道,今天他能到我店里来买衣服是我的荣耀。阿里木是我们毕节的骄傲,我把衣服送给他,也表达一点我对他的心意和敬意。"

阿里木感动得不知说什么好,他嘴里只是一个劲儿地说着:"谢谢! 谢谢! "

雪山绵延峻冷,草原生机无限,瓜果飘香迷人,牛羊肥壮马奔腾,人们欢歌又起舞……美丽的新疆,是阿里木的故乡,雪山、草原、瓜果、牛羊是新疆的一张名片。在这张名片里,应该添加新的内容,那应该就是"阿里木精神"。阿里木就是一个缩影,也是一个榜样。榜样就出自于新疆,新疆实现跨越式发展,需要更多的阿里木!

得知阿里木要到北京参加颁奖活动，新疆人民广播电台党委立即作出决定：一是派维吾尔、汉两名记者赴京报道这次颁奖盛况，二是给阿里木买套西装。

负责买西装的任务交给了维吾尔语文艺广播频率总监艾吉尔古丽，没有见过阿里木的艾吉尔古丽，是从照片上看出他的身高。为了买好这套西装，她整整忙了一天，进了一家商场又一家商场，当她跑到山西巷一家商场时，那家商场正准备锁门。艾吉尔古丽着急了，说明情况后，商场从保安到售货员都非常热情地让她挑选了一套满意的杰莱牌蓝黑色西装、一件富有民族特色的衬衣、一顶以青色为主调的花帽。

当天晚上，艾吉尔古丽将这套服饰交给了赴京进行采访的曾晔和乌迈尔·阿地力。

这套服饰满载着新疆人民广播电台全体职工的深情厚谊，也表达着对阿里木的深深敬意。

2011 年 1 月 13 日 14 时 30 分，"中国网事·感动 2010"年度网络人物颁奖典礼在新华社大礼堂举行。

颁奖典礼上，阿里木穿戴着新疆人民广播电台送给他的民族服饰第一个走上庄严神圣的颁奖台领奖。中央外宣办副主任钱小芊宣读评委会给他的颁奖词：烤羊肉的慈善家阿里木，他用满是烤羊肉串味道的"辛苦钱"，资助了上百名贫困生，用一颗赤诚之心，实践着"把字写在石头上"的信念。

当阿里木从钱小芊手里接过一座金灿灿的奖杯和一本烫金的获奖证书时，他难以抑制自己激动的心情，泪盈眼眶，哽咽难语，而全场随之响起长时间的热烈掌

227

声,这是人们对阿里木勇担社会责任、爱心助学由衷的敬佩和礼赞!

泪盈满眶的那一刻,他的思绪飞越白雪皑皑的天山,莽莽苍苍的昆仑山,神奇迷人的巴音布鲁克大草原,波浪翻滚的博斯腾湖。

泪盈满眶的那一刻,他的思绪飞越广博和气势的贵州高原,鲜花怒放的百里杜鹃,古老而神秘的乌蒙风情,奔腾不息的倒天河水。

泪盈满眶的那一刻,他的思绪印出他的双脚一直在奔波、奔波……

泪盈满眶的那一刻, 他的思绪印出毕节人民敞开宽厚的胸膛拥抱了他……

泪盈满眶的那一刻,他的思绪印出他在这里挥就了一行行诗篇……

那红色泥土和他的血肉一起混凝筑起高原更加深厚和雄伟的壮歌。

他——是天山之子。

他——是高原之子。

他昂着头,崇敬自豪地说:我是你骄傲的儿子。

他昂着头,崇敬自豪地说:你是我的父亲。

领完奖的当天晚上,阿里木就飞回了贵州。

回到贵州的阿里木受到了很高的礼遇。

他首先接受了由中宣部组织的 20 多人中央及省级媒体记者的采访。

1 月 16 日下午,毕节地委和行署在毕节学院召开“向道德模范阿里木学习事迹报告会”。

那天,毕节的上空飘起了蒙蒙细雨,但毕节学院的演播大厅里暖意融融,近千人的大厅里座无虚席,毕节地委和行署的四套班子领导几乎全部到场了。

高高的舞台上方挂着横幅,舞台边缘置放着十几盆鲜花,阿里木身披绶带,胸戴大红花,在锣鼓和鞭炮声中被学生代表簇拥着走上舞台。

大会由毕节地委委员、地委宣传部长、地区文明委副主任朱江华主持,他说:“阿里木,一个让毕节人民骄傲的道德模范,一个感动中国的人物。今天,我们怀着无比激动的心情,在这里举办毕节地区道德模范阿里木事迹报告会,就是要在全社会掀起学习道德模范阿里木的热潮,弘扬社会主义核心价值,建设社会主义和谐社会。"

地委委员、地委组织部长杨华昌宣读了《毕节地区精神文明建设委员会关于授予阿里木毕节地区道德模范称号决定》的通知。

决定从充分认识到学习活动的重要意义,正确把握学习活动的基本要求,到大力推动学习活动的深入开展三个方面进行阐述:开展向道德模范阿里木学习活动,用他的先进事迹感召群众,有利于把社会主义道德观念传播到千家万户,把公民基本道德规范的要求渗透到人们的工作生活中;有利于在全社会树立起鲜明正确的价值导向,营造知荣耻、树正气、促和谐的社会风尚。

要通过开展向道德模范阿里木学习活动,号召广大干部群众学习他关爱他人、慷慨济贫、助人为乐的精神,学习他严守承诺、以人为本、守法经营的理念,学习他彰显平凡、艰苦朴素、无私奉献的作风,形成学习榜样、见贤思齐、择善而从的良好社会风尚。

要通过开展向道德模范阿里木学习活动,充分发挥道德模范阿里木的激励、示范、凝聚效应,引导人们从我做起,从现在做起,从身边小事做起,把公民道德规范和社会主义荣辱观真正融入到工作、生活、实践中,让道德模范的高尚思想行为逐步转化为广大公民的自觉行动,转化为毕节试验区"强区升位、推动跨越"的精神力量和思想动力。

会上,地委副书记、地区文明委主任安金黎向阿里木披挂绶带、颁发《荣誉证书》和5万元奖金。

毕节地委委员、毕节市委书记周荣代表市委、市政府给阿里木也颁发了5万元奖金。

毕节电视台台长朱光伦、记者李雪梅、毕节学院学生潘昌福分别作了报告。

最后,阿里木作了题为《做我该做的事》的报告。

他在报告里回忆了最初来毕节的情况,得到了许多人的帮助,是善良、纯朴的毕节人给他留下了美好的印象,有一种无形的情感使他觉得离不开毕节,并要报答毕节人民。从此,他与毕节人民血脉相连,无法分割。高原的造就和阳光的打磨,让他深深地融进了这块高原大地上。

这些年，没做多少事，却让毕节人民给了这么多荣誉，让他感到不安，唯一能做到的，就是把烤肉生意做下去，尽力去帮助那些需要帮助的人。

"我一直有一个愿望，就是想办一个留守儿童学校，让那些得不到家庭温暖的孩子得到温暖。这个愿望目前还不能实现，但是我一定会努力的。"

阿里木的报告，赢得了长时间的掌声。

来自中央和地方的媒体记者，包括我们都参加了这个报告会。让我们心潮起伏的是，并不富裕的毕节地区和毕节市能够拿出共计 10 万元奖励阿里木，是何等的气魄啊！

这个有着 760 多万人口的地区，2010 年的财政收入是 91 亿，但人均下来就很少了。

"阿里木热爱毕节、扎根毕节，为毕节添光彩，他挣小钱，行大善，近十年如一日，坚持不懈做好事、行善事，诠释了慈善不分地域、爱心不分大小的助人为乐的道德内涵。他的善举是朴实的、是发自内心的，体现了中华民族的优秀品质。通过阿里木这个典型，我们对新疆人民有一个更深刻的了解。"毕节地委书记秦如培接受笔者采访时说。

"另外，他还拉近了新疆和贵州的关系，起到了一个桥梁的作用。"秦如培继续说，"他的影响力是非常大的，能够提升我们民众素质，通过阿里木，很多人的思想境界不知不觉地提高了。"

他还说："阿里木温暖的关爱没有民族之分，没有偏见之心。他把贫困学生无助的眼神化作对世界的希望，把弱小心灵的惶恐抚平成面对尘世的从容。阿里木这位兄弟身上有一种让人感到心灵震撼的精神力量。"

"新疆与贵州都是多民族聚居的地区，相对来说都欠发达，无论从民族团结、励志，还是更多积极向上的角度来说，'阿里木精神'在毕节和贵州大地无疑有更强的榜样力量和标杆作用。包括我在内的干部，经常拿'阿里木精神'鼓励和鞭策自己，不能给毕节抹黑。"

当了多年地委书记的秦如培，与阿里木自从 2006 年认识起，就成为好朋友了，阿里木只要想给他打电话，随时都敢打，秦如培的办公室他敲门就进，从不需要预约和秘书通报。

怎么说呢，可能是秦如培对阿里木有着一种特殊的情分掺杂在里面吧。秦如培又说："有人说是毕节这块土地哺育了阿里木的纯朴、善良、勤劳、有胸襟。我认为，他的这些优秀品质，是在新疆大地上就已经形成了，真是新疆人民的好巴郎。"

虽说阿里木捐资助学不图回报，可是贵州的百姓都懂得感恩。看到他在毕节一待就是近 10 年，又那么热衷参与毕节的社会生活。2009 年 9 月，毕节地委指示快事快办，将阿里木的户口从新疆和静县迁至毕节市。2010 年 11 月，他又当选为毕节市商会副会长。

对于这两件喜事，阿里木发自内心由衷地高兴，他终于成了名副其实的毕节人了。当上工商联副主席是出乎他的意料之外的，他高兴地给几个朋友说，我可以利用自己的职位呼吁更多的人，去帮助更多的贫困学生。

房子，是人人梦寐以求的事，当毕节政府要给他一套廉租房时，阿里木拒绝了。他说："我们维吾尔族有一句古话，好鸟它不会霸占别人的鸟窝，它不会去别人的鸟窝里下蛋的。我有手有脚，将来可以自己置办。"

由沈祝吉撰词，刘新荣、萨日娜编导的说唱音乐剧《新疆人民的好巴郎——阿里木》里有这样一段词：

> 像天山挺起铁脊梁，
> 像草原胸怀最宽，
> 像开都河水奉献多，
> 像骏马团结力量强。
> 有一颗心灵闪光芒，
> 有一种精神传四方。
> 感动中国阿里木江，
> 新疆人民的好巴郎，
> 新疆人民的好巴郎。

是啊！好巴郎阿里木有着海洋般宽广的胸怀和山一样坚韧的意志，他用小小的羊肉串串出了人间的大爱，他用无私无畏的情怀冲击着人们的心扉，他点燃了上百名学子的希望之光，他仿佛和天山一样，有着崇高的

231

责任和使命,他用实际行动印证着一句话:我们都不是伟大的人,但我们可以用伟大的爱来做生活中每一件平凡的事。阿里木像高的山峰、坚硬的岩石,书写着历史恢宏的篇章,让人们对他顶礼膜拜。

2011年1月20日中午,乌鲁木齐地窝堡国际机场虽然大雾弥漫,而阿里木的到来,俨然令寒冬有了温暖、明快的色彩。众多媒体架起"长枪短炮",你拥我挤地堵在贵宾通道尽头。在大家翘首以盼中,阿里木笑容可掬地出现了。

还是那顶小花帽,还是那双乌黑的大眼,还是那样的谦和,还是往昔的低调。当前来迎接他的新疆维吾尔自治区党委宣传部副部长马木提·托依木利将鲜花送上,并同他亲切握手时,他身体微微前倾,笑意包裹着的感动一直在他眼里、脸上,甚至心里荡漾。

"阿里木大哥,回到新疆,你现在心里有什么感想?"有记者问。

"很好,很激动,3年多没有回来了。"他深有感触地说。

这时候,有人给他送上了热气腾腾的烤包子,他满脸笑容地连连说:"好吃,好吃。"

"阿里木大哥,请问你回到新疆有什么打算……"因为时间仓促,各路媒体围堵着阿里木,争分夺秒地抢问着各种问题。很显然,当日从贵阳抵疆的阿里木很疲惫,不过一向的古道热肠又让他不忍拒绝别人的好意,他不断地发出爽朗的笑声,竭尽所能回答大家的各种提问。

虽然眼角已经明显地带着困意,但抵达驻地后,阿里木还坚持着接受了媒体记者的短时间的采访。他说,他还没告诉在巴州和静县的母亲自己回疆的消息,因为他知道母亲一旦知道了,肯定会成夜地睡不着觉,会想他,会为他准备很多好吃的。这样的话,年迈的母亲太辛苦了。他希望过两天回家,给母亲一个意外惊喜。

"你最近广受社会关注,你有什么感觉?"采访中有记者问阿里木。

"我嘛,不能天天守在烤肉摊子上,这也是个比较麻烦的事情。"他幽默地回答。

"我很感谢大家对我的厚爱,大家给我的爱心我也会接受,不过属于捐款之类的东西,我不能留。我把它存起来吧,用在更重要的地方,比如给那些读不起书的孩子用吧。"阿里木语气中肯地说。

说起捐款,这里不能不提一笔。1月14日,我们新疆人民广播电台的记者去贵州之前,党委书记史林杰特意交代送给阿里木10000元。到了毕节后,文艺部主任王进东代表新疆人民广播电台将这10000元当着众多媒体记者和毕节地委宣传部领导的面给了他,结果当晚他给毕节地委宣传部常务副部长唐光星说,他要把新疆人民广播电台、新疆日报社和北京一位大姐送的共计30000元先存起来,抽空时捐给贫困学生。虽然阿里木说话的声音很小,但是还是让笔者听到了,我马上说:"这是我们党委书记史林杰和台长徐樟梅代表新疆人民广播电台全体职工送给你的10000元,这个你留着自己用,不要捐这笔钱。"

他却严肃地看着我说:"你们电台的心意我领了,但这个钱我无论如何不能用,也等于你们电台帮我捐的款。"然后他又补充了一句口头禅:"这不是个小事情。"

唐光星马上对我说:"随他吧,他就是这么个人。"

他后来还把维吾尔语文艺广播频率总监艾吉尔古丽一行几个人带的一只羊、一箱馕和一箱干果,全部转送给了别人。

阿里木啊,阿里木,你的心里只有别人,却唯独没有自己。

我们在采访他烤肉摊周围的商铺时,很多熟悉他的老板们都说,他们怎么也想不明白,做生意赚了钱给别人,这做的什么生意嘛。

"穿鞋到我这里买处理的,抽烟买最便宜的,一个白面饼、一碗白开水就算一顿中午饭。自己舍不得吃、舍不得穿,不晓得他是为哪样?"卖服装鞋帽的夏涛告诉记者。

是啊,许多人都会有夏涛这样的想法,阿里木究竟为了什么?

用高锋的话说,他这是一种"爱好"和"习惯"转变成一种自觉行动。

秦如培则说,范仲淹说的"先天下之忧而忧,后天下之乐而乐"具体表现在他身上,就是他通过做善事自己得到一种精神上的享受。

汤宇华说:"阿里木像一面镜子,照着我们每一个人,更是在拷问着我们每一个人的灵魂。"无疑,阿里木用他特殊的善举方式塑造了一座大爱

的精神丰碑，像高原上的岩石般渗透着辉煌的力量。

2011 年 1 月 20 日 18 时，一个重要的时刻。

新疆维吾尔自治区党委书记张春贤在新疆迎宾馆接见了这位"烤羊肉串的慈善家"。

"阿里木，你好，要不咱们行个拥抱礼？"一见到阿里木，张春贤就风趣地向他问好，在场的人都笑了。

阿里木也憨厚地笑了，两人亲密地拥抱在了一起。

他们两人像久违的老朋友一样，都显得是那么的激动。

随后，张春贤拉着阿里木的手坐了下来，对随行的自治区党委常委、秘书长白志杰，自治区党委常委、宣传部部长胡伟，自治区政协副主席、统战部部长王伟，自治区党委副秘书长邓仁杰说："大家欢迎我们的好巴郎，欢迎我的好兄弟，回家乡来看看。"

这时的阿里木看上去有点紧张，不知道该说些什么。

"你紧张吗？"张春贤看出了阿里木的局促，亲切地问他。

阿里木顿了一下："不紧张！"

张春贤唠家常似的问起了阿里木在毕节的生活："在毕节你自己做饭吗？"

"我自己做，我做的饭特别好吃！"

"是不是做抓饭，还有'雪伊拉'（维吾尔族的一种特色食品）？"张春贤问。

听张书记能用维吾尔语叫出维吾尔族特色佳肴的名字，阿里木又是惊奇又是高兴，他一下子放松了。

张春贤和阿里木聊了很多关于他在毕节的生活和他的慈善事业，聊到一半，阿里木突然站起来，到处看，原来他是在寻找自己从毕节带来的给张书记的礼物——毕节的茶叶。阿里木的憨厚，感染了在场的人。

"阿里木，我一直在等你回新疆，我要第一时间和你见见面。你的事迹大家现在都很熟悉，大家都要向你学习。"张春贤说。

"新疆人民要学习你的几点：第一，自强奋斗。人不要怕困难，不论在哪个岗位上，处于哪个阶段，
都要觉得幸福，都要自找乐
趣。幸福的坐标是不一样的，
什么叫幸福，就是自己奋斗，
从工作当中得到快乐！100 元
起家，背着个背包就到了毕
节，毕节是贵州最穷的地方。
我当年当部长时，到过毕节。
事实证明，再穷不是也没有把阿里木压倒吗？全社会都需要奋斗、自强，都
需要这种精神。

　　第二，乐于助人。人的能力确实有大小，经济情况有好有差，但是都要
有乐于助人的精神。助人是种美德，助人也是对社会的回报。你一直是用
卖羊肉串攒下的钱去资助贫困孩子，穷人的孩子早当家，掌握了知识以
后，他也会回报社会的。我看你资助了那么多学生，你的精神是高尚的，大
家都要学！

　　第三，开放、宽容。这叫胸襟，胸怀要开阔，这个新疆各族人民都要向
你学习。善于容忍别人，善于理解别人！我看过报道，你说过一句话：'做事
只有好坏之分，没有民族之分，好事大家都应该做。'其实这是中华民族的
传统美德，这也是胸怀！

　　第四，民族团结。贵州是个多民族的地方，你去了以后跟大家打成一
片，能够尊重当地的少数民族、尊重人家的习惯，和别人把关系处理得很
好，其实这就是典型的民族团结。不是光讲大道理，阿里木，这点也做得
好！你回到家乡后，要对家乡人宣传这个思想，民族团结是生命线，各民族
互相团结，一个地区就能和谐，工作就能搞好！"

　　愉快的交谈中，近 40 分钟时间飞快地过去。最后，张春贤拿出一件羽
绒服和 10000 元送给阿里木："这钱是从我的工资里拿出来的。我代表我
的家人给你这 10000 元，一半要给你的妈妈，另一半要给你未来的媳妇。
欢迎你常回来，好男儿志在四方，不论你在哪里，即便你的户籍在毕节，新
疆也永远是你的家。祝福你找到好媳妇，记得带来让我见见！"

"好! 拉勾! "阿里木伸出手指。随即, 两人的手指勾在了一起, "盖章! "

阿里木说: "张书记, 我有一个小要求, 我想和你成为兄弟。"

张春贤笑着说: "我在为你投票时就说你是我的兄弟, 以后我就是你的书记大哥。"

临别时, 张春贤叮嘱阿里木: "一定要做原先的阿里木! 保持本色, 保持质朴, 保持智慧, 能做到吧? "

阿里木连连点头, "能, 我保证! "

第二天, 新疆所有的媒体报道了《阿里木与"书记大哥"拉勾订约》的消息。笔者认为, 从媒体的角度看黄金分割法学说, 是《乌鲁木齐晚报》将照片和稿件处理得不错, 给读者留下了深刻的印象。头版在大通栏标题下是一幅张春贤书记和阿里木两人面带微笑亲切"拉勾"的照片, 这一情景永远留在了大家的心里。

回到辽阔新疆大地, 阿里木处处受到新疆人民的热情欢迎, 处处都向他涌动着爱的潮流。

考虑到他多年来为了捐资助学, 几乎倾其所有, 过着贫穷简朴的生活, 至今仍住在毕节市 40 多平方米的出租屋内, 新疆人民广播电台党委书记史林杰的心里一直不是个滋味。这个曾经吃过许多苦、现在已是高级干部的史林杰深深懂得生活在贫困中的艰辛, 他决定为阿里木做点实事, 思来想去, 首先要解决他的房子是问题, 可钱从何来? 他想出来一个办法, 借助书法家的作品进行义卖, 一定就能筹到钱。他主动找到新疆甘肃商会副会长、新疆华夏艺术馆馆长、新疆著名画家赵万顺谈了这一想法。因为这不是一笔小钱, 一是捐款人要有爱心, 二是要有实力, 三是要有运作能力, 四是热情豪放, 乐于助人, 这事非赵万顺莫属。因为赵万顺去年就为甘肃舟曲发动画家义卖捐款 80 多万元, 今年刚刚被评选为"2010 中国画十大年度人物"。当史林杰书记把这一想法说给赵万顺时, 作为中国美术家协会会员、新疆美术家协会理事、新疆文史研究馆官员的赵万顺说: "阿里木的事迹我都知道了, 我被深深地感动着, 作为一个艺术家, 我们应该学习和弘扬阿里木精神，学习他自强奋斗，乐于助人，开放包容，自觉维护民族团结的精神。阿里木用爱心温暖世界，我们要用真情关心阿里木，这种爱才能被更好地持久地传递，我们的社会才能更和谐，大家才能更幸福。"

说真的，阿里木的感人故事确实深深感动着这位著名画家，所以两人一拍即合。史林杰书记迅速将这件事向新疆维吾尔自治区党委常委、宣传部长胡伟做了汇报，胡伟约史林杰书记和赵万顺馆长在他办公室听取汇报后，当即表示大力支持，并说他要向张春贤书记汇报此事，要求把这件好事办实。

回到华夏艺术馆后，赵万顺开始马不停蹄，昼夜作画，一共5个晚上，共画了30幅作品，又拿出了他的30幅藏品。

22日，也就是张春贤书记接见阿里木之后的第三天，"关爱好人阿里木——著名名家书画慈善拍卖会"在位于乌鲁木齐市鲤鱼山路的新疆美术家协会华夏艺术馆举行。两个多小时的拍卖时间里，拍出了61幅书画作品，共拍出38.15万元，其中赵万顺的国画《一夜春风入画来》拍得单幅作品24000元。更为感动的是，新疆书法家协会名誉主席、著名书法家席时璐老先生当场捐赠了一本字帖，拍得最高3万元。这次义拍新华社、新浪网、《中国书画报》、《新疆日报》、新疆人民广播电台、新疆电视台、《新疆都市报》、《乌鲁木齐晚报》等10家媒体进行了报道，新疆人民广播电台961新闻广播和新浪微博还进行了现场直播。

得知这次义拍活动，阿里木还特意赶到了拍卖会现场表达了自己对大家的感谢，他说："我做了我应该做的事情，谢谢大家对我的关心。"

一周后，赵万顺馆长又以新疆甘肃商会副会长的名义，在新疆甘肃商会会员中举办了一场甘肃籍企业家的爱心募捐活动，筹集到14万元的爱心善款，加上慈善义卖活动的38.15万元，共52万多元用于给阿里木买房

的爱心善款汇集到了新疆慈善总会。

而此时,从毕节地区传来了好消息:毕节地区正着手为阿里木购买一套新房。经过一番"争执",新疆人民广播电台与毕节地区达成协议:两地共同出资 32 万元在毕节市中心为阿里木买了一套住房,帮助好人圆了住房梦。

2 月 9 日,新疆人民广播电台、新疆慈善总会、华夏艺术馆和阿里木共同商定,这笔善款除了为阿里木在毕节购房,举办"阿里木精神大家谈"征文的开支,剩余近 30 万元设立阿里木文化助学基金,专门帮助那些贫困孩子上学。对此,阿里木十分高兴,相当满意。此事报告胡伟常委后,胡伟常委又立即向张春贤书记做了汇报。两位领导对此很满意。

如同所有外出的游子一样,阿里木怀着难以抑制内心激动的心情,1 月 23 日,他踏上回乡的路——生他养他的巴音郭楞蒙古自治州。上午 10 点,当搭载着阿里木和疆内外媒体记者的飞机降落在库尔勒机场时,他知道,自己离家的距离越来越近了。

当天,阿里木的第一站在巴州楼兰宾馆,巴州几套班子的领导亲切接见了他。随后,他去了尉犁县达西村参观。说起达西村还有一个小故事:2008 年 8 月,尉犁县兴平乡达西村团总支书记买买提·沙吾尔带领 19 名团员青年到贵州考察学习时,听说有新疆巴州和静县青年阿里木在贵州毕节市创业,并资助了上百名贫困生的事迹后,非常感动,专程赶赴毕节与阿里木见面。买买提·沙吾尔向阿里木讲述了达西村发展情况后,邀请阿里木回到新疆后一定要到达西村看看,亲身感受一下达西村的新变化,阿里木当时就满口答应,回到新疆一定会到达西村看看。

23 日上午,阿里木带着往日的"承诺"来到达西村进行参观考察。刚刚走进达西村村委会院子,阿里木一眼就看到久违的朋友们非常激动,上前一一与大家握手拥抱。阿里木说,以前达西村的朋友们到贵州看望他时,就告诉他胡锦涛总书记两次给达西村复信的事情,达西村还将复信刻在石碑上,让大家时刻不忘总书记对新疆人民的关怀。

走到总书记复信的石碑前,阿里木显得异常激动,他不住用手触摸石碑上的文字。他说："听说了总书记复信和亲眼看到复信的感觉完全不一样，请帮忙给我拿一张纸和一枝笔，我要把总书记复信内容全部抄下来。"阿里木就这样站在石碑前，一笔一画将复信内容记录了下来。阿里木说，他要时刻牢记总书记的话，并将总书记给达西村复信的内容带到贵州毕节，让那里的人们也感受到总书记对新疆人民的关怀。

随后，阿里木在村民的带领下参观了达西村荣誉室，了解了达西村取得的丰硕成果。阿里木高兴地说，现在的达西村房子建设得越来越漂亮，人们的生活越来越好，他感到很高兴。回到贵州后，他一定会将所见所闻，将达西村人民的幸福生活告诉贵州社会各界。

当天下午，巴州社会各界人士学习阿里木先进事迹座谈会在楼兰宾馆举行。座谈会一结束，阿里木就急忙坐上了回和静的车，他要马上回到魂牵梦萦的家乡。

回乡路上，激动、兴奋、喜悦使他流露出孩童般的纯真快乐。进入和静县境内前，阿里木突然要求停车，说需要在行李中拿些东西。

"阿里木快要到家了，见到母亲第一句话想说什么？"

"这里是焉耆县与和静县的交界处，我先不回家，要到焉耆去看望一个重要的朋友。"阿里木没有正面回答记者的问题，却解释着要求停车的原因。所有随同他"回家"的记者露出了惊愕的表情，阿里木依然开心地微笑着。

车再次启动，阿里木乘坐的车并没有向焉耆县驶去。大家刚才"紧张"的心情渐渐平复下来，"原来是阿里木给大家开了一个小小的玩笑，他经常说回家第一个要见的就是生他养他的母亲。阿里木心情好的时候就会开个小玩笑。"熟悉阿里木的记者说。

是的，阿里木就是这样一个风趣幽默的人；是的，阿里木就是这样一个开朗乐观的人；是的，阿里木就是这样一个把快乐传递给别人的人。

"阿里木要回来了！阿里木一会儿就到了！"和静县东归宾馆门前，和静县党政干部及阿里木的家人、邻居、朋友和社会各界群众翘首以盼。离宾馆不远处的主街道上，飘动着"向'中国网事·感动 2010'年度网络人物阿里木致敬！""大力弘扬阿里木助人为乐的中华民族传统美德"的标语。

极具民族特色的鼓乐响起来,年轻的小伙、漂亮的姑娘随着音乐跳起来,人们的热情被极大地激发起来。

和静县委书记汪江华捧着洁白的哈达献给阿里木,"欢迎我们和静的好巴郎回家,你是新疆人民的好儿子,和静人民的骄傲!"两人紧紧地拥抱在一起,现场响起经久不息的掌声。

"妈妈!我回来了!"

"阿里木江,阿里木江……"看到年迈的母亲托乎提汗·纳斯尔被家人搀扶着等待着自己,阿里木快步迎上去,与母亲热情相拥。两人禁不住流下热泪。

"妈妈,这是我的中国网事奖杯,请拿着,这也是您的奖杯!"托乎提汗·纳斯尔紧握着奖杯,将奖杯高高举起,向现场的群众展示着。他又给母亲戴上自己精心挑选购买的披肩,母亲喜滋滋地披到了肩上。

一瞬间,记者们肩扛、手持摄像机、照相机将这一感人的场景永久定格。大家这才意识到,阿里木刚才在焉耆县路口停车是想从行李中取出奖杯。

现场的气氛被这一场景推向了最高潮,人们不由自主地喊着:"阿里木!阿里木!阿里木……"

阿里木以一个普通人的高尚品德,谱写出一曲民族团结、自主创业、助人为乐、无私奉献的绚丽诗篇。

"妈妈,这次我还带回了张春贤书记的问候和祝福。张书记说,您是很伟大的母亲,要保重身体,他有时间一定会来看您。"阿里木拉着母亲的手、眼含泪花激动地说。

阿里木还告诉母亲,张春贤书记给他送了一件衣服,叮嘱他娶了媳妇后要好好过日子,希望今后他们夫妻俩能坚持助人为乐,永远做一个开心快乐的阿里木。

"张春贤书记还特意给您带来'礼物'——张书记个人工资的 5000元,请您收好。"托乎提汗·纳斯尔捧着张春贤书记送给她的大红包,喜悦的泪水夺眶而出。母子再次拥抱在一起,喜极而泣。

托乎提汗·纳斯尔老人还颤巍巍伸出手为儿子拭去脸上的泪水,阿里木也轻轻地帮母亲擦拭着脸上的泪水。现场所有记者和群众都被这一场景所感染,热烈的掌声再一次响起。

1月24日中午,回到和静县天富花园小区家中的阿里木, 第一件事就是要亲手给母亲做一顿饭。

"妈,您中午想吃什么饭,我给您做。"

"我最想吃你做的过油肉拌面,面不要太硬了,我现在吃太硬的面消化不了。"阿里木在征求了母亲的意见后,开始和面、洗菜、准备锅碗。

阿里木知道母亲平时喜欢吃肉,切肉时特意多切了一些。油烧热后,阿里木将肉下了锅,顿时,厨房里弥漫着浓浓的肉香。托乎提汗·纳斯尔看着儿子忙活着,还不停地告诉儿子炒菜的调料在哪里。

托乎提汗·纳斯尔趁儿子拉拉条子的时候对记者说:"儿子每次回来都会给我做饭,做饭的时候还不让我插手。上次,我去毕节看他的时候,一看他吃的都是面条、馒头,就给他做新疆饭,他吃得可香了。现在,他也渐渐学会了照顾自己,做饭的水平也提高了。你看,阿里木拉拉条子的样子还真像一个'大师傅'。等会儿,饭做好了大家都来尝尝他的手艺。"

"开饭了!"说话间,阿里木端着热气腾腾的过油肉拌面过来,托乎提汗·纳斯尔看着儿子的额头渗出了细微的汗珠,泪花在眼眶中闪动。

"快吃吧,菜凉了就不好吃了,您吃着也会不舒服。"

"我现在就吃,儿子给我做拉条子我高兴呀!"阿里木看着母亲满面笑容的样子,开心极了,他不时将自己盘子里的肉夹到母亲的盘子里,托乎提汗·纳斯尔连忙说:"阿里木江,你自己吃,我吃不了这么多肉。"一家人看到这一情形,都忍不住笑了起来。

3年没见的母子俩有说不完的话,24日凌晨4点,俩人还在聊着。

当然,母子俩的主要话题还是家长里短,阿里木的母亲说,现在阿里木的哥哥们生活得不太好,她希望阿里木能帮帮他们。以前他的兄弟们很不理解,认为他把钱都给别人,却不管家里的兄弟,"这次他回来,兄弟们

慢慢地理解了他的行为。"

母亲说完家里的事，就开始说他的侄女、外甥，说来说去就说到让他该成个家，要个孩子。阿里木的母亲说，现在他的兄妹们都有了孩子，就他一个人在外面漂，最牵挂的就是这个儿子的婚事。"妈妈说让我在和静找个媳妇，说她已经帮我看了一个，让我去见见，她不知道我喜欢啥样的。我让母亲别操心了，我会处理好的。"阿里木说。

这是《巴音郭楞报》记者周海霞、王璐、通讯员侯明对阿里木回到和静的详细描述。

阿里木在和静有限的两三天里，活动安排得满满的。

他参加县里举行的"新疆的好巴郎、和静人民的骄傲——阿里木"事迹报告会、座谈会，参观一些企业和牧民搬迁村，回到母校——和静第二中学与师生们座谈。

再忙，他也忘不了去看望他的小学班主任再同汗——一位已经退休在家的老人。当她得知阿里木被评为"中国网事·感动2010"年度网络人物排行第一名之后，流下了激动的泪水，当时就打电话祝贺他。

没想到，阿里木今天来看望她，还带来了一篮水果和一束鲜花。他对老师说："没有您当年的教诲，就没有我的今天。"

再同汗流下了幸福的泪水。

在和静镇夏尔布鲁克村47号院，阿里木和他的同学们一起去看望了昨天一起去迎接他的同学——瘫痪在床的吐逊·乌帕尔。

2005年8月的一天，吐逊·乌帕尔在修理一辆拖拉机时，支起来的拖拉机突然倒了下来砸伤了他的腰，住了7个月的医院，从此他瘫痪在床上。没有了经济收入，老婆跑了，只给他留下一个儿子，陷入困境的他只有和父母一起生活。

2009年12月12日，是庆祝他们高中毕业20周年的日子，全班86人，唯独阿里木没有到场。在庆典现场，策划组织这场活动的同学巴哈古丽·克丽给他打电话，在电话里，他得知吐逊·乌帕尔瘫痪了，马上从银行汇了2000元过来，在场的所有同学误以为阿里木在毕节发了大财。

不久，巴哈古丽·克丽在网上与阿里木视频聊天中，突然看到了他房内的寒酸,赶紧问他过得好不好,他回答说很好。她无论如何也不相信他会过得很好,想起了那次同学聚会,她忍不住流下泪水,很快给他寄去一条毛毯。

"其实我们同学中很多人都比他有钱,但他做的好事却最多。后来同学们都知道了,大家都在反思,自己赚了钱又能怎样?没有一个人能有阿里木的那种勇气和思想境界。"2011 年 2 月 14 日下午巴哈古丽·克丽在和静县东归宾馆接受笔者采访时说。

"有一次,我们乘车去参加劳动,车前面突然一头牛闯了过来,司机一个紧急刹车,因惯性作用,同学们一个跟一个相撞都倒在了车上,其中一个最小的汉族女生被压在了最下面,如果不及时抢救,她很有可能窒息身亡。阿里木急得用双手扒开压在汉族女生身上的人,把这位女生救了出来。"阿里木的高中班主任沙代提·买买提回忆。

沙代提·买买提接着说,那时候,学校校舍不好,有年冬天,教室的屋顶破了,阿里木就用泥巴和塑料纸补好屋顶。"当时我就觉得这个孩子很懂事,这次他回来,跟我说话时还不好意思,我感觉这个孩子身上的那些朴实的东西没有失去。"

"阿里木上高二的时候就去当兵了,在和高中同学们相处的一年多时间里,让同学们记忆最深的就是,他每天早早到教室把炉子生好,然后同学们才陆陆续续到教室。他这次回来,很多同学也都赶来看他,但我们觉得他还是那个当年给我们生炉火的阿里木。"巴哈古丽·克丽说。

在和静期间,阿里木没有想到,他资助过的两位贫困生也赶来看他。"我上一年级时,阿里木叔叔知道我们家条件很差,就通过我们的老师资助我们。现在我已经上初一了,从没见过阿里木叔叔,却经常能从老师那里拿到阿里木叔叔给我们的钱。"13 岁的买尔丹说。

另一位受资助的孩子努尔扎提说,叔叔跟电视上的不太一样,"叔叔的大胡子很亲切,他是好人,没有他的资助,我很难上到初中。"

买尔丹说,昨天晚上,母亲说明天可以见到阿里木叔叔,他特别开心,"班上好多同学都知道阿里木叔叔,同学们都说让我争取跟阿里木叔叔说上话,刚才活动结束时,阿里木叔叔搂着我照相了。他还问我现在学习咋样,让我要听老师的话。"

我们在采访中了解到，买尔丹和努尔扎提的家庭都比较贫困，他们的老师告诉笔者，每个季度，阿里木都会往老师的卡上打钱，再由老师把钱交给两个孩子或者他们的父母。"我跟阿里木也只是通过电话，他真的是个好人，看到电视上他住的房子这么简陋，我都不敢相信自己的眼睛，社会上能做到他这样的人真的很少。"

在和静，阿里木还有一件很重要的事要办，那就是去父亲的坟上祭奠他的父亲哈力克·默穆江。

让阿里木内疚的一件事是，父亲去世时他没能赶回来，这是他内心最纠结的一件事。他的父亲哈力克·默穆江于2007年3月20日病逝。临终前，老人是多么想见一眼远在他乡的儿子，家里左一个电话右一个电话地催促他，他却没有及时赶回来，遭到了家里人的埋怨。

那个时期，他正忙于烤羊肉串挣钱，因为所有的学校都已经开学，灵峰村有3个孩子由于交不起学费而待在家里，他多次和学校商量，让他们先上课，3个孩子的学费在一个月内由他全部交清。为了这个承诺，他要加紧赚钱把3个孩子的学费交上。在得到父亲病危的通知时，他的心里是很矛盾，苦了一生的父亲把他们7个兄妹拉扯大有多么的不容易呀。全家9口人，只靠父亲一个人的工资生活，作为一家之主的父亲，心里要承受多么大的压力。父亲要走了，他不能去尽孝，他的内心忍受着多么大的痛苦。但一想到3个孩子渴望上学的迫切心情，让他难以离开毕节。他记得，那天他给学校写下承诺书后，在他离校的时候，3个孩子齐刷刷地给他深深地鞠了一躬，其中一个大一点的孩子说："阿里木叔叔，我们在学校等您给我们送学费来，要是送不来，学校会让我们回家的。"说完，他用期待的目光看着他，那目光他再也忘不了。

2011年1月25日的傍晚，没有让一个人跟，在凛冽的寒风中他来到父亲的墓前，稍停之后，他给父亲做起祈祷。此时，父亲的身影在他的眼前越来越清晰，并渐渐地向他走来……

站在印满父亲足迹的天空下，他虔诚地望着长方形的土墩，按照维吾尔族的习俗，土墩上用土块砌成略小于土墩平面的一个平面，这个平面象征着打麦场，在这个平面上顺放的短于平面长度的五边形的土柱，象征着打麦磙子。

虽说父亲不是一个农民，但他就像一个农民一样，整年地奔波，为的是全家人的生活。

2007 年的 4 月，他在父亲下葬 40 天后赶到了，赶上了过"乃孜尔"的日子。站在墓前的他，不知什么时候泪水顺着脸颊流了下来。这时候仿佛有古老的歌声传来了，如雾霭升腾，演变成一曲曲无韵的悲歌。他忽然想起了一个诗人的一首诗歌：

> 在结束中开始，如枯叶归于尘土，
> 这是一种必然和宿命。
> 他那双布满荆棘的手，
> 让夜的探访者感到了彼此的距离。
>
> 一个人走到夜的深处，
> 却走不出一盏油灯的孤独。
> 多雨的夜晚随着一架天梯的坍塌，
> 我乘坐一枚灵魂的叶片返回家园。
>
> 在追寻中遗失，在放弃中坚守，
> 远行的人带不走一片云彩。
> 朝圣路上，我们都是虔诚的信徒，
> 背着精神的布袋，永无止境地走。
>
> 我想到达的地方太多，
> 一张白纸就有数不尽的村庄和河流。
> 一生的时光如同白驹过隙，
> 一生的痛却像一生的路那么漫长。
>
> 请忘记这位出身卑微的歌唱者，

请不要给他献上枯萎的鲜花。

他现在已一无所求，

——无需他人喝彩，也无需他人垂怜。

3 天之后，阿里木又一次来到了乌鲁木齐市。

离开和静的那天，许多人来欢送他，伸出了一双双手和他握别……

临上车前，他与母亲拥抱告别，这时的母亲已经泪流满面，他的眼泪也是止不住地流下来。

不知道什么时候再回来，想到这，他的心里就更难受了。

湛蓝的天空牧放顽皮的白云，白云下面是他可以远眺天山的老家，他悄然收起泪水，深情地望着渐渐远去的家乡……

他要用坚强的一生，走着渐行渐远的道路，风里浪尖也不会回头。

在阿里木的心里，他永远不能看见贫困的人，谁贫困了，他都要竭尽全力帮一把。他多次说过，不是他多么高尚，他就是见不得有人贫困，因为他就是从贫困中挣扎了很多年才走过来的。

当他得知乌鲁木齐市第三十五小学的杨姗姗 5 岁时丧父，母亲因病无法出去工作，12 岁的小姑娘乐观、善良、坚强，不仅是班上的班长，还捡废品卖钱帮助社区贫困人员，被深深地感动了，他决定资助这个小姑娘。

2 月 23 日，乌鲁木齐的天气还比较寒冷，而阿里木来到了公园北街。

《都市消费晨报》的记者姚丹写了篇现场感极强的报道：

2 月 23 日中午，在乌鲁木齐市公园北街，伴随着阿里木的吆喝声，小小的烤肉炉很快被围得水泄不通，人们高举着手中的钱喊着："阿里木大哥给我来 5 串"、"阿里木兄弟给我烤 10 串"……

"中国网事·感动 2010" 年度人物阿里木在公园北街新巴楚快餐厅现场卖烤羊肉串，并将所得善款全部捐给乌鲁木齐市第三十五小学的杨姗姗。新疆十大杰出青年王燕娜、艾尼·居玛也前来助阵，王燕娜忙着收钱，艾尼·居玛忙着翻烤肉。

记者采访发现，很多人都是因为阿里木、王燕娜、艾尼·居玛 3 个人的感人事迹专程赶过来的。

看着阿里木冻得通红的脸和手，有人问他为什么要这么做。阿里木说："我们是为了共同的目的，尽其所能地资助那些因为家庭贫困而失学的孩子,让他们尽早重返校园。这是一份爱心的传递。"

在1个小时的时间里,阿里木的烤肉卖了1042元,按每串3元的价格计算,也就是卖出了347串烤肉。

"实际上,我们没有准备这么多烤肉,很多市民给了20元、50元、100元钱,却不肯要找的钱。"王燕娜说。记者也注意到,王燕娜找钱时,很多人都不约而同地做了同一个动作——摆摆手,甚至有人留下钱没有要烤肉就走了。

14时30分,阿里木、王燕娜、艾尼·居玛将1042元送到了位于河南路的杨珊珊家。

据了解,在卖烤肉之前,阿里木等3人还做客自治区团委新疆青年网络影视中心,通过"新疆"微群与全国网民互动交流。

在短短一个多小时的时间里,有3000人参加网络互动,5万余人参加微博互动,发送、转发、评论微博15万余条。网民们纷纷表示要向阿里木、王燕娜、艾尼·居玛学习,学习他们乐于助人、无私奉献的精神。

当天,阿里木现场卖烤肉捐助贫困学生杨珊珊的义举又引发了一场热潮。许多人从乌市各个地方赶来,为了一睹阿里木真容。70余岁的冯大妈早上8点听到这个消息,10点就赶到新巴楚快餐厅,在寒风中等待阿里木的到来。见到阿里木时,她激动不已,大声说:"阿里木,你太棒了,你是新疆人民的骄傲!"她当场拿出来200元,要捐给贫困生,"我来不是为了吃烤肉,我是想学习阿里木,做一点好事。"

新疆有色集团一位工作人员在听到这个消息后,带着十几位同事到这里吃烤肉,他说:"阿里木是我们学习的榜样,我们要把阿里木的精神发扬光大,阿里木烤肉不仅香,还有人情味!"

一位80余岁的老人步履蹒跚地来到现场,只是为了见阿里木一面,见见这个心目中的好人。一位男子边吃烤肉边说:"吃一串阿里木烤肉,就是吃一剂阿里木精神良药,我们要把阿里木精神延续下去!"

《都市消费晨报》还链接了这样一条消息:昨天,接过阿里木递过来的

爱心款,激动的杨姗姗突然提出了一个要求:"阿大叔,我想把里面一半的钱捐给一个患白血病的小女孩,您同意吗?"

"那可不行,你还没有经济收入,所以这钱要用来买学习用具和给你妈妈看病。"阿里木说着,又从口袋里掏出了200元,"这个钱你拿去给那个患白血病的小女孩吧。"接过200元,杨姗姗的眼眶有些红:"我替白血病的小女孩谢谢阿里木大叔,以后我会更加努力学习,用好的成绩来回报大家。"

有人说,阿里木在回新疆之后也在新疆大地上洒满了温情和爱心。

他自己则说:"我要一直做一个快乐的阿里木。"

快乐的阿里木在乌鲁木齐市被各大厅局机关、学校、社区、部队、厂矿邀请去做报告、开座谈会,忙得不亦乐乎。

笔者的一位画家朋友贺军想给阿里木画一幅肖像,约好了几次,都因他身不由己而告吹。终于有一天他如约而至西北路的"唐汗隆"火锅店,也已近午夜12点,身边还跟了几个人陪同去的。

1月26日,他去了趟深圳,这是湖南卫视和深圳卫视合作录制一期春节晚会节目,其他时间,他一直在乌鲁木齐市忙碌。

这时候,又有好消息频频传来:阿里木被新疆维吾尔自治区慈善总会评为"感动新疆慈善人物";自治区团委、自治区青联授予阿里木"新疆青年'五·四'奖章"荣誉称号;自治区总工会授予阿里木"外出务工模范"的称号;自治区检察院聘任阿里木为"预防犯罪协会驻毕节联络处"主任;巴音郭楞蒙古自治州团委、青联授予阿里木"巴州青年'五·四'奖";和静县委授予阿里木"民族团结进步模范人物"、"外出务工创业之星"等荣誉称号,并投资30万元批准成立了"阿里木民族团结一家亲助学基金"。

分量最重的恐怕要属新疆维吾尔自治区档案馆决定将阿里木纳入新疆名人档案,成为新疆名人档案库里的第111人。能够进入名人档案库的人,是在某一个历史时期,对社会的某一领域产生过较大社会影响的人物。

这一系列的荣誉像一道道光环,戴在了阿里木的头上,朋友们不无担心他会不会被这些光环给冲晕了头脑,而阿里木的回答是:我永远还是一个卖烤羊肉串串的阿里木。

第十二章 楼兰有个好姑娘

一直孑然一身的阿里木，令周围朋友们最关心的，也是令许多媒体记者关心的是他的婚姻问题。

阿里木说，他绝对没有单身的想法，只不过他的运气很不好，这些年，一门心思为了生计，为了发展，为了在一个地方站住脚跟，没有机缘和时间谈恋爱。他这个人爱冒险，爱生活，爱很多美好的事物，精力充沛，头脑灵活，他感觉无论他岁数多么大，他的心都是年轻的。他有时也比较粗心大意，夏天生意好的时候，每天卖烤肉串很忙，连睡觉的时间都很少，当然就更没有时间想娶老婆的事情了。可是到了冬天，稍微闲的时候，他也很希望有一个女人陪伴在他身边，他们一起说话、做饭、穿烤肉，一起出去卖烤肉，一起出去逛街，他会对她很好的。

"在毕节这里，或者回到新疆的时候，也有人给我介绍女朋友，可是我发现，现在很多女性不像以前那么传统了。也许是我很保守，我看到很多女人整天打麻将，有时也不管孩子吃饭没有，就随便给一点钱让孩子去外面

249

吃饭,心里很不舒服。还有的女人,每天浓妆艳抹,特别喜欢买名牌包和衣服,这样的女人养起来成本太高,我阿里木现在还养不起,这样的女人也不适合我。

对我来说,人生除了学一门吃饭的手艺,也就是你们说的立业吧,最重要的是还要有爱情。不过我对爱情的理解可能和你们不同。我不觉得一见钟情的爱情会突然降临,我更相信爱情是培养出来的。只要一个女人的品质没有问题,其他可以忽略不计。我们可以在一起慢慢培养感情,直至有了爱情,甚至亲情。我个人是有些大男子主义的,我对女性有没有工作或者其他特长没有特别的要求,只要她心地善良,行为端正,愿意跟我,我就会好好地挣钱养活她爱她,然后我们生个小孩,过最普通最平淡的日子。现在很多男女在选择爱情时,男性容易爱上女性的年轻貌美,而女性则容易爱上男性的财富和地位,这都是不保险的,我很反对。总之,爱情是人生很美好的东西,应该是不可缺少的,我希望我的爱情也快快到来。"

阿里木对于寻找什么样的爱情,有他自己所追求的理想中的人。他这次回新疆除了应约张春贤书记的接见外,他还要完成自己重大的使命,就是寻找一个爱人。

他在乌鲁木齐繁忙的那段时间,抽空跑了一趟伊犁。行前,他专门给笔者打了个电话,说伊犁他一个熟人也没有,能不能让我找个熟人引路。在毕节采访时他就说过这件事,我一直没有问他是不是在伊犁有了目标。我把伊犁人民广播电台台长仇家军介绍给了他。仇家军热情地接待了他,有着很强新闻敏感性的仇家军,立即将阿里木到伊犁的消息给州委宣传部作了汇报,结果没有引起足够的重视。仇家军邀请阿里木上电台在同一天各做了一期维吾尔、汉访谈节目。

未能料到,这两期访谈节目在伊犁地区引起了轰动,许多听众从广播了知道了阿里木来到了伊犁,但是州委书记李湘林有些恼火,因为阿里木来伊犁这件事居然没人给他汇报。天天收听广播的李湘林立即接见了阿里木,并对他说,巴州和伊犁只一山之隔,是真正的邻居,希望他能够找到心仪的人,成为伊犁的女婿,并让宣传部门的人牵线搭桥。

在伊犁的几天,阿里木没有遇见任何姑娘,却在那里忙于参加座谈会、资助贫困学生、接受采访。

又一次回到乌鲁木齐的他,决定去鄯善,这一次他是奔着目标去的。

去鄯善的途中,阿里木同样给笔者打了个电话,笔者把吐鲁番人民广播电台台长王勤介绍给他。吐鲁番距乌鲁木齐仅 180 公里,他很快就到了吐鲁番,王勤不仅请他吃饭,还派出能干的新闻部主任刘强跟随去鄯善采访。

但是关于阿里木要与鄯善姑娘喜结良缘的消息是《中国石油报》记者胡仁伟最早发出的,报道如下:

千里姻缘一网牵,阿里木与新疆鄯善姑娘谱写动人爱情诗篇。

以 30 万串烤肉串起 160 余名贫困学生求学梦的民间慈善家、"中国网事·感动 2010"入选人物、新疆维吾尔自治区党委书记张春贤的"民族兄弟"阿里木,与石油姑娘帕提古丽喜结良缘,婚礼定于 3 月 5 日在鄯善县举行。

新娘帕提古丽来自中石油吐鲁番销售公司鄯善片区第一加油站,今年 28 岁,2008 年毕业于新疆农业大学交通工程专业,现任加油站核算员。

帕提古丽是一个美丽、温柔、聪颖的姑娘,精通维汉双语,对计算机操作尤为擅长。作为一名民族员工,她是加油站为数不多的"高素质复合型人才",加油站零售管理系统、ERP 等与电脑操作紧密相关的业务,帕提古丽纯熟精通,是附近几座加油站义务的"电脑讲师"。

阿里木与帕提古丽相识于网络,一段浪漫的"网络情缘"让他们"情定三生"。

阿里木的事迹传遍大江南北后,鄯善姑娘帕提古丽被深深地吸引了,只要是阿里木的报道,她都会从网上下载下来慢慢品读,逐渐地就被阿里木博大、宽广的"大爱"吸引,并心生爱慕。

一次偶然的机会,让他们相识在网上,通过 QQ 聊天,情感交流、观念碰撞,他们由陌生到熟知再到互生爱意。

从认识到订婚刚好 60 天,属于时尚的"闪婚一族",而这一切,他们都瞒住了各自父母。

直到 3 月 1 日，阿里木去鄯善悄悄约会心上人，两人才头一次见面，通过提亲、交流、当面考验……帕提古丽的父母一下子就喜欢上了这个大胡子女婿。

帕提古丽悄悄告诉记者，虽然认识时间不长，但阿里木屡屡出题考验她，试探她的人品和性格，在互相考验中，彼此的感情更好了。

阿里木曾问过帕提古丽："我一直要帮助需要帮助的人，我没有钱，你会怎样？"

帕提古丽轻描淡写地说："我不是图你的钱，我是看上你的人了。我自己有知识有工作，我不会依靠你。如果我们结婚，我会帮你穿烤肉卖烤肉，继续帮助别人。"

有一次，帕提古丽的手机坏了，两天没有和阿里木联系，远在乌鲁木齐的阿里木急坏了，一次次拨打帕提古丽电话，电话一次次提示"电话已关机"，直到帕提古丽给阿里木打来电话，才知道事情原委。阿里木当即要送给帕提古丽一部新手机，帕提古丽厉声拒绝了他："我这个手机还能用，修手机才花了 20 元，你的钱还是留给最需要帮助的人吧！"阿里木被深深地打动了。

在网恋的 60 个日日夜夜，阿里木不时出题考验帕提古丽。

一次，两人聊天，聊到对金钱的态度，阿里木无意间问帕提古丽，你一个月挣多少钱，帕提古丽如实奉告："我一个月扣掉'三金'、'五险'大概有 1000 多元……"

阿里木："够花吗？不够的话，我给你卡上打点钱。"

帕提古丽当即非常生气："你把我当成什么人了？我的钱我自己挣，我不用你给我，你的钱拿去帮助最需要的人，要不是你爱助人这一点，我也不会找到你！"

一次，帕提古丽问阿里木："我知道，现在很多好心人都被你的事迹打动，给你捐款，你以后有钱了会继续帮助别人吗？"

阿里木毫不犹豫地说："我人生最大的乐趣就是帮助别人，有了钱，我也要继续帮助别人，帮助比我们困难的人。"

这一回帕提古丽被深深感动了："我要和你一起去帮助别人！"

"帕提古丽在单位是个乐于助人的好姑娘。"中石油吐鲁番销售公司鄯善片区经理高波告诉我们,在为玉树地震、舟曲泥石流灾害捐款,她都冲在前面。一些员工对电脑操作很生疏,对计算机应用很"挠头",帕提古丽看到这些,就主动帮同事们掌握,一次不行两次,两次不行三次,手把手不厌其烦地教,而且从不发脾气。

帕提古丽是个热心肠的人,新员工都喜欢找她这个"知心姐姐"说说心里话,一些矛盾、纠结,在她细声软语的开导下变成了理解和融通。

加油站经理陶松林说:"帕提古丽是我的好帮手,平时我不在时,都是她在操心,站里站外一把手。她说话和气,性格温柔,大家都很喜欢她。有时候看见男员工宿舍乱了,工装脏了,她也不嫌弃,帮着整理宿舍,给男员工洗衣服,大家都很喜欢她!"

帕提古丽的表姐热依汗说:"我这个小妹文文静静,是个很热心肠的人。我和她都在加油站工作,我快40岁了,电脑做账、资金电脑管控系统应用、计算机操作有些困难,小妹经常帮过别人后再来帮我,她的心像玻璃一样透明。"

帕提古丽告诉记者,玉树地震时,她通过报道了解到了阿里木去灾区救人的事迹,当时就感觉到他是一个英雄,没想到姻缘巧合,阿里木竟成了自己的"如意郎君"。

千里姻缘一"网"牵,远在贵州毕节的阿里木和新疆鄯善姑娘帕提古丽的爱情故事,因为大爱和小爱的完美结合,而显得弥足珍贵。

中石油新疆销售公司总经理刘守德激动地说:"我对他们的结合表示热烈祝贺,我们中石油的好姑娘帕提古丽嫁给新疆的好巴郎阿里木,我们由衷地替她高兴,为他们祝福! 愿他们的爱情美满,生活美好!"

"帕提古丽是中石油的好员工,他们的结合是博爱和爱情的完美结合,愿阿里木的博爱之心和帕提古丽的温柔爱情共同结出绚丽的花朵,祝福他们百年好合!"中石油新疆销售公司党委书记悦仲林在贺电中说。

阿里木告诉记者,他和帕提古丽属"一见钟情"。虽然两人才相识两个多月,但感情升温迅速,"已经到了结婚的时候。"阿里木说,"谈恋爱时,我俩见过两次面,她温柔善良,善解人意,我们很谈得来。"

帕提古丽说："几年前，我就听说过阿里木卖烤肉资助贫困生的事，那时就非常敬佩他，可是没机会见到他。直到两个多月前，阿里木回到了新疆，我通过报道渐渐了解了他，就通过电话联系到了报道阿里木的媒体，得到了他的电话，此后就通过电话和他联系，并要了 QQ 号码，两人就这样熟悉了。"

"之前大家都很关心我的婚事，现在我结婚了，告别单身生活了，大家也都可以放心了，谢谢好心人。"阿里木说。

胡仁伟的报道，有几处是失误的，在我们后来的深入采访中，得到了验证。

阿里木与鄯善姑娘帕提古丽在网上相识是他回到新疆开始的。然而，几年前帕提古丽就知道阿里木这个人。但自从两人在网上认识之后，帕提古丽一直有想认识阿里木的强烈愿望。

"仅仅是想认识一下，因为我崇拜他，他是我们维吾尔族人的骄傲。"帕提古丽对笔者说。

"第一次跟阿里木通电话，还闹出个笑话。"帕提古丽说，"我把电话打到和静县宾馆，说找阿里木听电话，结果宾馆服务员给我找来的是另一个阿里木，也是个卖烤肉的，聊着聊着我越听越不对，只好放下了电话。"帕提古丽笑着说。

通过多次视频聊天，俩人都渴望见面，时间定在了 1 月 28 日这天。

这是个周末，帕提古丽穿着一身白色运动衣，脚蹬一双运动鞋，尽显青春的活力。

那天早晨 8 点，帕提古丽就悄悄出发了。这时天还没有亮，长途汽车三四个小时就到了乌鲁木齐。

按照事前的约定，帕提古丽站在二道桥的肯德基门口，阿里木接到电话后，匆匆赶来了。

见到长得娇小、白皙的帕提古丽，阿里木不由地激动了，细心的帕提古丽特意买了一条皮带送给他。正如胡仁伟的文章中所说，第一次见面，阿里木从各个方面考察着帕提古丽。

双方在一起只待了一个小时，帕提古丽就返回了鄯善。

这一次的见面,给双方都留下了美好的印象,也奠定了俩人的爱情迅速升温。

2 月 14 日,西方"情人节"的那天,帕提古丽又一次来到乌鲁木齐,直接到了坐落于新华南路路口的突玛丽斯大酒店 708 房间。她敲开门时,正巧房内有人,就默默地坐了一会儿,看到一双穿过的袜子在盆子里放着,她端起盆子到洗脸间洗了。阿里木嘴上没说什么,但看在了眼里,他的心已经难以平静了。

客人走后,帕提古丽发现了茶几上有一大束鲜花,就问阿里木:"今天是什么日子?"

阿里木想了半天都没有想起今天是什么日子。

"傻瓜,今天是'情人节'。"帕提古丽说。

一时反应过来的阿里木立刻将那束鲜花双手捧给了帕提古丽,还说了一句半真半假的玩笑话:"请你收下,我的情人。"

帕提古丽被他逗笑了。

他们聊着,心情格外愉快,深感时间过得太快,帕提古丽要到南郊客运站赶车,不能不起身了。阿里木是多么的希望帕提古丽留下来呀。

他们有些恋恋不舍,互相深情地对视着。这时,阿里木干了件蠢事,从口袋里掏出 500 元给帕提古丽,她断然拒绝了。

帕提古丽走了,屋子里留下了她淡淡的香水味,令阿里木浑身燃烧起来,回味着帕提古丽的言谈举止、一颦一笑,他说什么也睡不着了。

第二天,阿里木给帕提古丽打电话说:"我选好你了,我要跟你结婚。"

帕提古丽的回答却令阿里木出乎预料。

"我不能把我的婚姻作为赌注,我要认真考虑。"

> 犹如黑夜思念太阳而出现,
> 千疮百孔的星空,
> 我赤裸的胸也被爱的烈火,
> 炙烤出创痕无数。

阿里木想起了《十二木卡姆》中的几句诗一般的语言。

接着他给帕提古丽发了这样几句话：

    我将苹果送到了你的手上，

    我爱上了你的俊俏模样，

    等了你三天还不见你的身影，

    两眼望穿了你来的方向。

这样的情话，阿里木每天要往帕提古丽的手机里发一串，以此来打动她的芳心。

几天之后，帕提古丽同意和阿里木结婚。

接到帕提古丽的电话，他兴奋地哼起了小调：

    百灵啊，我的百灵，

    林叶间萦绕你的歌声；

    仿佛世上再没有别人，

    我心中唯独只有你的倩影。

阿里木迫不及待地奔向鄯善。

鄯善位于新疆维吾尔自治区东天山博格达山南麓，吐鲁番盆地东部，其东邻哈密，西连吐鲁番，南与巴音郭楞蒙古自治州若羌县交界，北与昌吉回族自治州奇台、木垒两县接壤。辖 5 镇、5 乡，总人口 22 万多。其乡镇主要集中于西北部的绿洲。县域东西宽约 190 公里，南北长约 250 公里，总面积近 3.98 万平方公里，吐鲁番地区的面积为 7 万平方公里，鄯善的面积占了一半还多。

鄯善县境地形地貌特点鲜明，县境北部有逶迤高耸的东天山，海拔 3500~4100 米，很多时候，可以看到圣洁的冰峰雪岭。火焰山是新疆最为独特的地貌，海拔 300~800 米，它横亘在县境中部，由东向西绵延 100 公里，其中大部分在鄯善县境内。火焰山像熊熊燃烧的激情之火，把吐鲁番的天空烧成了一种淡红色。火焰山的主峰就在鄯善县吐峪沟。觉罗塔格山绵延在县境南部，海拔 800~1000 米，终年无雨雪，极其干旱；库木塔格沙漠是一座巨大的沙的雕像，它金字塔形的、羽毛状的沙丘闪耀着金色的光芒，像神灵一样保卫着与它紧紧相依的绿洲。南戈壁比月球表面还要荒凉，吸引了不少探险者到这里来寻找真正的荒原的感觉。

以艾丁湖为中心，整个吐鲁番盆地——包括鄯善的地形由 3 个色彩雄浑而深沉的环带组成。外环是由东面的库姆塔格山、南面的库鲁克塔格山、西面的喀拉乌成山、北面的博格达山组成，其基调是由银色的雪山、黛色的森林、褐色的悬崖峭壁构成，组成盆地中环的是黑色的戈壁和金色的沙漠，盆地的内环则是丰饶的、飘着果香的绿洲。

二唐沟河、柯柯亚河、坎儿其河是天山水系的 3 条河沟，是鄯善县所有生物的源泉；吐峪沟、连木沁沟、树柏沟则是天山水系进入绿洲带的 3 条河沟，这 6 条沟谷数千年来，养育了鄯善一代代人民和古老的文明。

鄯善是古老的歌舞之乡，那些古老的旋律千百年来一直滋润着这块同样古老的土地，以至歌舞成了人们生活的灵魂。它还是中亚音乐的珍藏地之一。

这是一块常年被灿烂的阳光照耀的土地。这里是维吾尔人的聚居区，孕育了古老的维吾尔风情。诞生在鲁克沁的吐鲁番木卡姆，是新疆木卡姆艺术的重要篇章，木卡姆艺术传承中心就修建在这里。这里的很多院落和屋顶都有葡萄架，它们不但提供了甜蜜的葡萄，还阻挡了天地之间的热

浪。鄯善城外有大片的葡萄园,山头和山坡上到处都是葡萄晾房。这里是吐鲁番葡萄的主要产地,是哈密瓜的原产地,所以一到瓜果成熟的季节,城市里就飘满了瓜果的香味。在南湖大戈壁上,则蕴藏着丰富的矿藏,就连这里的石头也非常有名——"东有水头,西有鄯善,南有云浮,北有莱州",它是中国四大石材市场之一,这里的大理石"鄯善红"享誉亚洲石材市场,鄯善已成为"中亚石都"。

鄯善无疑是博大的,有着西部的粗粝和雄奇,"风沙、尘暴,对她而言只是轻轻的抚摸"。但她的气质也有柔和的一面,一位诗人赞叹说:"它的线条是清晰而委婉的,它的色彩是互相过渡着呈现和谐的,它的情感十分平静,它的姿态像一个内心清净的、入定的罗汉与尘世的若即若离"。

这里还有一个丝绸之路古道上的一个掷地有声的名字——楼兰

这是历史风尘中的一个恪守千年的秘密,

繁华尘世,幽静史林,

大海道上的车辆如烟而去,

千百年的文人学士,

为后人留下了永恒的向往。

楼兰,一个在古西域文明史上披着神秘面纱和传奇色彩的地方。

史载:"楼兰,地名,汉初王治扜泥城(今罗布泊西北之故城)。昭帝元

凤四年(前 77),名将霍光遣勇士傅介子诱杀楼兰王安归,另立其弟尉屠耆为王,改国名鄯善。"

读罢《新疆历史词典》中关于注解"楼兰"一词的几行文字,不得不令人浮想联翩。从以上文字不难看出"鄯善"一词最早出现在公元前 77 年,距今已有两千多年的历

史。从楼兰到鄯善，只是国名的更替。

两千多年过去了，古楼兰王国已繁华谢尽，曾经辉煌一时的丝绸重镇，早已被历史的风尘淹没在茫茫沙海之中。倘若不是 20 世纪初斯文·赫定的向导奥尔德克瞑瞑之中受上帝的派遣，在黄沙滚滚的探险途中为寻找一把铁锹而误闯一片古城废墟，并在迷途中给斯文·赫定捡了几片写满文字的木简，恐怕远去的楼兰将永埋沙海而成为千古之谜，不知何时才能重见天日。

楼兰是幸运的，因为有了 20 世纪初的探险勇士奥尔德克和斯文·赫定等人的闯入，在 3 世纪突然消失的楼兰，又重新被撩开了神秘的面纱，吸引了世界的目光。

两千年之前的楼兰是水草丰茂的绿洲，曾是汉初"西域三十六国"之一，西域前期的政治、经济、文化中心，汉晋时代丝绸之路上重要的交通枢纽。在历史长河中，楼兰曾是丝绸之路西出阳关进入西域必经的重要驿站，曾有"商贾云集，使者相望于道"的繁荣景象。曾在楼兰出土的距今 3800 多年的"楼兰美女"（干尸，现存于新疆维吾尔自治区博物馆国宝陈列室）面带微笑，穿着华丽，展示了古楼兰人丰衣足食的幸福祥和。

楼兰，今天留给我们的依然是一个远去的背影。

楼兰姑娘，辫子长长，
楼兰姑娘，眼泪汪汪。
千年幽梦随风去，
不知家乡在何方。

楼兰姑娘，眉毛长长，
楼兰姑娘，青春飞扬，
千年相思腮边挂，
不知情郎在何方。

楼兰姑娘相思长长，

楼兰姑娘去向何方。

请你尝尝哈密瓜,

鄯善就是你的家乡,

鄯善就是你家乡。

一首《楼兰姑娘思故乡》的凄婉苍凉的歌曲,把我们的思绪带到了两千年前的楼兰古国。

透过历史的尘埃,穿越时空的隧道,楼兰人并没有随着楼兰的灭亡而消失,他们正在鄯善这片肥沃的土地上,演绎并创造着人类文明的新篇章。

阿里木是奔着现代"楼兰"美女而来。

火焰山下的太阳依然热烈,天山上的冰雪依然晶莹剔透。

3月1日,从乌鲁木齐赶到鄯善的阿里木,按照鄯善礼俗找人到帕提古丽家提亲。消息虽然来得突然,帕提古丽的父亲阿不力孜·乌拉音、母亲买然木汗·买素提都欣然同意。这是一对开明的老人。就连帕提古丽的哥哥阿力木江·阿不力孜也非常赞成这门亲事,他说这就是缘分吧。

帕提古丽的父母告诉笔者:"我们想女儿刚刚工作稳定下来,过两年再嫁出去,没想到这么快就结婚了。"

"阿里木的事也值得我们学习,如果他以后没钱了,我们可以给,我们也可以资助贫困学生。"

3月2日,阿里木拜访了自己的准岳父岳母,去之前,细心的他专门为未婚妻买了束鲜花,给岳父岳母及家人买了礼物。

第一次到岳父母家的阿里木还给自己换了一套新西装,第一次打领带的他看着镜子里的自己幽默地说:"哎呀,我真是太帅气啦!"幸福感溢于言表。

对于阿里木的提亲,帕提古丽的父母非常高兴。

"只要他们幸福就好了,我同意他们的婚事。"帕提古丽的父亲高兴地说。

3月2日下午,在鄯善县民政局,鄯善县县长帕尔哈提·卡德尔亲自为两人颁发了结婚证书。经过协商,两家一致决定在3月5日举行婚礼。

在鄯善县城大街上，几乎每个看到阿里木的市民都会认出他来，与他握手、合影，向他竖起大拇指。而在得知阿里木即将迎娶鄯善姑娘的消息后，鄯善的市民更是高兴不已，大家都说能有阿里木这样的好女婿，是吐鲁番和鄯善的骄傲。

鄯善县市民丁明旺接受笔者采访时说："很熟悉阿里木，全国新闻人物，他的事迹让我们很感动，我们应该向他学习！他准备迎娶鄯善的姑娘，很好，鄯善有这样的女婿我们很高兴。"

因为结婚的事情来得太突然，帕提古丽在墨西哥留学的弟弟一接到电话就往家里赶，不知能不能赶上，帕提古丽的心里有一丝惆怅，结婚毕竟是她的人生大事。

3月4日，鄯善县城巴扎村286号院落，进进出出的人络绎不绝。

傍晚时分，我们新疆人民广播电台一行人走进了帕提古丽的家。他们家的大门正对着公路，两扇五彩斑斓的大门敞开着，一进大门是宽敞的院落。右边是一排房子，正对大门也是两间房子，房前屋侧架起利于通风又遮阴的高敞棚架，与住宅建筑构成一个方便通达的互补空间，并将家居生活的全部内容几乎都包含其中，形体自由，构造统一，与住宅建筑完整地组成一个鄯善民居的独特的生活环境。住宅的外围是护墙、院墙、隔断墙、大门、廊架、凉棚、葡萄架、馕坑、厨艺用灶台、露宿处等，整个大院加上7间房足有500平方米。

一进大门的右边有一间30多平方米的客厅，客厅的长条桌上摆满了水果、干果和馕，我们喝着奶茶，对帕提古丽及她的家人进行了采访。

3月5日一大早，天刚蒙蒙亮，帕提古丽家就热闹起来。

当天8时，阿里木身着浅灰色西装、头戴红灰相间的花帽，满脸笑容、活泼热情，等待着去迎接他可爱的新娘。新娘帕提古丽则一大早就赶到鄯善凯丽曼影楼化妆，影楼老板得知新郎是阿里木时，当即免去580元的化妆费，并表示"一定会把新娘打扮得更好看"。

此时，新娘帕提古丽的家中一派喜庆热闹的气氛，父亲阿不力孜·乌拉音、母亲买然木汗·买素提、哥哥阿里木江·阿不力孜在门口迎接亲朋好友。赶来道喜的亲戚、邻居、亲朋好友、各界人士挤满了宽敞的院子，尤其

261

是众多媒体记者就有好几十人。大家都是面带笑意、喜气洋洋，为这一对即将走进婚礼殿堂的新人祝福。

不一会儿，在阿訇的率领下，一行人鱼贯而入，在客厅坐下后，阿訇先诵完《古兰经》，连问阿里木和帕提古丽，是否愿意结为夫妻，得到肯定的回答之后，阿訇将两块干馕蘸上盐水，递给新郎新娘。新郎新娘当众吃下，表示从此以后同甘共苦，白头偕老。随即，在场亲友开始在院子里高歌曼舞，为他们祝福。

中午，迎亲车队来到帕提古丽的家，一路上鼓声阵阵、唢呐声声、欢歌笑语。快到帕提古丽家时，新娘的亲戚拦住了车队，要求伴郎和伴娘下车给他们跳舞，伴郎、伴娘大方地下车跳起舞，现场的气氛变得异常热烈。

接亲车队到了帕提古丽家，阿里木走进新娘的房间，见到美丽的新娘，穿着薄如蝉翼的艾得来斯连衣裙，头披红色乔其纱头巾，两只耳朵上佩着金灿灿的耳坠，更显得分外妖娆。他深情地看着她，将手中的玫瑰花献给妻子，显得有些紧张，帕提古丽接过爱人的鲜花，两人互相佩戴胸花。这时，人群中突然有人问阿里木："阿里木，你现在结婚了，幸福吧！"

"你说呢！我肯定幸福啊！"阿里木面带微笑回答着。随后，帕提古丽的父母、亲戚为新人送上衷心的祝福。

13 时许，阿里木携新娘帕提古丽坐车赶往阿尔祖宴会厅。婚礼开始，宴会厅里乐声四起，在各方人士的见证下，新郎阿里木为新娘帕提古丽佩戴上婚戒。

婚礼上，媒体记者还给阿里木播放了昌吉一名作曲家给他作的《阿里木，好巴郎》的歌曲，歌曲这样唱道：

阿里木，好巴郎，真的真的不一样。多少年你都在他乡，多少人还以为你在流浪。从西安到北京，从河南到贵州，你让新疆的羊肉串四处飘香，你让多少山区的孩子实现了梦想……

阿里木,好巴郎,好巴郎,你说你心里有两个家乡,你说你心中有两个亲娘,一个在贵州,一个在新疆;一个叫阿娜尔,一个就叫共产党。

　　这首歌是由空军政治部文工团俄罗斯族青年歌唱家阿布力孜·聂演唱,悠扬动听饱含深情的歌声,赢得了雷鸣般的掌声。

　　鄯善县委副书记、县长帕尔哈提·卡德尔代表县政府把"楼兰姑娘"的图像送给了阿里木夫妇;新疆美协理事、华夏艺术馆馆长赵万顺则现场泼墨,为新人赠送一幅"哈密瓜",祝愿他们幸福得像哈密瓜一样甜;承办婚礼的阿尔祖宴会厅老板阿不力克木表示支持阿里木的慈善事业,并赠送他5000元现金。

　　婚礼上,王进东代表新疆人民广播电台全体职工给阿里木夫妇赠送了一台索尼相机,希望他们记录下今后的甜蜜生活。

　　帕提古丽的娘家——中石油鄯善销售公司经理袁敢给他们夫妇送了个大红包。

　　婚礼上,阿里木亲手将张春贤书记委托他保管的5000元现金当众交给了新娘帕提古丽,并开玩笑说:"在场的人可以作证,张书记的钱,我没有贪污。"话音刚落,引来哄堂大笑。

　　阿里木夫妇还从婚礼的礼金中抽出10000元,捐赠给鄯善县的失学儿童。

　　婚礼很热闹,最后举行了麦西来甫歌舞。鼓乐齐鸣,载歌载舞,气氛达到

卖烤羊肉串串 的 阿里木

高潮时,阿里木夫妇也跳起了舞蹈。

阿里木边跳边唱:

> 请揭开你的面纱,
>
> 让迷恋者一睹芳容;
>
> 祈求者是我,
>
> 接受者是你,
>
> 为了你我不惜献出生命。

他唱得很动情,迎来一阵阵喝彩声和欢呼声。

看着这热闹的场面,可以肯定地说,这场婚礼在鄯善迄今为止,无论是从规格上还是场面上,恐怕是最隆重的了。

那天,笔者趁着空隙问阿里木:"今天的婚礼场面,你曾经想过没有?"他回答说:"连梦都没做过。"

说完,他的眼角湿润了。

为见证阿里木的婚礼,很多热心人都赶到鄯善县,祝福阿里木和他的新娘,并用摄像机记录婚礼过程,送给阿里木作礼物。

一位拿着相机记录婚礼现场的女孩引起了记者的注意,"我要为他们的婚礼留下幸福美好的回忆。"这位女孩说,她叫王燕,家住新疆奎屯。"我和阿里木大哥是老朋友了,我们是3年前在网上认识的,我一直很敬佩他。阿里木大哥在鄯善结婚的消息,也是他通过QQ告诉我的。我连夜坐火车赶来,就是为祝福他俩。"

"结婚,就意味着身上多了份牵挂与责任。我会好好待她,让她幸福一生。"阿里木说。

当天,阿里木还通过微博,向自治区党委书记张春贤报告结婚喜讯。

"今天我特别激动,我们俩以后会更加努力回报社会,回报大家。"阿里木的新娘帕提古丽说。

当天下午这对幸福的新人赶回乌鲁木齐。

第十三章 做慈善没有结尾

2011 年 3 月 17 日上午，自治区党委书记张春贤在他的办公室里接见了还沉浸在新婚蜜月里的阿里木夫妇。他们是刚刚在北京参加完全国两会才回到乌鲁木齐的张春贤书记第一个接见的人。

这次的接见除了张春贤书记的秘书外，没有任何人陪同，也没有记者在现场。

见到阿里木夫妇，张春贤书记高兴地和阿里木热烈拥抱。

"祝贺你们！"张春贤书记向他们道喜。

"谢谢书记大哥。"

"书记大哥，请您吃块我们的喜糖。"帕提古丽说着从沙发上站起来，给张春贤书记剥开一块喜糖。

"喜糖一定要吃。"张春贤书记高高兴兴地接过喜糖。

他们聊起了家常，张春贤书记希望他们在平常的生活里，一定要相亲相爱，互相关心，互相帮助，遇事多商量。

他们表示一定牢记书记大哥的话，好好过日子，多

挣钱，继续资助贫困学生。

张春贤书记询问了他们的打算及安排，他们一一做了回答。

然后，帕提古丽将自己的大学毕业证及获得的各种荣誉证书递给了张春贤书记。

张春贤书记很高兴地翻着各种证件，看完之后他说，要珍惜荣誉，保持过去的良好作风，一定要戒骄戒躁，努力工作，回报社会。

时间过得真快，一个小时快过去了，考虑到张春贤书记工作繁忙，阿里木夫妇站起来告辞。

张春贤书记送他们到门口时再三说，到了毕节，有什么困难直接对他说，他就是他们的大哥。他没有哥哥弟弟，阿里木就是他的亲弟弟。

他们和张春贤书记依依不舍地告别了。

3月20日，这是个星期日，阿里木携新婚妻子帕提古丽将离开乌鲁木齐，返回他的第二故乡——贵州毕节市。

"前往贵阳的乘客请注意了，您乘坐的C23694次航班很快就要起飞了……"

在乌鲁木齐国际机场候机厅里，阿里木夫妇拎着包排在队伍中间，当一群记者出现在阿里木面前时，他有些惊讶。

"你们怎么知道我今天要走啊？我都没跟别人说。"阿里木一手拎着包，一手拿着机票挠着耳朵说，他不喜欢分别的场面，所以打算悄悄走。

阿里木表情严肃地说，回来的这些日子，每到一处他都受到家乡人的热情招待，现在要回去了，"安安静静地走，就像前几次回毕节一样，做回原来卖烤肉的阿里木。"

随后阿里木拉着妻子的手高兴地说："她是我这次回来最大的收获，我要把幸福带到毕节。"

记者与阿里木谈话时，一位排在前方的男士转过身来说："我刚看了好几次，你真是阿里木啊！"紧接着他上前握住阿里木的手不住称赞："你是新疆人民的儿子娃娃！"

随后周围的旅客都过来和阿里木握手交谈，还有几位要帮他拎行李，

266

都被阿里木谢绝了。

阿里木表示，此次回到毕节后将与妻子一起卖烤肉，并将卖烤肉所得款项用于资助各族贫困学生。"老婆是大学生，以后的生意肯定比以前好，能帮助更多的学生！"

在进入安检通道前阿里木大声说："我不但要继续做卖烤肉的阿里木，我还要做一个快快乐乐的阿里木！"

回到毕节的阿里木又投入到繁忙的工作之中，他先是把烤肉箱的火点燃，这把火已经整整熄灭了两个月，他要让它重新燃烧起来，周围做生意的人看到阿里木回来了，都纷纷来和他打招呼。

"阿里木，我们以为你不回来了。"

"咦，不回来咋行？这是我的第二故乡。"

"哎，阿里木，听说你带回来一个漂亮的新娘子。"

"嗯，哪天带来给你们看看。"他愉快地说着。

"你都成大名人啦，还卖烤肉呀？"

"为啥不卖，我还要让老婆一起跟我卖烤肉呢。"

黄莉、朱光伦、高锋及很多朋友都来看阿里木，他高兴地从包里拿出葡萄干、杏干、巴旦木、无花果……

"很开心，很忙啊，也很想毕节的朋友。"他兴冲冲地告诉朋友们，"明天开始又要去作一个星期的报告。"

几天之后，《毕节日报》将这次巡回报告发了个消息。

阿里木在作巡回报告期间，继续快乐助人。

对于他的爱心继续在毕节流淌，《毕节日报》记者王方雁是这样报道的：

注入今年的"阿里木贫困学生助学金"

4月18日,毕节学院"阿里木贫困学生助学金"捐赠仪式在毕节学院图书馆国际学术报告厅举行,阿里木向助学金注入了5000元。省委组织部、地委组织部、地区外宣办、毕节学院等相关单位负责人出席了捐赠仪式。

据了解,毕节学院"阿里木贫困学生助学金"是2006年设立的,每年由阿里木本人捐赠5000元、学院匹配5000元帮助在该学院在读的20名贫困大学生。到目前为止,已有100位贫困学生得到了资助。

在捐赠仪式上,毕节学院相关负责人介绍了"阿里木贫困学生助学金"的实施情况,希望同学要常怀感恩之心,用实际行动回报社会,树立战胜困难的信心,多为社会作贡献。

阿里木说,希望同学们好好学习,不要辜负党和人民的希望,在遇到困难时,要有吃苦耐劳的精神,只要坚持做,就会取得成功。

受助学生代表表示,一定会努力学习,以更好的成绩来回报社会,学会感恩,并用自己的实际行动诠释人生的意义。

仪式上,学生们还向阿里木提出了很多自己感兴趣的问题,阿里木一一进行了讲解,精彩的话题赢得了在场学生们的阵阵掌声。

拿出嫁妆支持阿里木的慈善事业

阿里木回到新疆时,新疆自治区党委书记张春贤与阿里木结为了兄弟,张春贤当场从工资中拿出10000元资助阿里木,并嘱咐阿里木说,其中5000元作为他结婚那天送给新娘的嫁妆,希望阿里木未来的媳妇能支持阿里木的慈善事业。

3月5日,阿里木与新疆吐鲁番销售公司鄯善片区第一加油站员工帕提古丽结婚,婚礼上,阿里木把书记大哥送的5000元转给了帕提古丽。

回到毕节后,帕提古丽就一直与阿里木商量要把这5000元的嫁妆钱送到贫困学生的手上。4月19日,这个愿望得以实现,夫妻俩同心协力地开始了新的慈善事业。

4月19日下午,民间慈善家阿里木与夫人帕提古丽在毕节市三板桥办事处的新建小学进行了爱心捐赠仪式,为学校送去了5000元现金及篮球、足球、乒乓球等体育器材。省委组织部远教办处长冯卫东,地委组织部、地委宣传部、地区教育局与毕节市三板桥办事处相关负责人及阿里木一直帮助的学生周勇出席了捐赠仪式。

仪式上,毕节市三板桥办事处相关负责人指出,阿里木此次捐赠活动真正为部分农村孩子解了燃眉之急,给农村孩子们送来了精神上的莫大安慰。他的义举,不仅在生活和经济上给了孩子们资助,还给孩子们上了一堂生动的爱心教育课,也为学校送来了宝贵的精神财富。

省委组织部与地委组织部相关负责人纷纷表示,阿里木继续坚持义举,不仅让受助人得到物质上的帮助,也让大家从精神上得到了巨大的鼓舞。他用实际行动在全社会倡导了尊师重教的良好风尚,也唤起了更多人们关注国家和民族的未来,充分体现了阿里木心系教育、情系农村孩子的高尚情怀。

随后,受助的小学生代表进行了发言,他表示将会好好学习,成为建设祖国的有用之才,将来用丰厚的知识和爱心回报社会,回报曾经帮助过他们的人。

在听完受助小学生的发言后,一直受到阿里木资助的学生周勇动情地向小学生们说道:"我和你们大家都一样,都是受阿里木叔叔资助的孩子,我们一定会用实际行动感谢阿里木叔叔,感谢社会对我们的照顾。我们一定能成为山中的凤凰,飞向广阔的天地,相信吧!"

仪式结束后,阿里木把孩子们领进了教室,在看到一位小女孩身上的衣服很破旧,脸色也不好看时,阿里木急忙从兜里掏出了 100 元,叮嘱小女孩:"把钱给爸爸妈妈,让他们给你做点好吃的,有个强壮的身体才能努力学习。"

几天之后的 3 月 26 日,官方新华网发了这么一条消息:阿里木携新婚妻子回到毕节,注册以自己名字命名的餐饮公司,继续他的烤羊肉生活,春节期间还迎娶了这位楼兰姑娘。

3 月 21 日,回到毕节的阿里木随后到毕节工商部门注册了毕节市"阿里木印象有限责任公司"。

"这个公司注册资金为 20 万元,主要还是以经营烤羊肉串为主。"阿

里木说,"我计划把生意做大后,就到贵阳等地开设分店。妻子现在还不会烤羊肉串,我以后再慢慢教她,她很支持我帮助需要帮助的人。"

自从阿里木出名之后,很多企业纷纷找他商量,要以他的名字注册公司,他几乎全部拒绝,只有一家企业是阿里木主动找上门去的。

这家企业是贵州鑫晖房地产开发有限公司,董事长兼总经理安磊是一位37岁的年轻人。他与阿里木交往有些年头了,最初他对阿里木想办养殖基地不是很看好,因为他的房地产公司做得很好,阿里木找了他几次之后,引起了他的重视。经过实地考察、多方论证,安磊和阿里木都相中了黔西县铁石乡的一座荒山。这件事一开始就得到毕节地委书记秦如培的高度关注和支持,并帮助协调关系。他们已经在那里租用了上万亩地,前期已经投入20多万元,计划共投资500多万元。

"预测回报率高不高?"笔者在贵阳采访安磊。

"前两年肯定不行,两年之后主要是搞深加工会有盈利的。"安磊说。

"那你不担心阿里木拿着钱都去做慈善事吗?"

"做慈善事好啊,社会影响大,要是光从赚钱角度来说就没有必要来办养殖基地了。"安磊继续说。

安磊告诉笔者,他同意办一个养殖公司的目的就是想帮助阿里木将资助贫困学生的事业做得更大些,因为他的爱人也是一个喜欢募捐的人,他能理解阿里木夫妇的这种行为。

安磊还告诉笔者,他要让阿里木做分公司的董事长,再给他派些懂管理的人辅佐他,凭着阿里木的聪明劲,他很快会学会管理的。

无疑,安磊注册的"贵州阿里木畜牧养殖有限公司"和阿里木刚刚注册的"阿里木印象有限公司"是一对"双胞胎",这对"双胞胎"的未来将会给阿里木资助贫困学生的慈善事业起到强有力的助推作用。

新华网还说:"据了解,阿里木的住房问题最近有了眉目,由新疆爱心人士发起的一项募捐,为阿里木募集到了购房款,资助这位生活简陋却热衷慈善事业的新疆汉子在毕节'安家'的愿望。"

这条消息准确无误,新疆人民广播电台派961新闻广播频率记者贺飞随同阿里木夫妇一起到毕节，在阿里木巡回作报告时，贺飞却忙着到处给他寻找房子。

购买房子是一件很烦琐的事，何况又是给阿里木夫妇买房，贺飞承担的使命是光荣的，但又是多么的重啊！

在毕节买房的日子里，贺飞经历了大起大落、大悲大喜的磨难，就在本书将要截稿时，已经回到乌鲁木齐的贺飞写了几千字的买房过程，她描述得惊心动魄，就让她的这篇文章作为本书的结尾吧。

"漂泊多年，我终于有了自己的房子。"
—— 阿里木毕节买房记

核心提示：2011 年 4 月 10 日，在贵州省毕节市漂泊数年之后，新疆好巴郎阿里木终于有了属于自己的房子，一笔来自新疆慈善总会、新疆美术家协会华夏艺术馆、新疆甘肃商会、新疆人民广播电台等单位共同努力下筹集的善款，另外还有毕节政府出资 16 万元为阿里木圆了多年来的买房梦。新疆人民广播电台新闻广播记者贺飞跟随阿里木前往贵州省毕节市，记录了阿里木在毕节买房背后的点滴故事。

"好人应该有个温暖的家，
希望他能在温暖的小屋里继续做自己喜欢的事。"

其实，给阿里木买房，对于举办慈善筹款活动的多家主办单位来说，多少有些"一厢情愿"。早在 2 月初，新疆慈善总会、新疆美术家协会华夏艺术馆、新疆人民广播电台专门就如何使用好这笔爱心善款，和阿里木一起进行了协商。短短半个小时的协商中，阿里木没有提及一句给自己买房的话，而是反复强调，希望主办方能够将这笔善款用于改善贫困地区的教育。在主办方的一再坚持下，阿里木终于同意将 52 万元善款做了这样的划分：16 万元另加毕节政府资助的 16 万元用于买房，其余善款以阿里木的名义成立"阿里木文化助学基金"，用于今后在新疆、贵州、青海、宁夏等偏远贫困地区开展教育捐资助学活动。

2011 年 3 月 20 日中午，已经回到新疆两个多月的阿里木带着新婚妻子帕提古丽返回贵州毕节，而记者受新疆慈善总会、新疆美术家协会华夏

艺术馆、新疆甘肃商会、新疆人民广播电台的委托,跟随阿里木返回毕节。我此行目的就是为阿里木在贵州毕节购买一套新房。

这次去毕节跟 2010 年 12 月底第一次去毕节采访阿里木时的心情很不同,因为带着众多人嘱托,我的心沉甸甸的。登机前,我拿出手机发了一条微博:"起飞,毕节,给阿里木买房,给他一个温暖的家。"

很快,这条微博得到了众多网友的回应。巴州博友苗美郁写道:"心里有爱,人生路上的风和雨仅是点缀,祝福好人阿里木开心、幸福。"

名为"美女中找美女"的博友留言祝福:"好人应该有个温暖的家,祝福好人平安。"

1007 新闻广播杨洋的留言更是让人深思回味:"要给阿里木大叔买房了吗? 真好! 希望他能在温暖的小屋里继续做自己喜欢的事,即使有一天没有了媒体的宣传和光环的笼罩他依然可以快乐地生活, 继续帮助更多需要帮助的人! "

"能不能把这个叔叔接来,我想和他一起生活。"

3 月 20 日 20 时,我们飞抵贵阳,却在机场见到了专程来看望阿里木的中国火笔画大师罗成骧以及他的徒弟日本友人田中。事后得知,罗成骧就是通过在《中国书画报》上看到赵万顺为阿里木举办慈善义拍活动的消息认识阿里木的,他和徒弟田中都深深为阿里木的事迹所感动。为此,71 岁的罗翁和田中一个星期前从广州动身前往贵州毕节寻找阿里木。可惜,那时阿里木还身在新疆,就在他们带着遗憾想要离开贵阳时,却听说了阿里木第二天返回贵州的消息, 他们用了一整天时间为阿里木创作了肖像火笔画和火笔画雕刻的葫芦,并在机场送给了阿里木。

看到两位艺术家为自己作的肖像火笔画, 阿里木很意外也很高兴,但是随即他也给了在场所有人一个意外,阿里木从专程前来接机的贵阳朋友手中取过一束白色的百合送给田中说:"我看到电视上报道日本地震的事情了,希望你的家人一切都好,送上这束花向那些死去的人们表示哀悼。"

我很震惊,忽然想起临上飞机前阿里木跟我的对话:"贺飞你说,给家里有人去世的朋友送什么样的花好?"

"黄菊花、白百合都可以啊。"

"那好,我知道了。"

第二天,我特意早早起床,敲开罗翁房间的门,凭借记者的敏感,这个罗翁和田中身上一定有很多故事。果然,一个多小时的聊天让我得知,罗翁原本出生在新疆莎车县,1986年举家迁往东北,历经半生的坎坷后终于在广州安家,妻子病故后他开始四处游走传播经自己改良后的中国传统书画技艺——火笔画,他的徒弟田中也是在几年前从日本索尼上海分公司辞职后专门追随他学画传艺的。罗翁说,今年他有两个愿望,一个是能在生养自己的新疆传播火笔画,另一个就是能用火笔画为阿里木的烤炉设计一幅招牌。说着,罗翁还随手画下了一幅"阿里木爱心烤肉"的牌匾草图。罗翁告诉我,之所以被阿里木感动,是因为阿里木和他有着相似的经历——在举目无亲、穷困潦倒的情况下靠着一双手在广州艰难创业,终于有了自己的工作室和工艺品公司,并且多年来一直热心从事公益。阿里木的创业史比起他,更加艰难,在贫困的生活状态下,他依然向他人伸出援助之手,阿里木的境界比他更高。

中午,我们和罗翁依依惜别,在前往毕节的路上我告诉阿里木关于罗翁的故事,阿里木听了想了一会儿突然问我:"能不能把这个叔叔接来,我想和他一起生活。"

"对不起,我的朋友,我要去巡回报告,房子你看着找吧。"

3月22日一大早,我按照前一天回到毕节时的约定给阿里木打电话,准备和他一起去毕节地区房管局商量买房的事情,不料,阿里木已经踏上去大方县的路途。电话另一端满是歉意:"对不起,我的朋友,我现在要去大方县,地区宣传部安排我到各个县去做事迹报告。唉,没办法,可能得一周时间,房子的事你给高哥(毕节地区电视台记者高锋)打电话,你就看着买吧。"说完他匆匆挂了电话。

这突然间的变化让我有些欲哭无泪:阿里木啊阿里木,你难道忘了我是来干什么的?跟你千叮咛万嘱咐,回到毕节的头等大事就是帮你看房买房,可你把我"甩"了去做报告。我一个人在这里人生地不熟,别说买房子,出门都找不着北,我怎么给你看着买?

第十三章 做慈善没有结尾

273

闷坐了一会儿,我定了定神心想:这就是阿里木,从来不把自己的事情放在心上的阿里木。背负着"名人光环"的阿里木,其实,他自己也不愿意去参加这个巡回事迹报告。

无奈,我只好给高锋打了电话,商量如何给阿里木买房。高锋是毕节地区电视台的记者,是较早关注并报道阿里木事迹的,也是阿里木非常信任和尊敬的好朋友。

高锋带我去看了之前毕节地区房管局为阿里木"物色"到的一套拆迁安置房,那是位于毕节市文笔路一条深巷子里的新房,71平方米,两室一厅。看到这套房子,我眼前浮现出阿里木那个不足40平方米的出租房:一张老式木床,一排破旧的沙发,没有暖气,不能洗澡,只能用寒酸简陋来形容的"家"。我用手机拍下这套房子的户型结构,想着晚上就给阿里木打电话,这套房子他只要简单装修就能搬进去了。

"政府的帮助不代表施舍,我们应该尊重阿里木自己的意愿。"

晚上,我兴奋地打电话给阿里木,告诉他马上就帮他办理新房的购房手续,可是没想到阿里木却说:"贺飞,这套房子我不想要,周围治安太差了,我现在有老婆了,要为她的安全考虑。"

怎么也想不通,这是从阿里木口中说出的话,本以为他会很高兴,想再继续跟他说说这套房子,阿里木已经不愿意听了,甚至有点闹情绪地挂断了电话。

来毕节首日购房计划就此泡汤,想想阿里木的话也许有道理,毕竟他对这个城市的环境比我更熟悉,经历了漂泊无依的生活之后,他有了妻子,有了家庭,也必然会有新的目标和打算。

无奈,第二天我只好来到毕节地区房管局,向局长说明情况,请他们帮助再找一套房子。很快,他们就找到了另一处房子——毕节地区公安局家属院里的一套旧房。这套房子122平方米,房子装修不到一年房主就调动工作去了另一个县,听说是给阿里木买房,房主同意以28万元的低价卖出并赠送全部家电。

天下哪有这样的好事儿,想想乌鲁木齐的房价,这套房子每平方米均价不到2300元!我迫不及待地当场给阿里木打电话,告诉他这个"喜讯"。

让我意想不到的是,阿里木当头给我泼了盆冷水:"贺飞,你不知道,那个地方的房子绝对不能要,那是我们毕节治安环境最差的地方,经常有人在那里打架,还出过人命。我知道你为我好,但是你听我的没有错,千万不能买这套房子。"说完,阿里木固执地挂掉电话。

我和陪我看房的毕节房管局的干部都愣住了:这么好的房子不要你想要什么样的房子?要知道这是白给你的,还讲这么多条件。阿里木,你变了,你不再是以前大家眼中那个谦虚朴实的阿里木大哥了。

回到宾馆,耳边总是响起阿里木那番极不"懂事"的话,想想此行的重任,众人的期盼……我难受得吃不下饭。这时,突然接到阿里木一个朋友的电话,他是贵阳一个房地产公司的老总叫安磊。安磊告诉我,阿里木给他也打了电话,说了当地政府和我们为他买房的事。安磊态度很温和,简单几句话却让我的心情平复了下来。"大家的心意是好的,阿里木的心情也能理解,房子终究是阿里木要住而不是其他人,政府的帮助不代表施舍,我们应该尊重阿里木自己的意愿。"

我有些豁然开朗,是的,想想阿里木在新疆这几个月的经历,有多少是出自他内心的意愿,难怪曾有人对我直言:真担心你们把阿里木给害了。其实,这又何尝不是我的担心,几个月的接触,阿里木对于我已经不再是单纯的被采访者对象,他更像是我的朋友,所以才会有那般直率而"出格"的表现。一个有着社会最底层生活经历的人,在饱尝生活的艰辛之后,也该有追求属于自己的生活目标的权利。

"这里的房子地基还没起来就卖光了,你根本别想买现房。"

因为接连找了两套房都不能让阿里木"满意",毕节地区房管局领导的脸色有些不好看,在我的一番说辞下,他们不再坚持让阿里木选择他们给找的两套房,但提出,要我和阿里木自己去找,找到了他们出面办理手续。

对于我这个只有过一次买房经历且又不太注意小节的人而言,买房子这种任务比采访艰难得太多。我翻开手机电话本,在毕节只能找到 3 个认识的人:高锋、安磊,还有那个最早帮助过阿里木的酒吧老板——刘炅。虽说不是很熟悉,分不清东南西北的我也就只能求助于他们了。

接下来的一周,在苦等阿里木回来的日子里,我一边请这 3 位朋友帮

275

忙打听房源,一边在网上通过"58同城"疯狂地寻找售楼信息。结果都令人大失所望。在这里根本找不到合适的现房,仅有的现房都是200多平方米的楼中楼,这种房子的面积和价格也是阿里木根本不愿意考虑的,而今年最早交工的新房子都要到6月份。

尽管毕节地区是贵州省最偏远贫困的地区,但近年来,随着高铁、高速公路和机场的计划开建,这里的房地产开发却异常火热。一家房产中介公司的小姐听说我要买现房,笑着对我说:"这里的房子地基还没有起来就卖光了,你根本别想买现房。"无奈,我只好考虑买马上就能入住的二手房。

经历了一番苦苦找寻,终于在毕节地区新行署办公楼附近我发现了一个新建小区——兰苑花园,并通过房产中介,找到几套二手房。借鉴了前两次看房选房的经验教训,我又特意拉着阿里木的3位朋友来察看小区的环境,并跟其他几处房产做了对比,在得到他们的肯定后,我给阿里木打了电话,光是听说位置,电话那头的阿里木就感觉很满意了。

"对不起,我的朋友,让你受苦了,买房原来不像买鞋子那么简单。"

"巡游"8天后,阿里木终于带着妻子回到毕节,见面第一句话让我忍不住笑了起来,他仿佛忘掉了买房子的事:"对不起,我的朋友,你来了这么长时间,我还没好好招呼你,带你去我们的黄果树瀑布转转,你不要着急走,我这两天忙完就带你去。"

3月30日,"为阿里木买房"终于被正式提上了"议事日程",在为毕节学院师生又做了两场报告之后,阿里木才彻底"闲"下来。为了节省时间,我们同时约了两家房产中介和四五个房东挨个去看那些被我圈定好的二手房。

毕节市兰苑花园属于新城区,距离阿里木卖烤肉的地方有3公里,虽说远了点,但是阿里木和妻子对小区的环境十分满意。这是一个成熟的住宅小区,幼儿园、卫生服务站、超市等配套设施都很齐全,安保措施非常好。

我们似乎忘记了之前在电话里的不快,爬上爬下地一家接着一家选,终于挑选到一套合适的电梯房,户型、价格、面积都比较理想,阿里木在跟妻子嘀嘀咕咕说了许久后,向我点了点头——就是这套房子了。

第二天,我们来到毕节房产交易大厅,准备正式办理过户手续。就在大家都想要松口气的时候,意外又发生了。房产科的工作人员在仔细审核了房主的资料后发现,这套房根本无法上市交易,原因是这套房屋所在楼盘和相邻的一栋还在建的楼盘是同期审批兴建的,两个楼盘共用的相关配套设施还没有通过验收,达不到出售条件。

大家都傻了眼,我有些丧失风度,对房产科的工作人员抱怨:既然达不到出售条件,你们怎么就卖给了人家!可抱怨也无济于事,想到如果强行通过公证先购买以后再办理过户手续带来的无穷后患,我们只好作罢。

看到了我的气愤和无奈,阿里木对我说,要不,就买另一套看过的房子吧。其实,我知道阿里木说的另一套房子,房龄已经超过 10 年,价格又高得离谱,怎么都不划算。没办法,只好给那个房东打电话,没想到,"黑心"的房东又把价格提高了两万元。我和阿里木几乎同时说道:"不买他的了,倒贴钱都不买他的。"

为阿里木买房再次宣告失败,我们都气呼呼地走出房产交易大厅。分开前,阿里木突然叹口气对我说:"对不起,我的朋友,让你受苦了,买房原来不像买鞋子那么简单。"

可因为这句话,本来泄气的我再次坚定了信念:阿里木大哥,你放心,我一定要为你买到满意的房子!

"感谢众多关心我的朋友,请你们相信,我还是原来那个阿里木,有了房子,有了家庭,我会通过自己的双手好好生活,继续奉献我的爱心。"

既然买不到现房,那就只有选择期房这条路了。突然想到兰苑花园那栋还在建的电梯房,我又兴冲冲地来到兰苑花园售房部。真的是好人有好报,这栋电梯房居然还剩最后一套 104 平方米的房子没有卖出。我几乎不假思索对售楼小姐说:"小姐,这套房子我要了,明天带人来看房,一次性全款付清!"

第二天,在售楼小姐的带领下,我们戴上安全帽,坐上晃晃悠悠的施工电梯走进那栋主体才刚刚建好的电梯楼:25 层,104 平方米,三室一厅,前后两个大阳台,采光、户型布局都非常合理。还没看完,阿里木就兴奋地对我说:"就是它了,一定是它,不变了。"

随即,阿里木走到阳台上,仔细看看下水管道,然后很认真地对我说:"贺飞,你看这个阳台这么大,我用水泥把它砌个坡度,以后在这里养上 5

277

只羊,自己养羊比市场上买的便宜得多,粪便就从这个下水管道冲下去,你说好不好?"不等我回答,帕提古丽已经用维吾尔语开始嘟囔着责怪阿里木。我们一群人禁不住哈哈大笑。

似乎这套房子注定属于阿里木,兰苑花园的房产公司老总听说是给阿里木买房,就给我们优惠了两万多元,最终,我们以 33 万元的总价确定下了这套房子。毕节地区房管局专门派人过来审核了房产公司的资质,正式开始办理购房手续。

10 多天的奔波劳碌,帮助阿里木买房的梦想终于变成现实,我终于可以回家"复命"了。这时,我才敢把这个好消息通过微博进行报道,并得到了许多网友的热烈回应。

临行前晚,我来到阿里木的出租小屋跟他和帕提古丽告别,房子里多了一些令人惊喜的东西:毕节地委书记秦如培得知阿里木正在买房,特意给阿里木送来他的贺礼———一台 46 英寸的东芝电视机,一套羊毛被和一只电饭煲。望着这依旧简陋,却因为有了爱而显得温馨舒适的小屋,我真心地为阿里木感到高兴。

"感谢众多关心我的朋友,请你们相信,我还是那个阿里木,有了房子,有了家庭,我会通过自己的双手好好生活,继续奉献我的爱心。"这是临别前,阿里木最后对我说的一番话。

记者感言:也许是因为接触时间长,远离了媒体包围后的阿里木在我看来远比镜头下要真实的多,也正是因为这个原因,我能够感受到他可爱、率真的一面,和他对家庭、对生活、对未来认真负责的态度、美好的信念。阿里木曾说,其实,在他心里,真正理想的房子,是在农村找到一处有山有水的地方,盖上几间房子,院子里种上几棵杏子树,屋后养上几头牛、几只羊,那才是他梦想中的房子。

这个梦想对于阿里木来说也许短时间内很难实现,他要做的事情还很多,因为他奉献爱心的路因为人们的关注而有了新的轨迹。如果真正出自对于一个好人的关心和关爱,我想,就应该让我们给予他实施理想和抱负的时间和空间,让他回归普通人生活的简单和快乐,并在这种简单和快乐中把爱给予更多的人。阿里木大哥,祝福你在他乡幸福安康!

后　记

高天龙

　　穿透夕阳西下时的那一片红霞,映入眸子的是什么,是皑皑白雪的天山,是高耸入云的博格达峰。

　　血色的黄昏被感情的热流点燃,在生命的每一个日子里歌唱。

　　桃花绽开,醉了云霞。

　　春天绽放在美丽的时刻。

　　《卖烤羊肉串串的阿里木》一书终于封笔,近两个月时间写了20余万字,文字显然粗糙,然而"草根"精神同样也鼓励着我们创作。

　　自从去年年底,阿里木被"中国网事·感动2010"年度网络人物评选进行时,新疆维吾尔自治区党委书记张春贤的"顶一票",各家媒体的行动更加迅速,而我们新疆人民广播电台报道的阵容是最为壮观的:先由961新闻广播频率的记者贺飞、哈米提的率先进黔,后由文艺部主任王进东、编剧廖培琳和我的后续,再由维吾尔语文艺广播频率总监艾吉尔古丽、乌迈尔·卡德尔、文艺部编剧赵菁的"断后",实则不易。新疆人民广播电台党委、台领导是何等的气魄,不仅派了3批记者前往贵州毕节采访,而且还策划了《阿里木精神大家谈》、为阿里木筹措款项买房等一系列活动。3集汉语广播剧、25集维吾尔语广播剧、1本书,这所有的一切都是一项巨大的工程,许多人都在为这项工程添砖加瓦,这项工程即将竣工。

　　而我们这项工程的工作都是围绕着阿里木的,越走近他,越让我感受

后
记

到他的魅力所在，但真正要写好他真不容易。

我们于2011年1月15日到达毕节，结果恰巧"撞见"了中宣部组织的大型专题采访团。

我们很清楚，这种集体采访与我们写广播剧和写书采访有着很大差别。而阿里木3天以后要返回新疆，时间的紧迫，让我们的心里更着急。为了能够与阿里木多接触，我只好找一切空隙与他交流。但是毕节地委宣传部统一安排采访事宜，单独采访的可能性不大。我们到达毕节的当天下午，正好召开一个座谈会，在座谈会上，我紧紧盯住一个被叫刘老二——刘炅的。他答应帮我找到阿里木。会一散，我就催促刘炅给他打电话，阿里木正在一个宾馆——腾龙凯悦酒店的一间房里休息。连续的奔波和记者的采访，他已经很疲倦，他只答应第二天晚上接受采访。他说他累得不行了，晚上要喝一点家乡的酒，好好休息一下。他这么疲倦，确实不忍心打扰他，但时间紧迫，又不能不缠住他。我说这样，不采访，能不能和你一起喝家乡酒，他很高兴地同意了。光他同意还不行，要经毕节地委宣传部的同意才行，我们同去的文艺部主任王进东、贵州人民广播电台文艺部主任陈发林、编导杨旭被排除在外，只同意了我和廖培林一起参加。

在腾龙凯悦酒店对面的一家清真餐馆里，实际上正式的采访才开始。

为了后面两天采访更加顺利，我用大杯喝酒，在众多的记者里，他一下子就记住了我，第二天主动找我这个老乡。

采访阿里木的路程远，时间长，在一个人生地不熟的地方采访，确实困难重重，但是我们得到了贵州人民广播电台、毕节地委宣传部的大力支持，以及贵州人民广播电台文艺部主任陈发林，编导杨旭，毕节地委委员、宣传部长朱江华，常务副部长唐光星，干事谢迪、周军，毕节电视台台长朱光伦，记者高锋，《毕节日报》社记者黄莉、王方雁，《毕节试验区杂志社》记者宋霞，毕节学院党委副书记汤宇华，大方县达溪镇聚河村小学校长颜享奇，湖南残疾青年杨如辉等的大力支持，在写这本书的过程中，还经常得到他们提供的材料。同时要感谢巴州人民广播电台台长张云、副台长魏成柱及和静县委宣传部的大力支持，还要感谢《新疆经济报》记者于今的帮助,更要感谢我们电台同仁们的支持,尤其是要感谢总编室的领导及同事刘建忠、阿依古丽、余海燕的大力支持。

在此,还要感谢我的朋友方晓静、霍莉、袁菊平在成书中给予提供了很多资料。

另外,还要感谢新疆美术摄影出版社的极力配合。

我更要感谢我的家人,在我成书的过程中给了我很多支持,尤其是我的爱人崔新华,在繁忙的工作之余帮我整理资料,在此一并表示感谢。

在写作的过程中,参阅了大量的资料,如《鄯善新疆之门》、《鄯善民俗》、《鄯善民居》、《我的木卡姆》、《寻找楼兰人的后裔》、毕节地区文联主办的文学双月刊《高原》、《毕节史志》、《和静县志》等。

由于时间仓促,肯定有许多遗憾的地方,留待读者去评说了。

在本书即将付梓时,又传来喜讯:由新疆维吾尔自治区党委、自治区人民政府组织召开的庆祝中央新疆工作座谈会一周年,应自治区党委宣传传部的邀请,阿里木夫妇回到新疆参加这次庆祝一周年的系列活动,阿里木激动地告诉笔者:"我无时无刻不在想念家乡,前几天接到宣传部的电话后,就立即赶回来了。"

阿里木又一次回到了新疆这片热土上。

2011 年 4 月 26 日于乌鲁木齐南郊

后记

281